Celia Dale

# Mörderische Gastfreundschaft

Kriminalroman

Aus dem Englischen von
Sonja Hauser

ALIBI

Die englische Originalausgabe erschien 1966 unter dem Titel
*A Helping Hand* bei Macmillan, London.
Die deutsche Erstausgabe *Ein Platz für reiche Damen* erschien 1993 bei Knaur.

Für den Blick hinter die Verlagskulissen:
www.doerlemann.ch/newsletter

*Ein Alibi-Buch bei Dörlemann*


Neptunstrasse 20, CH-8032 Zürich
verlag@doerlemann.ch
www.doerlemann.ch
GPSR-Kontakt: Schöffling & Co. Verlagsbuchhandlung GmbH,
Kaiserstraße 79, D-60329 Frankfurt am Main
info@schoeffling.de

Covergestaltung: Lara Flues, Kampa Verlag
Covermotiv: © Domagoj Šokčević
Satz: Dörlemann Satz, Lemförde
Gesetzt aus der Minion Pro / 1. Auflage 2025
Druck und Bindung: GGP Media GmbH, Pößneck
Auch als E-Book erhältlich
ISBN 978-3-03820-145-8

*Für Dreen*

# 1

Mrs Maisie Evans betrat das Wohnzimmer und rollte dabei die Ärmel ihrer Jacke herunter. »Sie ist von uns gegangen, die Arme.«

»Hm? Was sagst du?« Ihr Mann schreckte aus dem Nickerchen hoch, das er immer anschließend ans Frühstück machte, die Zeitung vor dem Gesicht, bis seine Verdauung sich nach etwa zehn Minuten bemerkbar machte.

»Sie ist von uns geschieden. Ganz friedlich.« Sie ging hinüber zum Fenster und zog die Vorhänge zu, so dass das Sonnenlicht nicht mehr auf Josh und den bunten Teppich und den gepolsterten Fußschemel fiel.

Er sank in seinen Sessel zurück, die Zeitung zerknitterte auf dem Bauch. »Die Arme. Die arme Alte.«

»Der Tod war eine Erlösung für sie.«

»Ja. Ja, das weiß ich. Und doch, wenn es dann soweit ist …«

»Wir gehen alle früher oder später denselben Weg.«

Es war ein schöner Morgen. Draußen auf der Straße nach London erklang der übliche Verkehrslärm, und über den Himmel, der im Moment aussah wie im Mai, jeden Augenblick jedoch wieder ganz ähnlich wie im März werden konnte, heulte eine Caravelle aus einer fernen Stadt dem Londoner Flughafen entgegen. Wenn das Fenster offen gewesen wäre, hätte Mrs Evans bereits den Duft der Blüten erahnen können, die sich noch nicht hervorgewagt hatten.

Hinter ihr rieb sich Josh die Augen, doch er steckte das Taschentuch verlegen weg, als seine Frau sich ihm zuwandte. »Ich gehe den Arzt holen, ja?«

»Wir haben keine Eile.« Sie sah auf die Uhr auf dem Kaminsims. »Er hat wahrscheinlich gerade Sprechstunde. Schließlich ist es sowieso eine reine Formalität.«

»Ist sie …? Soll ich dir helfen?«

»Ich spüle zuerst das Frühstücksgeschirr ab.«

Der Fernseher stand auf einem niedrigen Schränkchen, dem unteren Teil eines Sideboards, von dem sie die obere Hälfte abmontiert hatten, damit es besser in das helle Häuschen passte, in das sie vor drei Jahren gezogen waren. Mrs Evans ging zu diesem Schränkchen hinüber, bückte sich mit leisem Stöhnen und öffnete dessen Türen. In der Hälfte der Fächer lagen ordentlich übereinandergestapelt Frauenzeitschriften, Strickzeug und Stickmuster, und daneben zwei Bände mit den Titeln *Die Frau als Arzt* und *Die Frau als Anwältin.* Ansonsten waren in dem Schränkchen Mrs Evans' Nähkorb, ihr Strickbeutel und ihr Stickrahmen mit einer halbfertigen Gartenszene, einem Cottage und einer krinolinenbekleideten Dame, ein Motiv, das einmal den Teekessel zieren würde. Außerdem fand sich noch ein abgegriffener Frisierkoffer aus Leder mit den Initialen F. B. B. darin.

Diesen Koffer hob Mrs Evans nun heraus und legte ihn auf den Tisch. Dann suchte sie unter ihrem Pullover herum und holte zwischen ihren üppigen Brüsten mehrere Schlüssel hervor, die an einer Kette hingen. Mit einem davon öffnete sie den Koffer und begann, seinen Inhalt durchzuschauen. Die Zeitung noch immer in Händen, rappelte sich Josh aus dem Sessel hoch und trat an ihre Seite.

Ein halbes Dutzend Schmuckstücke aus viktorianischer Zeit waren lose in gelbes Seidenpapier gewickelt, darunter lagen einige stark vergilbte Fotos. Mrs Evans schenkte ihnen keine Beachtung, sie widmete sich ganz den Dokumenten in dem Koffer – Geburtsurkunde, Versicherungspolice, Testament. Aufmerksam las sie jedes einzelne Schriftstück durch, ohne ein Wort zu sagen. Josh, der noch immer neben ihr stand, spielte mit einem Foto herum: Das Mädchen darauf war in Serge und Spitze gehüllt, tailliert wie ein weihnachtliches Knallbonbon. Die junge Frau hatte einen hübschen Busen, und ihr Haar fiel in breiten Locken um ihr einfaches, sehr junges Gesicht. Sehr jung.

Er legte das Foto schnell beiseite, als seine Frau eher im Ton einer Feststellung, weniger in dem einer Frage, meinte:

»Du hast ihre Rente am Freitag abgeholt?«

»Ja. Wie immer.«

»Dann gib mir das Heft.«

Er suchte in seiner Brusttasche herum, holte das Heft heraus und gab es ihr. Sie legte es zu den anderen Dokumenten, ließ nur die Schmucksachen neben dem Koffer und verschloss ihn.

Mrs Evans war gedrungen, ihr Mann groß. Plötzlich grinste sie ihn von unten herauf an und stieß ihn leicht gegen den Arm. »Kopf hoch, mein Junge! Du machst ein Gesicht wie sieben Tage Regenwetter. Vielleicht solltest du doch lieber ein bisschen raus an die Sonne.«

Sein rosafarbenes Gesicht hellte sich auf unter seinem silbernen Haar, das so dicht auf seinem Kopf wuchs wie der Pelz einer Katze. »Soll ich also jetzt den Arzt holen?«

»Warum nicht. Er kann ja selbst entscheiden, ob er kommt oder nicht. Wahrscheinlich hat er ohnehin damit gerechnet. Ich lege den Koffer in ihr Zimmer.«

Sie drehte sich um und ging, den Lederkoffer unter dem Arm, forschen Schrittes zur Tür, doch er stand immer noch beim Tisch. »Bist du dir sicher, dass sie …?«

»Sei doch nicht albern! Natürlich bin ich mir sicher. Zieh lieber den Regenmantel an, auf das Wetter ist kein Verlass.«

Er hörte sie in der Küche herumhantieren, wie sie Wasser in die Spüle laufen ließ und das Frühstücksgeschirr übereinanderstapelte. Im Schatten des zugezogenen Vorhanges stand verlockend der Sessel, die bestickten Kissen zusammengedrückt, wo er friedlich geruht hatte, ein Sonnenstrahl wärmte den Teppich, wo seine Füße gewesen waren. Jetzt hatte es keinen Sinn mehr, den Flur zur Toilette hinunterzugehen. Er hatte den richtigen Augenblick verpasst.

Er zog andere Schuhe an, schlich mit behutsamen Schritten an der geschlossenen Tür des Gästeschlafzimmers vorbei, zog seinen Regenmantel und Hut an, den er jedoch nach kurzem Überlegen wieder abnahm. Dann öffnete er die Küchentür.

»Ich geh jetzt.«

»Gut. Lass dir ruhig Zeit, es ist so ein schöner Morgen heute.«

»Soll ich irgendetwas mitbringen?«

»Nein, darum kümmere ich mich, wenn der Bestatter da gewesen ist. Der Arzt wird ihn herschicken. Sag ihm, dass sie heute Morgen so um die Frühstückszeit gestorben ist, ganz friedlich.

Sag, ich habe sie gefunden. Er kann nach seinen Hausbesuchen hier vorbeischauen, wenn er möchte, oder er kann auch gleich die Sterbeurkunde ausstellen.«

»Ist gut.«

Er schloss die Küchentür, ging auf Zehenspitzen an der anderen Tür vorbei und trat aus dem Haus. Die Sonne schien warm, die Ligusterhecke war voller Knospen – ein wirklich schöner Morgen. Josh straffte die Schultern und ging mit fröhlich-gutmütigem Gesicht die Straße entlang.

## 2

Die Ebene erstreckte sich unterhalb der Häuserreihen bis zum Ufer des fernen Meeres. Die Luft war so klar, dass man sogar den Wolkenkratzer von Cesenatico weit oben im Norden sehen konnte. Der langgezogene Platz, der San Marinos Stadtzentrum bildet, schien in der lichten, lauen Luft zu hängen; immer wieder neue Touristen beugten sich über die Balustrade, lehnten sich gegen die Brunnen, versammelten sich in Grüppchen vor dem Rathaus mit den kleinen, grünen und toten Wachposten. Während die Touristen von den Ausflugsbussen die steilen Straßen hinaufkeuchten, machten sie sich Gedanken wegen ihres Herzens, sehnten sich nach einer Pause, um einen »Tee wie daheim bei Muttern« – so angepriesen auf einem Plakat – zu trinken, und deshalb hörten sie auch nicht alles, was der Führer an Daten und Informationen von sich gab. Der Aufenthalt auf dem Platz war nur so etwas wie eine Gnadenfrist. Sie trennten sich und eilten mit klickenden Kameras herum, ein wenig benommen von der klaren Luft, riefen einander kurze Sätze zu, die ihre Herkunft aus Manchester, Bermondsey oder Berlin verrieten. Sie streckten nackte Arme, Oberschenkel, ja manchmal sogar Taillen der warmen Sonne und den kühlen Blicken der Stadtbewohner entgegen, die, in nüchternes Grau oder Schwarz gekleidet, zwischen ihnen hindurchschritten oder mit scharfem Blick in den Höhlen ihrer Geschäfte lauerten.

An der stadtwärts gerichteten Seite des Platzes flatterten die Tischtücher der Cafés im Wind. In den Schatten der Markisen ärgerten weißgekleidete Kellner die Hunde, die zwischen den Tischen hin und her liefen, und unterhielten sich über das Geplätscher der Musik und die Werbespots aus dem Radio hinweg. Einige Touristen saßen in der Sonne, die Übrigen mühten sich entweder weiter zur Kathedrale hinauf und zu den Burgen, oder sie ließen sich von den Schaufenstern oder den verlockenden Erfrischungen und kleinen Mahlzeiten verführen (FISH & CHIPS, FRISCHER TEE). Doch Josh Evans saß auf dem sonnenbeschienenen Platz, die Knie ein wenig gespreizt, den italienischen Strandhut auf dem Stuhl neben sich, so dass er die Wärme auf seinem Kopf genießen konnte. Das kurzärmelige Hemd, das aus der Hose hing, um den Bauchansatz zu kaschieren, hatte er geöffnet, und man sah die sonnengerötete Haut nicht nur auf seiner Brust, sondern auch auf seinen Armen. Sein von Natur aus rosafarbenes Gesicht war bereits ein wenig gebräunt; durch seine Sonnenbrille beobachtete er die vorbeigehenden Leute, die alten, schwarzgekleideten Frauen, die züchtigen Mädchen mit ihren Jerseys, die jungen Männer mit den schwarzen Brillenfassungen, mit den Kragen und Krawatten; dazu die sonnenverbrannten Touristen. Er war rundum zufrieden.

So zufrieden, dass er die Stimme seiner Frau erst vernahm, als diese schon fast an seinem Tisch stand. Er zuckte zusammen und drehte sich lächelnd zu ihr um.

»Ach, hier steckt er also«, sagte sie, »er sitzt wie üblich in der Sonne. Wie ein Salamander, ein richtiger Salamander.«

»Ein Salamander? Was meinen Sie damit, ein Salamander?« fragte eine große Frau neben ihr.

»Mein Mann ist ein Salamander, ein richtiger Sonnenanbeter.« Ihr fröhliches Lachen klang ihm in den Ohren. »Rutsch mal ein bisschen, Josh. Die Damen setzen sich zu uns. Auf welchen Platz möchten Sie gerne, meine Liebe? Ich an Ihrer Stelle würde mich nach dem kleinen Rundgang in den Schatten setzen.«

Josh erhob sich, rückte ein paar Stühle, ordnete die verschiedenen Habseligkeiten, Maisie befand sich in Begleitung zweier Frauen, einer hochgewachsenen jungen – zumindest wirkte sie mit ihren wohl dreißig oder auch ein bisschen mehr Jahren auf den gut sechzigjährigen Josh so, mit streng irisiertem Haar und hübschem Busen, und einer älteren Dame, die sich bei Maisie untergehakt hatte und ein wenig O-beinig ging, wie alte Leute es oft tun. Sie hatte das weiße Haar locker unter einen Basthut geschoben, der mit einem Bändchen festgemacht war, ein Strandhut für eine junge Frau. Darunter hervor schaute ein kleines, faltiges Gesicht, eine knotige Hand presste sich gegen die Brust, die andere gegen eine handkofferähnliche Tasche.

»So ist's recht, setzen Sie sich in den Schatten, und ruhen Sie sich aus. Hier herauf ist es ja ganz schön steil. Du hast schon gewusst, was du tust, als du dich hierhergesetzt hast, Josh – in dieser Hinsicht können Sie sich blind auf ihn verlassen, er hat da ein todsicheres Gespür. Aber ich muss schon sagen, wenn man es dann endlich geschafft hat, wird man durch diesen großartigen Ausblick belohnt, kilometerweit. Es heißt, an klaren Tagen sieht man bis nach Jugoslawien, stellen Sie sich das vor: Übers Meer! Josh, ruf doch bitte mal den Kellner.«

»Ja. Ja, natürlich. Camerary!«

»Josh und sein Italienisch. Er versucht's immer wieder damit, auch wenn ich ihm sage, dass hier alle Englisch verstehen. Was trinkst du denn da – Kaffee? Ich glaube, ich nehme einen Tee.«

Die Damen schlossen sich ihr an, und Josh bestellte. Sie sahen sich um, beobachteten die Passanten, schauten hinüber zu den Fialen des Rathauses, musterten sich gegenseitig.

»Schön ist es hier«, sagte Mrs Evans. »Geht es Ihnen jetzt wieder besser?«

Die alte Dame antwortete entrüstet: »Mir fehlt nichts. Ich muss nur weder zu Atem kommen.«

»Sie hätte lieber gar nicht erst mitkommen sollen«, sagte die jüngere Frau. »Das habe ich ihr von vornherein gesagt.«

»Ich lasse mir von niemandem etwas vorschreiben.«

»Und wie wär's, wenn du zur Abwechslung mal Rücksicht auf andere nehmen würdest? Ich habe dir doch gesagt, du würdest das nicht schaffen.«

»Man hätte uns warnen sollen«, erwiderte die alte Dame schmollend.

»Es liegt nun mal auf einem Hügel. Da kann man sich doch denken, dass es steil wird.« Sie nahm sich zusammen, öffnete die Handtasche und begann, wie wild mit einem Taschentuch an ihrem Gesicht und Hals herumzuwischen.

»Es ist schon wirklich sehr steil«, sagte Mrs Evans. »Als wir mit dem Bus hier heraufgefahren sind, habe ich in manchen Kurven richtig Angst bekommen. Aber eins muss man den Leuten hier lassen: Einen Bus lenken, das können sie.«

»Und die Mofas«, mischte Josh sich ein.

»Ja, die elenden Mofas! Sie rasen zu jeder Tages- und Nachtzeit damit in der Gegend herum wie die Wilden!«

»Mir gefallen sie«, meinte die alte Dame. »Sie sind so schön modern.«

»Mir sind Busse lieber«, erwiderte Mrs Evans. »Bei einem Bus weiß man, was man hat, und man kann sich während der Fahrt die Gegend ansehen. Wir hatten anfangs überlegt, ob wir die ganze Fahrt mit dem Bus buchen sollen, aber dann haben wir uns doch entschlossen, mit dem Flugzeug anzureisen und nur die Ausflüge mit dem Bus zu unternehmen. So haben wir mehr vom Urlaub, und außerdem sind wir, um ehrlich zu sein, zu ein bisschen Geld gekommen, deshalb können wir uns jetzt diesen kleinen Luxus erlauben. Sind Sie denn mit dem Bus unterwegs?«

»Wir haben ein Auto.«

Die Jüngere mischte sich ein: »Wir haben ein Taxi gemietet. Meine Tante muss das Gefühl haben, einfach anhalten zu können, wenn sie das möchte.«

»Wir sind mit Footloose Tours unterwegs«, fuhr Mrs Evans mit sanfter Stimme fort. »Wir sind sehr zufrieden. Die Leute von der Agentur kümmern sich um alles, aber sie lassen einem auch genügend Freiraum. Da ist so ein netter junger Mann, der kommt jeden Abend vorbei, um sich zu erkundigen, ob alles in Ordnung ist.«

»Wir reisen allein«, sagte die junge Frau, »was bedeutet, dass meine Wenigkeit alles organisieren muss.«

»Lassen Sie sich doch von meinem Mann ein wenig helfen. Er studiert gerne Landkarten und Fahrpläne, hab ich nicht recht, mein Lieber?«

Der Kellner brachte ihnen den Tee und dazu unaufgefordert einen Teller mit Schokoladenleckereien. Die alte Dame warf ihrer Begleiterin unter dem Bastrand ihres Hutes hervor einen argwöhnischen Blick zu, nahm zwei der Schokoladenstückchen und verschlang sie schnell.

Sie hieß Cynthia Fingal, und der Name ihrer Nichte lautete Lena Kemp. Sie logierten in Rimini, während die Evans' etwa fünf Kilometer entfernt in Salvione untergebracht waren, einem jener zahlreichen Urlaubsorte, die sich in einer endlosen Kette aus Beton, Baustellen und blühenden Bäumen entlang der Adria erstreckten. Miss Kemp lebte in Reading, und seit dem Tod einer jüngeren Tante vor zwei Jahren wohnte Mrs Fingal bei ihr. Im letzten Jahr hatten sie ihren Urlaub in Devon verbracht, wo ihnen nur vier sonnige Tage vergönnt gewesen waren. Dieses Jahr hatte Mrs Fingal sich für die Sonne entschieden.

»Und wir haben die Sonne auch tatsächlich aufgespürt«, sagte sie mit einem Blick über die glitzernde Weite des hochgelegenen Platzes. »Ich hab's dir doch gesagt, Lena. Ich war schon einmal hier, mit meinem Mann. Und die Sonne habe ich nicht vergessen. Damals nach dem Krieg war das – nach dem Weltkrieg. Seine Firma hat ihn hergeschickt, und ich bin mitgekommen. Wir waren nicht hier, sondern in Mailand, gleich nach dem Weltkrieg. Ich habe die Sonne nie vergessen und die wunderschönen Pfirsiche. Lena wollte es mir einfach nicht glauben.«

»Ich habe es dir schon geglaubt. Die Dinge stellen sich im Alter nur einfach ein bisschen anders dar.«

»Wir sind zum ersten Mal hier«, sagte Mrs Evans. »Wir sind

vor ein paar Jahren einmal an die Costa Brava gefahren, aber, um Ihnen die Wahrheit zu sagen: Wir haben uns schon eine ganze Weile keinen Urlaub mehr erlauben können, stimmt's, Josh? Wissen Sie, wir haben uns um eine alte Dame gekümmert, eine liebe alte Dame; wir haben immer Tante Flo zu ihr gesagt, obwohl sie nicht mit uns verwandt war, nur eine alte Dame ohne einen Menschen, also haben Josh und ich sie bei uns aufgenommen.«

»Und das haben wir gerne gemacht«, murmelte Josh.

»Ja, die arme Tante Flo, sie ist im März von uns gegangen, also haben Josh und ich beschlossen, uns einen kleinen Urlaub zu gönnen, uns ein bisschen von der Sonne verwöhnen zu lassen. Wir sind jetzt seit vier Tagen hier, und abgesehen von dem Gewitter am Dienstagabend haben wir wundervolles Wetter gehabt.«

»Das ist es: die Sonne. Ich habe mich noch genau daran erinnert aus der Zeit, in der ich zusammen mit meinem Mann in Mailand war. Gleich nach dem Weltkrieg, aber so sehr ändern sich die Dinge nicht, da können die Leute sagen, was sie wollen.«

Josh beugte sich nach vorn und tätschelte seiner Frau den Arm. »Vergiss nicht, auf die Uhr zu sehen, Mai.« Sie hoben beide den Blick zu der Uhr unter den drei Heiligen an der Fassade des Rathauses. »Wir verpassen noch den Bus, wenn wir uns jetzt nicht beeilen.«

»Meine Güte, du hast recht!« Sie begann, Jacke, Handtasche und Schal einzusammeln.

Miss Kemp sagte: »Wir könnten Sie nach Rimini mitnehmen, wenn Sie möchten.«

»Das ist wirklich sehr nett von Ihnen, aber wir bleiben lieber beim Bus. Wir haben schließlich schon die Tickets, und außerdem bringt uns der Bus direkt zum Hotel zurück. Vielleicht begegnen wir uns ja wieder.«

»Das wäre schön. Es ist immer nett, mit jemandem reden zu können, den man kennt.«

»Wir wollten doch am Samstag nach Rimini fahren, stimmt's, Josh?«

»Wir könnten bei Ihnen vorbeischauen.«

»Vielleicht auf eine Tasse Tee?«

»Es gibt genügend Cafés – wenn man diese kleinen Beutelchen überhaupt guten Gewissens Tee nennen kann.«

Die Evans' standen auf. »Wir könnten Sie doch am Hotel abholen«, sagte Maisie mit strahlendem Lächeln, und die Sonne bildete so etwas wie einen Strahlenkranz um ihr festes Haar. »Sagen wir, um halb vier – dann haben Sie Ihr Mittagsschläfchen schon hinter sich.«

»Am Samstag. Wir wohnen im Miramare – das liegt gleich an der Hauptstraße, wenn Sie von Norden in den Ort kommen, die Busse fahren direkt daran vorbei. Was für einen entsetzlichen Lärm sie machen!«

»Das werden wir schon finden. Wir freuen uns. Aber jetzt müssen wir wirklich los!« Sie schickte sich an zu gehen, Josh lüftete den Hut. »*Ciao!*«, sagte er und verließ die beiden Damen mit einem Lächeln.

Man konnte das Albergo Garibaldi eigentlich nicht Hotel nennen, aber es war doch eine Spur besser als eine *pensione*. Es stand an der Ecke der Straße, die von der Hauptverkehrsader Salviones abbog und hinunter zum Strand führte. Erst vor zwei Jahren war es gebaut worden, und es ließ sich nicht sagen, ob die Risse und der abbröckelnde Putz nun darauf hinwiesen, dass es nie richtig fertig gestellt worden war, oder darauf, dass es bereits vor der Zeit wieder verfiel. Es wurde von ein paar niedrigen Bäumen mit Blättern, auf denen der weiße Staub der Seitenstraßen von Salvione lag, gesäumt; ihr Schatten machte die Veranda, die auf die Hauptstraße führte, zusammen mit den riesigen Topflilien und -geranien zu einem angenehmen Ort, wenn es zu heiß war, um an den Strand zu gehen. Maisie saß hier gerne in einem Korbsessel und strickte, und Josh brachte seinen Cappuccino nach dem Mittagessen und seinen Campari vor dem Abendessen heraus und sah den Passanten draußen auf dem Gehsteig zu. Alle Gäste, deren Hotel nicht direkt am Strand lag, mussten diese Straße entlanggehen, so dass Josh hier fast so viele halbnackte Körper und unterschiedliche Bademoden bewundern konnte, als sitze er unter seinem Sonnenschirm in Reihe D des Bagno Luigi, das Meer nur eine Ahnung von Ruhe vor dem Gewimmel von Sonnenstühlen. Der Strand erstreckte sich fast achtzig Kilometer lang, doch unmittelbar vor Salvione und den anderen Ferienorten konnte man kaum mehr sehen als den Fleck, auf dem man saß, vor lauter Stühlen, Handtüchern und halbnackten Körpern, über denen das Gemurmel von Transistorradios, die Rufe der Eisverkäufer, die Musik auf dem Boot, mit dem man bis zum Horizont segeln konnte, und das Kreischen englischer Mädchen hingen, die von italienischen Jungen geneckt wurden. Der menschliche Körper wurde in nicht enden wollender Vielfalt enthüllt – von Mädchen in Bikinis, geschmeidig wie Narzissen, bis zu alten Männern und Frauen, bei denen auch die Körperbehaarung bereits weiß geworden war. Und mit höchstens einem Hemd über diesem Körper flanierten die meisten von ihnen mindestens zweimal täglich auf den gesprenkelten Gehsteigen vor dem Albergo Garibaldi vorbei.

Die Gäste des Albergo nutzten die Veranda als Café, denn die meisten von ihnen waren schon ein wenig älter (die Agentur Footloose erfragte das Alter auf dem Anmeldeformular und vermittelte die jüngeren Gäste nach Cesenatico, wo ein reges Nachtleben herrschte) und machten sich nicht mehr allzu viel daraus, längere Fußmärsche zu unternehmen oder in der Sonne zu sitzen. Sie frühstückten hier – in den Zimmern war nicht genügend Platz – und nahmen auch hin und wieder mal einen Drink, der ihnen aus dem Speisesaal gebracht wurde. Dort konnte man bisweilen einen Blick auf die Inhaberin erhaschen, eine Frau, die das Geschäft mit eiserner Hand führte und, in eine Kittelschürze gekleidet, ihre Gäste beobachtete, so wie sie vor langen Jahren die Schweine und Hühner auf dem Bauernhof ihres Vaters am Fuße der Apenninen beobachtet hatte. Und durch die Türen zu diesem Speisesaal, von acht Uhr morgens bis zehn oder elf Uhr abends, eilten unermüdlich jeden Tag in der Saison, abgesehen von zwei Stunden Pause am Nachmittag, die Kellnerinnen Graziella und Francesca und der junge Alfredo.

Francesca war manchmal gereizt (auch wenn sie sich hütete, das zu zeigen, wenn die Signora in ihre Richtung schaute), denn ihr Mann hörte während der Saison auf zu arbeiten und trieb sich in den Cafés mit den Flipperautomaten oder am Strand herum. Er verließ sich auf die Einkünfte Francescas, bis das Albergo wieder schloss und sie beide an ihren Arbeitsplatz in der Keramikfabrik zurückkehrten, wo sie sich im Winter ihren Lebensunterhalt verdienten. Alfredo, der noch nicht einmal fünfzehn war, hatte letztes Jahr im Gasthaus Lorelei zu arbeiten begonnen, und obwohl er ausgesprochen höflich war, weigerte er sich doch, irgendeine andere Sprache als Deutsch zu verstehen. Graziella, deren Haut am Abend noch lockerer an ihren Knochen zu hängen schien als am Morgen, war immer ausgeglichen. Sie war zu allen freundlich, zu Männern und Frauen gleichermaßen, und sie brachte den Touristen genauso gerne italienische Worte bei, wie sie selbst ihr Englisch übte.

»*Buon giorno*«, lächelte sie, wenn sie morgens das Frühstück brachte. »Haben Sie gut geschlafen?«

»Ja danke«, lautete die Antwort dann oder: »Nicht allzu gut, da waren jede Menge junge Kerle auf ihren Mofas unterwegs heute Nacht.« Und sie sagte daraufhin: »Schönes Wetter heute. Machen Sie einen Ausflug mit dem Bus?« oder, leidenschaftlicher: »Schade. Aber italienische Männer machen gern viel Lärm.« Gleichgültig, was sie sagte – man bekam sofort bessere Laune.

Josh sah ihr gerne zu. Er schaute allen Mädchen gerne zu, von denen am Strand, deren Formen lediglich von zwei schmalen Streifen Stretchnylon verhüllt wurden, bis zu den Friseusen in dem Laden gegenüber, die in den Stunden der Siesta, die nackten Füße in Sandalen, träge vor der Tür herumstanden, die Haare hochfrisiert über den teigigen Gesichtern, die Körper jedoch gewiss nackt unter den Kitteln? Sie erinnerten Josh an Kätzchen mit dünnem, zartem Flaum; er spürte sie förmlich unter seinen Händen. Er schaute auch gerne Francesca zu, wenn ihre nackten Füße über die Fliesen patschten und die Schürzenbänder im Rhythmus mit ihrem Hinterteil schwangen, besonders, wenn sie ungehalten war. Eines Morgens war sie ausgesprochen ungehalten. Sie hatte einen Fleck am Hals, den die anderen Schützlinge von Footloose vermutlich gar nicht bemerken würden, aber so genau konnte man das dann doch wieder nicht wissen, dachte Josh.

Francesca sah er lieber zu, doch Graziella bereitete ihm größeres Vergnügen. Sie war jünger, erst neunzehn, zartknochig wie ein Vogel. Als er während eines Busausfluges nach Ravenna die Alabasterfenster in Galla Placidias Grab sah, musste er an Graziellas honigfarbenes, schimmerndes Gesicht denken. Als sie ihm an jenem Abend seinen Campari brachte, während Maisie sich oben umzog, versuchte er, ihr davon zu erzählen.

»*La finestra – Galla Placidia – è come – voi.*«

»*Come …?*«

»Wie Sie – die Fenster. Wenn das Licht hindurchscheint.«

Sie lächelte mit kleinen, schiefen Zähnen, ohne ihn zu verstehen. Er hob die Hand zu ihrem Gesicht und zeichnete ihre Wange nach. Sie trat einen kleinen Schritt zurück. »Ihr Gesicht – die gleiche Farbe – *colore similare …*«

Immer noch lächelnd, schüttelte sie den Kopf. Francescas Schritt stockte ein wenig, als sie vorbeihastete, und Graziella sagte etwas auf Italienisch zu ihr. Francesca sah ihn aus den Augenwinkeln an, erwiderte etwas in scharfem Tonfall und ging weiter. Joshs Blick folgte ihren Schürzenbändern. Auch ihr Busen war nicht zu verachten.

Er sprach mit Graziella, während er auf Maisie wartete, mit der er den Bus um halb drei nach Rimini nehmen wollte, wo sie sich mit Mrs Fingal und Miss Kemp verabredet hatten. Maisie trank gern eine Tasse Tee nach dem Mittagessen, verzichtete jedoch darauf, wenn sie noch etwas vorhatten, weil sie sich Sorgen machte, vielleicht keine Damentoilette oder nur eine in schlechtem Zustand zu finden. Josh liebte seinen Cappuccino, und Graziella hatte ihm eine Tasse gebracht. Er saß allein draußen auf der Terrasse. Die Signora nahm ihr Mittagessen in der Küche ein, während sie die Küchenhilfe beaufsichtigte. Die meisten Gäste hatten sich in ihre Zimmer zurückgezogen oder auf die Strände oder anderen Treffpunkte verteilt. Graziella stellte die Tasse vor ihm ab. »*Ecco, Signore.*«

Er schreckte aus dem leichten Schlaf auf, in den er nach einer Mahlzeit immer verfiel. »Ach, danke – *grazie.*«

»*Prego.*«

»*Grazie* – Graziella. Ihr Name.«

Sie lächelte. »*Sì*, mein Name. Aber, ich glaube, nicht ›danke‹ in Ihrer Sprache?«

»Fräulein Dankeschön, was?«

»Nein, im Englischen, glaube ich, ist – einfacher.«

»Grace, nicht wahr?«

»Ich glaube.«

»Gracie. Das klingt schön – *bella.*«

»Nein, nein.« Sie lachte, rückte Stühle zurecht, wischte mit ihrer Serviette über die Tische.

»*Sì, sì. Graziella è bella.*«

Sie zog sich an einen der weiter entfernten Tische zurück. »Trinken Sie. Wird kalt.«

»Ach, das ist schon in Ordnung. Machen Sie sich keine Gedanken.« Er nippte an dem köstlichen Getränk. »*Molto bene.*«

»Schmeckt?«

»*Sì, sì molto. Mia piacere – cappuccino.*«

»Sie sprechen Italienisch sehr gut. Bald perfekt.«

»Das würde ich gerne.«

»Und ich Englisch.«

»Sie sprechen wunderbar Englisch. *Parlare Inglese bene.*«

»Nein, nein! In der Schule lerne ich, hier lerne ich mehr, oder – mehrere?«

»Viel. Nicht mehrere.«

»Viel.«

»Sie kommen nach England, dann bringe ich Ihnen Englisch bei.«

»Ach!« seufzte sie. »Ich möchte sehr gern England fahren. Mein Vater drei Jahre England.«

»Was! Wo ist er denn, in London?«

»Nein, nein, mein Vater sechs Jahre gestorben.«

»Oh, das tut mir leid.«

»Mein Vater im Krieg – Gefangener.«

»Oh, im Krieg.«

»*Sì*. Er sehr gern mögen. Aylesbury. Sie kennen Aylesbury?«

»Tja, ich kenne es nicht, aber ich habe davon gehört.«

»Mein Vater drei Jahre Aylesbury in Kriegsgefangenenlager. Ich mag sehr gern – fahren Aylesbury.«

»Kommen Sie nach England, dann bringe ich Sie hin. *Andiamo* – Aylesbury – *subito.*«

»*Ah, magnifico!* Sie sprechen sehr gut!« Sie klatschte in die Hände, und sie lachten einander an.

Während Maisie und Josh auf den Bus warteten, erzählte er ihr von Graziellas Vater, der Kriegsgefangener in England gewesen war. »Na, so was«, antwortete sie geistesabwesend. »Du hast doch die Rückfahrkarten, oder?« Ja, die hatte er. Er hatte sie bei der Agentur abgeholt, wo er immer die Reiseschecks einlöste. Sie standen schweigend da, einsame Angelsachsen neben drei oder vier schlicht gekleideten, italienischen Mädchen. Schon komisch, dass sie alle kleine, goldene Ohrringe trugen, sogar die Babys. Tat es wohl weh, wenn man durch dieses gummiartige Fleisch stach …? Es war heiß, aber die Hitze war trocken. Zu heiß, um an den Strand zu gehen, zu früh nach dem Mittagessen …

»Da kommt er ja«, sagte sie mit breitem Lächeln, und Josh folgte seiner Frau in den Bus.

Sie sprachen den größten Teil der Fahrt kein Wort, denn Josh döste vor sich hin, den Hut auf den Knien, und sein weißhaariger Kopf wackelte im Takt der Räder hin und her, und Maisie dachte nach. Allmählich wurden die Souvenirläden größer, was darauf hinwies, dass sie sich Rimini näherten. Maisie stieß ihren Mann leicht an, und er richtete sich auf, die gute Laune wieder auf sein Gesicht zaubernd.

»Ich kümmere mich um das Mädchen«, sagte sie, »und du bleibst bei der alten Dame.«

»Gut.«

Schon bald kamen sie vor dem Hotel Miramare an.

Das Miramare war feudaler als das Albergo Garibaldi. Man hatte sich bei seinem Bau ein paar Jahre mehr Zeit gelassen und sogar die Konstruktionsfehler behoben. Die Bäume im Garten waren inzwischen hoch genug, um das Haus ein wenig von dem Verkehr abzuschirmen, der nur wenige Meter entfernt vorbeibrauste, von Venedig nach Bari.

Auf der anderen Seite befand sich eine Terrasse mit Sonnenschirmen und Topfpflanzen, Bougainvillea und Glyzinien, die auf einen kiesbestreuten Hof, den Strand und das Meer führte. Ein Portier mit weißen Handschuhen und geflochtener Mütze, der kaum sechzehn Jahre alt war, war fast immer im Foyer anzutreffen. Der Fernseher stand in einem eigenen Raum. Netze, die an den Fensterwänden hingen, verliehen dem Raum eine gewisse luftige Eleganz. Die Damen saßen im Schatten auf der Terrasse, und Miss Kemp erhob sich, als Josh und Maisie sich näherten. Sie trug ein enges, rosafarbenes Kleid ohne Ärmel, das ihren Busen vorteilhaft zur Geltung brachte, und wenn sie ein bisschen mehr Puder aufgelegt und die Haare nicht ganz so streng zurückgebunden hätte, hätte man sie sogar attraktiv nennen können. Mrs Fingal saß mit gespreizten Knien, Turnschuhe an den Füßen, da. Sie trug eine einreihige bunte Perlenkette aus San Marino und immer noch denselben Basthut.

Man rückte die Stühle zurecht. Josh legte den Hut auf den Boden neben sich, in der Hoffnung, dass keine Ameisen hineinkrabbeln würden. Mrs Fingal schwieg, wie erstickt unter ihrem Glockenhut. Miss Kemp schob mit leicht gereizter Miene, die offenbar schon zu einem Teil ihres Wesens geworden war, einen Armreif an ihrem Handgelenk hin und her und unterhielt sich mit Maisie übers Wetter und die Speisenfolge beim Mittagessen. »So ein Durcheinander. Ich kann ein solches Durcheinander nicht leiden. Warum können die nicht hin und wieder einfach ein Kotelett servieren?«

»So gute Koteletts wie in England bekommt man hier einfach nicht.«

»Und dann ständig diese Spaghetti und das andere Zeug – wie sagen sie hier gleich noch mal dazu, Pasta? Das ist doch bloß Mehl und Wasser, wenn Sie mich fragen, Gift für die Figur.«

»Da brauchen Sie sich nun wirklich keine Gedanken machen.«

»Naja …« Sie schaute mit selbstgefälligem Blick an sich herunter, den Kopf halb widerwillig, halb kokett schräg gelegt. »Wenn ich wieder zu Hause im guten alten England bin, gibt's Roastbeef, das sage ich Ihnen.«

»Es geht doch nichts über die englische Küche.«

»Sie sollten mal Maisies Apfelkuchen probieren.«

»Ach, da gehört nun wirklich nicht viel dazu.«

»Lena kann nicht kochen«, mischte Mrs Fingal sich plötzlich ein. »Bei ihr kommt alles aus der Dose oder aus dem Tiefkühlfach.«

Lena schob den Armreif an ihrem Handgelenk hin und her. »Ich verbringe doch nicht Stunden in der Küche, wenn ich von der Arbeit komme. Das mag schon recht sein für Frauen, die nichts Besseres zu tun haben.«

»Wir sind natürlich in Rente«, sagte Mrs Evans in besänftigendem Tonfall. »Wissen Sie, ich war früher Krankenschwester, aber das habe ich aufgegeben, sobald ich geheiratet habe. Nur noch ein paar Stunden die Woche habe ich ausgeholfen, mich nützlich gemacht, wenn Not am Mann war. Schließlich konnte ich doch nicht einfach ganz aufhören, da alle Welt über den Mangel an Schwestern jammerte. Aber als mein Mann dann in Rente ging, habe ich das auch aufgegeben – doch bei Freunden mache ich natürlich nach wie vor eine Ausnahme. Deshalb haben wir auch Tante Flo bei uns aufgenommen.«

»Ich kann kranke Menschen nicht ausstehen.« Miss Kemp richtete sich auf, so dass ihr Busen sich hob wie ein Rammbock.

»Das ist doch ganz natürlich für einen jungen Menschen.«

Während der nun eintretenden Gesprächspause sammelte Mrs Evans ihre Habseligkeiten zusammen. »Tja, ich glaube, wir sollten aufbrechen. Ich würde gerne noch einen Schaufensterbummel machen, und in Salvione gibt es nicht allzu viel Auswahl.«

Josh rückte seinen Stuhl etwas zurück, erhob sich jedoch nicht. »Ich habe gerade überlegt, Schatz – ich habe gerade überlegt, ob Sie mich wohl entschuldigen würden?«

»Entschuldigen?«

»Na ja, ich weiß doch, wie die Damen sind, wenn sie erst mal mit einem Schaufensterbummel anfangen. Und ich sitze so gern hier im Schatten und schaue aufs Meer hinaus.«

Sie drohte ihm spielerisch mit dem Finger. »Du bist schon ein schrecklicher Faulpelz, mein Lieber, wirklich!«

Er lächelte schüchtern wie ein kleiner Junge. »Ich weiß. Aber es ist so schön hier, einfach zu sitzen und sich den Wind um die Nase wehen zu lassen. Meinen Sie –«, er lächelte geistesabwesend, »meinen Sie, ich könnte wohl Mrs Fingal dazu überreden, mir Gesellschaft zu leisten?«

»Tja«, Maisie warf der jüngeren Frau einen Blick zu, »du kannst ja wohl kaum allein hier herumsitzen, das ist nicht einmal unser eigenes Hotel. Was meinen Sie, Miss Kemp? Sollen wir Frauen allein losziehen und diese Faulpelze einfach hier sitzen lassen?«

Mrs Fingal richtete sich in ihrem Stuhl auf. »Gehen Sie ruhig. Gehen Sie. Ich will heute nicht mehr in irgendwelchen Geschäften herumlaufen.«

»Na schön. Dann setzt ihr zwei euch hierher und ruht euch ein bisschen aus. Wir kommen so gegen fünf Uhr wieder zurück, damit wir den Bus noch erwischen. Und bleibt schön brav!« Lächelnd wandte sie sich ab. Als die beiden Frauen hineingingen, meinte Miss Kemp: »Tante schafft das sowieso nicht mehr so gut.«

»Tja«, sagte Josh, »da wären wir also.« Er drehte den Stuhl ein wenig, um Mrs Fingal gegenüberzusitzen, entspannte sich und lehnte sich zurück.

Die Lippen der alten Dame zitterten. Sie nahm ein Taschentuch aus ihrer Handtasche und hielt es sich vors Gesicht, dann rollte sie es zwischen ihren knotigen Fingern zu einem Ball. »Sie ist hart. Sie ist völlig auf sich selbst fixiert. Und sie weiß, dass ich alles mitbekomme. Aber sie ist hart. Sie hat nie jemanden außer sich selbst geliebt. Eigentlich ist sie gar nicht meine Nichte.«

»Nein?«

»Nein. Sie ist keine Blutsverwandte, sondern die Nichte meiner Schwägerin. Sie ist fast schon vierzig Jahre alt.«

»Ach nein!«

»Siebenunddreißig, um genau zu sein. Und was hat sie erreicht im Leben? Sie hat gerade mal einen Schreibtisch, eine Schreibmaschine und ein bisschen Geld bei der Bausparkasse, mehr hat sie nicht erreicht. Sie ist hart.«

»Sie dürfen sich deshalb nicht aus der Fassung bringen lassen.«

»Nein. Ich bin unabhängig, ich tue, was mir gefällt. Schließlich sind wir doch jetzt hier, oder? Sie wollte nicht hierherfahren. Sie mag keine Fremden, sieht nicht über die eigenen vier Wände hinaus, wissen Sie. Aber ich wollte hierher kommen, und ich habe ihr gesagt, sie kann entweder mitfahren oder bleiben, wo der Pfeffer wächst. Wissen Sie, ich bin nicht das erste Mal in Italien, ich war früher schon mal hier, zusammen mit meinem Mann. Das ist natürlich schon Jahre her, das war nach dem Weltkrieg. Wir sind damals nach Mailand gefahren, er musste für seine Firma dorthin. Wir haben uns ›Das letzte Abendmahl‹ zusammen angeschaut. Es war in einem fürchterlichen Zustand, die Farbe ist überall abgeblättert. Ich habe gehört, dass es inzwischen restauriert worden ist. Ich habe sie gezwungen, nach Ravenna zu fahren. Die Mosaiken, Sie wissen schon, Mr – äh …«

»Evans. Josh Evans.«

»Ja. Die kleinen Lämmer und die Tauben in der Luft und die kleinen Blumen. Das Leben hat ständig neue Überraschungen auf Lager. Ich hätte nie gedacht, dass man solche Sachen aus Stein machen kann. Hätten Sie das gedacht?«

»Nein, das könnte ich nicht behaupten.«

»Anderswohin wollte ich dann nicht mehr fahren. Mir war

das genug. Die kleinen Lämmer, wie in Noahs Arche … Die werde ich nie vergessen, genauso wenig wie das Abendmahl. Manche Dinge vergisst man nicht, stimmt's, Mr – äh …«

»Ja, da haben Sie recht.«

»Das reicht mir, habe ich ihr gesagt. Du fährst weiter, ich bleibe im Wagen. Wissen Sie, ich kann Menschenmassen nicht ausstehen. Sie glaubt, dass andere Gründe dahinter stecken, aber ich kann Menschenmassen wirklich nicht ausstehen.« Sie sah ihn mit listigem Blick an, doch er gab ihr keinen Augenblick das Gefühl, dass er ihr nicht zuhörte. »Jedenfalls bin ich im Wagen geblieben, habe sie allein die anderen Dinge anschauen lassen, weil sie doch gehofft hat, angesprochen zu werden. Sie kennen ja die Geschichten, die man sich so von Südländern erzählt.«

»Man muss nicht alles glauben, was man hört.«

»Nein, da haben Sie allerdings recht. Aber die Gerüchte stimmen eigentlich immer. Die kleinen Lämmer … Ich hatte schon von ihnen gehört, aber so etwas hatte ich nicht erwartet.«

»Sie haben etwas versäumt, weil Sie sich das Grab nicht angesehen haben. Das ist das Grab einer Kaiserin, gleich bei der Kathedrale.«

»Davon habe ich gehört, aber ich wollte es mir nicht anschauen.«

»Da ist Ihnen wirklich etwas entgangen. Die Mosaiken …« Er zeichnete sie mit der Hand nach. »Man könnte glauben, sie sind echt. Da sitzen ein paar Tauben auf so einer Art Schüssel – alles aus Stein. Und das einzige Licht kommt aus dem Alabaster.«

»Aus dem Alabaster?«

»Alabaster. Natürlich gibt es Postkarten von den Tauben, aber den Alabaster muss man einfach selbst gesehen haben.«

Es entstand eine Gesprächspause, in der Josh über den Alabaster nachdachte und Mrs Fingal über ihn.

»Sie sind ja ein richtiger Künstler.«

»Ach was, so würde ich das nicht sagen.«

»Sie sind ein richtiger Künstler. Mein Mann hatte auch eine Ader für die Kunst. Als wir nach dem Weltkrieg in Mailand waren, sind wir immer in die Kathedrale gegangen, haben uns einfach auf eine der Bänke gesetzt und uns umgeschaut. Wir haben nichts sagen müssen. Er hat meine Hand genommen und sie gedrückt, und ich habe gewusst, was er denkt. Und danach haben wir Postkarten gekauft, wir haben immer die gleichen ausgesucht.«

»Sind Sie schon lange allein, Mrs Fingal?«

»Vierunddreißig Jahre. Lungenentzündung.« Josh schnalzte mit der Zunge. »Im Oktober werden es vierunddreißig Jahre. Wissen Sie, damals hat man noch nicht die richtigen Medikamente gehabt. Ich trauere immer noch, Mr – äh …« Sie drückte sich wieder das Taschentuch auf den Mund.

»Natürlich, natürlich. Und jetzt leben Sie bei Ihrer Nichte.«

»Sie ist nicht meine richtige Nichte. Sie ist die Nichte meiner Schwägerin. Ich habe bei meiner Schwester gewohnt, aber sie ist gestorben. Sie war fünf Jahre jünger als ich. Aber das Herz hat versagt, einfach so.« Josh schnalzte wieder mit der Zunge.

»Und dann hat Lena mich bei sich aufgenommen.«

»Sie wollen nicht allein leben.«

»Ich bin zweimal gestürzt. Sonst wäre ich noch ziemlich unabhängig.«

»Ich bin mir sicher, Miss Kemp ist glücklich …«

»Ja, glücklich über mein Geld! Wissen Sie, ich bezahle sie, aber sie ist hart. Sie denkt nur an sich selbst.«

»Und sie ist Ihre einzige Verwandte? Sie haben keine Kinder?«

»Sie ist keine Blutsverwandte. Sie ist ziemlich gewöhnlich. Eigentlich sollte ich das ja nicht sagen, aber sie ist einfach gewöhnlich. Sie ist so ganz anders als unsere Seite der Familie. Ich habe selbst eine kleine Tochter gehabt, aber die ist gestorben. Sie haben es nicht rechtzeitig gemerkt, da ist es durchgebrochen. Alice haben wir sie genannt, nach der Mutter meines Mannes. Er hat sehr an seiner Mutter gehangen. Das Mädchen war erst zehn. Und Sie? Haben Sie Kinder?«

»Nein, leider nicht. Wir sind ganz allein. Wir haben ziemlich spät geheiratet – meine Frau war schon fast vierzig.«

»Es ist besser, wenn man jung heiratet.«

»Na ja, so schlecht kommen wir nicht miteinander zurecht.«

Josh lächelte, und Mrs Fingal lächelte ebenfalls. Sie straffte die Schultern und steckte ihr Taschentuch in die Handtasche. Die Sonne kam allmählich um die Ecke des Hauses, und der Strand und die klare See lagen still in ihrem Licht. Josh sah auf die Uhr. »Kann ich Ihnen etwas bringen, Mrs Fingal? Ein Eis vielleicht oder eine Tasse Tee?«

»Danke. Das ist wirklich nett von Ihnen. Viel gibt es allerdings hier nicht.«

»Wir könnten einen Spaziergang machen. Die Sonne scheint inzwischen nicht mehr so heiß.«

»Dann könnten wir ja vielleicht in ein Café gehen. Wie schön!«

»Wir büchsen zusammen aus, was halten Sie davon?« Er zwinkerte ihr zu, und sie zwinkerte zurück, während sie aufstand.

»Ich möchte nur noch schnell … Ich möchte noch einen anderen Hut aufsetzen. Und Sie … Vielleicht wollen Sie ja …« Sie deutete vage in Richtung Hotel. Er verbeugte sich leicht.

»Ich warte dann drinnen auf Sie.«

Sie sammelte ihre Habseligkeiten zusammen und ging ins Haus. Josh, der ihr mit langsamen Schritten folgte, begab sich in die Toilette: Mosaiken an Wänden und Boden, flüssige Seife, Papierhandtücher, Kategorie eins. Dieses Hotel war ganz offensichtlich teurer als das Albergo Garibaldi.

Sie trotteten über das gesprenkelte Pflaster, Mrs Fingal untergehakt bei Josh. Der Verkehr floss nahe an ihnen vorbei, denn der Weg war schmal, und Mrs Fingal, die nicht mehr allzu gut auf den Beinen war, hatte Angst, in seinen Sog zu geraten. Sie kamen nur langsam voran, sie mit ihren krummen alten Beinen, er mit seinem würdevollen Bauch, und sie blieben von Zeit zu Zeit stehen, um die Blumen vor den Villen und Hotels zu betrachten. Schon bald fanden sie ein Café mit Sonnenschirmen, und Mrs Fingal bewunderte Joshs gute Italienischkenntnisse – *due cassatti, due cappuccini, per favore.*

Während sie das Eis gierig in sich hineinlöffelte, sagte sie: »Lena wäre ganz schön neidisch! Sie weiß nämlich gar nicht, wie schön es sein kann, mit einem Mann auszugehen.«

»Ist sie denn nie …?«

»Sie verschreckt alle. Sie ist einfach keine richtige Frau. Und in ihrem Alter ist man normalerweise schon längst verheiratet. Sonst stimmt doch was nicht.«

»Sie sieht aber nicht schlecht aus. Man möchte meinen ...«

»Sie ist egoistisch. Männer mögen das nicht. Und dass ich mit einem Mann hier sitze – das würde sie ganz schön ärgern.«

Mit verschmitztem Lächeln meinte er: »Sie müssen ihr ja nichts davon erzählen, oder?«

»Das Gesicht möchte ich aber sehen. Ich habe schon weiß Gott wie lange nicht mehr mit einem Mann gesprochen – abgesehen von Verkäufern und meinem Arzt natürlich. Wissen Sie, irgendwie fehlt einem die männliche Sicht der Dinge einfach, wenn man einmal verheiratet gewesen ist.«

»Und ich würde wetten, dass Sie nicht oft zum Arzt müssen, oder?«

»Nicht sehr oft. Ich habe ein paar Tabletten, die ich regelmäßig nehme, aber sonst fehlt mir nicht viel. Mein Mann wäre inzwischen dreiundachtzig.«

»Dann war er ja viel älter als Sie.«

Sie gab sich verschämt. »Nur vier Jahre.«

»Ach nein, wirklich!« Sie nickte und leckte lächelnd den Löffel ab.

»Ich hätte Ihnen fünfundsechzig Jahre gegeben, keinen Tag mehr.«

»Das sagen Sie nur so dahin.«

»Nein, das stimmt nicht. Fünfundsechzig, keinen Tag mehr – allerhöchstens sechsundsechzig.«

»Naja – ich bleibe aktiv, egal, was Lena sagt. Ich habe darauf bestanden, nach Italien zu fahren. Sie wollte das nicht. Aber ich bin unabhängig, ich kann mich durchsetzen. Ich wollte immer schon wieder hierher zurückkommen, nachdem wir damals in Mailand gewesen waren nach dem Weltkrieg. Und weil ich zahle, bekomme ich meinen Willen.«

Er ließ sie weitererzählen und unterbrach sie nur hin und wieder mit einer Bemerkung oder einer Frage. Unter seiner lächelnden Aufmerksamkeit begann sie aufzublühen. Sie hob das Kinn, streckte den Hals, als sei er noch immer lang und weiß und als ruhe der Kopf mit dem früher kastanienbraunen, mittlerweile schlohweißen Haar noch immer anmutig darauf. Dabei sandte sie Blicke in seine Richtung, die früher einmal verführerisch gewesen waren. Aus diesem unförmigen Fleisch lugten die Augen eines Mädchens, einer Braut, einer jungen Mutter, lächerlich und zugleich traurig. Josh hörte nur mit halbem Ohr, was sie erzählte, aber er bemerkte, wie temperamentvoll sie wurde. Er erwiderte ihren freundlichen Blick, obgleich seine Gedanken bei den drei deutschen Mädchen waren, die an einem nahe gelegenen Tisch Postkarten schrieben, die Oberschenkel wie Kupfer in den Shorts, und bei der jungen Frau, die gerade die Kaffeemaschine bediente, die Arme so fest und braun wie Mandeln; er ließ seine Hand sogar einen Augenblick auf Mrs Fingals Ellenbogen ruhen, nachdem er ihr geholfen hatte, von ihrem Stuhl aufzustehen. Ganz langsam gingen sie wieder zurück. Nun nahm er ihren Arm, um sie ein wenig zu stützen, wegen der Unebenheiten auf dem Pflaster, und um sie sicher über eine Kreuzung zu geleiten. Sie tänzelte fast dahin neben ihm, während er, den Hut in der Hand, ihr den Kopf zuneigte, so dass die Sonnenstrahlen auf seinem Gesicht spielten, auf dem gutmütig verzogenen Mund. Dabei überlegte er, wo er wohl die Busfahrscheine verstaut hatte. Er half ihr die Stufen zum Hotel hinauf. Maisie und Miss Kemp warteten schon auf sie, und Miss Kemp stürzte sich sofort auf sie. »Wo, um Himmels willen, wart ihr zwei denn? Wir warten schon seit Stunden.«

Mrs Fingal ignorierte ihre Bemerkung und lächelte Maisie an. »Habt ihr gefunden, was ihr wolltet? Ich hoffe, Lena hat Sie nicht sinnlos in der Gegend herumgeschleift.«

»Ihr hättet doch eine Nachricht hinterlassen können. Wir wussten nicht, wo ihr gewesen seid.«

»Ich war ja in guten Händen.« Sie lächelte ihm zu, und er lächelte mit einer kleinen Verbeugung zurück.

»Wir sind ein bisschen spazieren gegangen …«

»Und haben ein Eis gegessen. Unter einem Sonnenschirm, draußen im Freien. Und ich habe Kaffee getrunken.«

»Das wirst du sicher noch bereuen.«

»Nein, das werde ich nicht.«

»Du wirst die ganze Nacht wach im Bett liegen. Erwarte von mir dann bitte kein Mitleid.«

»Für solche Fälle habe ich meine Tabletten.«

»Sie weiß, dass sie keinen Kaffee verträgt. Sie bekommt Herzklopfen und Blähungen … Aber warum mache ich mir überhaupt Gedanken?«

Josh machte ein besorgtes Gesicht. »Das habe ich nicht gewusst.«

»Von einem Mann kann man ja auch nichts anderes erwarten!« Sie schaute ihn mit verächtlichem Blick an, streckte aber herausfordernd den Busen vor. Josh erwiderte ihren Blick mit Demut, dachte jedoch insgeheim, dass ihr wohl nur ein richtiger Mann fehlte. Sie hatte die Haare nach hinten gesteckt und trug kein Make-up, aber dafür ein enges Kleid. Er seufzte.

Maisie machte ihre Handtasche auf und suchte darin herum. »Ich habe ein paar wundervolle Pülverchen für die Verdauung. Unser Apotheker daheim mischt sie selbst zusammen, ich verreise niemals ohne sie.«

»Ach, wir haben selber Pülverchen. Wir haben eine richtige Reiseapotheke dabei, und der Himmel allein weiß, was passiert, wenn uns die Mittelchen ausgehen. Das habe ich ihr auch gesagt, als wir weggefahren sind. Es geht ja nicht nur um sie, schließlich haben die anderen dann den Ärger und die Verantwortung.«

Mrs Fingal war inzwischen in sich zusammengesunken. Ihr Blick schweifte hierhin und dorthin, ihr Kopf begann, leicht hin und her zu wippen, und ihre Hände, mit denen sie die Handtasche gegen den Bauch presste, zitterten. Ihre Lippen bewegten sich, ohne dass sie ein Wort sagte.

Maisie löste das allgemeine Unbehagen mit sanften Worten auf. Sie hakte sich bei Miss Kemp unter und zog sie zu den Stufen. Dabei redete sie von dem Bus zurück nach Salvione und von ihrem nächsten Treffen. Josh berührte leicht Mrs Fingals Ellenbogen, um sie in dieselbe Richtung zu dirigieren.

»Sie ist eifersüchtig«, murmelte Mrs Fingal. »Genau das ist es. Sie ist einfach eifersüchtig.«

»Sie dürfen sich nicht aufregen. Das verdirbt doch nur den netten Nachmittag.«

Mrs Fingal erholte sich wieder ein wenig. »Der ist doch schon verdorben, meinen Sie nicht auch? Aber den Nachmittag kann sie mir trotzdem nicht wegnehmen. Ich weiß nicht, wann ich das letzte Mal einen so schönen Nachmittag verlebt habe.«

»Das habe ich auch so empfunden.«

»Sie wissen ja gar nicht, wie das ist, so ganz ohne Mann. Schließlich sind Sie verheiratet. Im Oktober werden es vierunddreißig Jahre, aber ich trauere immer noch. Man vermisst einfach die Gesellschaft.«

»Das kann ich verstehen.«

»Tatsächlich?« Sie schaute zu ihm hoch. »Die kleinen Dinge sind es – zum Beispiel, dass der Mann auf der Straßenseite des Gehsteigs geht oder im Lokal bestellt oder weiß, auf welchen Bahnsteig man muss. Wenn man das mal gehabt hat, vermisst man es einfach. Sie kennt es nicht anders als ohne Mann.«

Wieder berührte er sanft ihren Ellenbogen. »Sie warten sicher schon auf uns.«

Sie nickte, plötzlich wieder munterer. »Es war ein schöner Nachmittag. Sie ist nur eifersüchtig.«

Sie stand noch immer auf den Stufen und winkte ihnen fröhlich zu, als der Bus nach Salvione abfuhr.

Wieder schwiegen die Evans' während der Fahrt, aber diesmal döste Maisie mit wippendem Kopf vor sich hin, und Josh sah zu den flachen, baum- und schilfgesäumten Feldern hinaus. Die Gegend hier besaß nur wenig Charme, sie wirkte eher wie ein riesiger Schrebergarten, nicht wie Ackerland, und der Strand zog sich an ihrem Rand entlang wie üppiger Schaum. Auf dieser parallel zum Meer verlaufenden Straße waren wenige Touristen unterwegs, nur die Einheimischen gingen hier still und unauffällig ihren Geschäften nach – Vespas und Fahrräder, karg eingerichtete Läden mit überquellenden Obst- und Gemüsesteigen, Schaufensterwerbung für Abführmittel und abgepackte Gnocchi, bleiche Frauen mit ernsten Gesichtern, Kettchen mit Goldkreuzen um den Hals, die immer nach unten deuteten, in Richtung des Verborgenen, Verbotenen.

Sie nickten den anderen Gästen zu, die bereits auf der Terrasse des Garibaldi aufs Abendessen warteten, und gingen hinauf in ihr Zimmer.

Den meisten Raum in dem Zimmer, das gut und gerne als Einzelzimmer vermietet hätte werden können (vielleicht im Miramare?), nahmen Bett und Schrank ein, doch Josh und Maisie hatten sich damit abgefunden und taten die Dinge, die zu erledigen waren, abwechselnd. Als Josh wieder von der Toilette zurückkam (obwohl die Signora ihre Küche den englischen Verhältnissen angepasst hatte, verwendete sie doch immer noch reichlich Öl), hatte Maisie sich bereits gewaschen und lag, bis auf den Unterrock ausgezogen, mit einer Zigarette in der Hand auf dem Bett. Er machte die Tür leise hinter sich zu.

»Mein Bauch beschwert sich ein bisschen.«

»Möchtest du vielleicht etwas Chloridin?«

»Ich warte lieber mal ab.« Er zog seine Jacke aus und hängte sie über den Rücken des einzigen Stuhles, dann schlüpfte er auch noch aus dem Hemd und schnupperte daran.

»Diese Hitze hier!«

»Sei froh, dass man es nur waschen und aufhängen muss.«

»Du hast recht. Ich weiß ja nicht, wie die Leute das früher

in dem warmen Klima gemacht haben.« Er drehte den Warmwasserhahn auf und kratzte sich durch sein Unterhemd die Brust, während er darauf wartete, dass das Wasser warm wurde. »Das Wasser ist wieder kalt.«

»Aus dem anderen Hahn kommt's wärmer.«

Das Becken füllte sich mit bräunlichem Wasser, und er begann, sich mit prustenden Geräuschen Gesicht und Nacken abzuspritzen. Als er sich dann schnaufend das Gesicht abtrocknete, fragte Maisie: »Und?«

»Sie ist eine liebe Alte.« Maisie wartete, was er noch zu sagen hatte. »Sie zahlt die Reise.«

»Das weiß ich.«

»Ich glaube, viel gibt's über sie nicht zu sagen. Ihr Mann war wohl Installateur – Waschbecken und Toiletten, solche Sachen. Er ist schon vor längerer Zeit gestorben, aber das alte Mädchen redet immer noch rührend lieb über ihn, wirklich rührend. Mach deine Augen zu, Schatz, ich möchte mich waschen.« Sie schloss die Augen, sog an ihrer Zigarette, und Josh zog das Unterhemd aus und wusch sich Brust und Achselhöhlen. »Sie bezahlt ihre Nichte dafür, dass sie bei ihr wohnen darf.«

»Sicher nicht viel.«

»Sie ist da anderer Meinung. Die beiden können sich nicht ausstehen. Sie vermutet, dass ihre Nichte sie nur wegen des Geldes bei sich aufgenommen hat. Und da könnte sie schon recht haben.«

»Sie ist nur ihre angeheiratete Nichte.«

»Stimmt.«

»Gibt's sonst noch Verwandte?«

»Sieht nicht so aus. Sie hat eine kleine Tochter gehabt, aber das arme Ding ist gestorben.«

Maisie machte die Augen wieder auf, als Josh das Hemd über seinen rosigen Schwabbelbauch fallen ließ, und drückte die Zigarette aus. »Ich glaube, die beiden sind richtig«, sagte sie und schwang die Beine vom Bett auf den Boden. »Aber warten wir ab, wie sich die Dinge weiterentwickeln.«

Die beiden Paare trafen sich oft. Es verging kaum ein Tag, an dem sie sich nicht gegenseitig besucht oder etwas miteinander unternommen hätten. Für kurze Strecken bestellte Mrs Fingal ein Taxi, mit dem sie dann wegfuhren, doch bei längeren Ausflügen blieb sie mit Josh zusammen in Rimini zurück. Selbst bei den kürzeren Unternehmungen zogen gewöhnlich die beiden jüngeren Frauen gemeinsam los, bestiegen Türme oder sahen sich die unterirdischen Verliese an, in denen die Touristen sich drängten. Mrs Fingal blieb zurück, weil solche Besichtigungen für sie zu anstrengend waren. Die kurze, breite Straße, die zum Beispiel von dem Tor in Gradara hinauf zur Burg führte, konnte sie bewältigen, wenn sie sich an Joshs Arm festhielt, doch die gewundene Eingangstreppe war ihr zu viel. Sie und Josh ließen Maisie und Miss Kemp, eingekeilt zwischen den anderen, spärlich bekleideten Touristen, zurück, die in unzähligen Sprachen aufeinander einredeten und den italienischen Radiosender übertönten, der aus allen Cafés entlang der Burgmauern plärrte. Es war um etliches angenehmer, draußen vor der zinnenbewehrten Mauer auf dem Weg entlangzubummeln, im Schatten zu sitzen, die Terrakottamauern im Rücken, und hinaus auf die ländliche

Idylle zu blicken, an die das Meer grenzte. Der Duft von Blättern lag in der Luft, hier gab es keine Abgase; nicht einmal Radios hörte man, nur die Bäume bewegten sich in der lauen Luft, das entfernte Klappern eines Eimers und das Meckern einer Ziege waren zu vernehmen. Wenn Josh allein gewesen wäre, hätte er ein kleines Nickerchen gemacht, bis Maisie zurückgekommen wäre, doch wie üblich befand er sich in Begleitung von Mrs Fingal. Obwohl er praktisch mit offenen Augen schlief, erforderte ihre Anwesenheit doch gewisse Reaktionen: ein nettes Lächeln, eine kurze Zwischenbemerkung. Sie redete fast die ganze Zeit, doch das meiste von dem, was sie sagte, hörte er nicht; er schnappte nur hin und wieder eine Information auf, um sich einen Gesamteindruck zu verschaffen. Sein Körper döste währenddessen auf dem stillen Hügel vor sich hin. Bis Mrs Fingal sich über die Kälte des Steines beklagte, auf dem sie saßen, und er sich aufrappelte, um sie wieder zurückzubringen.

»Manche Leute lassen sich's schon gut gehen«, sagte Miss Kemp angriffslustig, »obwohl ich sagen muss, dass ihr beiden nicht viel verpasst habt. Die ganze Geschichte mit Paolo und Francesca – das ist doch nur für die Touristen.«

Wenn es um Touristen ging, ließ Miss Kemp nicht mit sich reden. Alles, was sich halbwegs vernünftig an der Adria unternehmen ließ, konnte man weit besser in Torquay erledigen, wo sie drei aufeinander folgende Urlaube verbracht hatte, bis man ihr Mrs Fingal aufgehalst hatte. Wer hatte sie ihr aufgehalst?, fragte Maisie vorsichtig nach. Nun ja, eigentlich niemand – die Tante selbst hatte sich an sie gewandt; sonst gab es ja niemanden.

»Wie traurig!«, seufzte Mrs Evans.

»Ach, na ja, Leute wie meine Tante finden immer jemanden, der sich um sie kümmert. Sie ist ihr ganzes Leben lang verwöhnt worden – zuerst von ihrem Mann und dann von Tante Peg. Sie weiß gar nicht, wie das ist, wenn man auf eigenen Beinen stehen muss.«

»Es ist schon wunderbar, wenn man eine Ausbildung hat, wie Sie oder ich. Ich meine, Sie haben einen Beruf, Sie können sich jederzeit selbst helfen. Und wenn meinem Mann jemals etwas zustoßen sollte, kann ich wieder als Krankenschwester arbeiten.«

Die beiden Frauen waren in Florenz. Es war ihr letzter Tagesausflug, bevor die Evans' wieder nach Hause fuhren. Josh hätte den Tag zusammen mit Mrs Fingal verbringen sollen, aber als Maisie sich auf den Sitz im Bus plumpsen ließ, den Lena ihr freigehalten hatte, teilte sie dieser mit, Josh gehe es nicht so gut. »Nichts Schlimmes, nur eine kleine Magenverstimmung.«

»Das ist das viele Öl hier. Oje, eigentlich sollte ich ja nicht mitfahren. Wer weiß, was die Tante sonst wieder den ganzen Tag anstellt.«

»Tja, jetzt ist es zu spät, meine Liebe.« Der Bus hatte sich bereits in Richtung der Hügel in Bewegung gesetzt. »Machen Sie sich keine Sorgen, sie kommt schon zurecht. Eine der Kellnerinnen hat versprochen, ihr zu erklären, warum er nicht kommt – ihr Englisch ist gar nicht schlecht. Es war ihm ziemlich unangenehm, dass er uns so im Stich lassen muss, und ich bin auch alles andere als glücklich darüber.« Das stimmte sogar. Sie hatte mit zusammengebissenen Zähnen neben Joshs Bett gestanden und ihn voller Wut angestarrt. Doch er lag, ein Kissen im Rücken, da und sagte nur mit schwacher Stimme: »Ich traue mich nicht, Mai. Ich traue mich nicht, mich weiter als zwei Schritte von einer Toilette wegzubewegen.«

Sie hatte ihm Chloridin und Beecham's Powders dagelassen, Graziella dazu gebracht, beim Miramare anzurufen und ihm dann schwachen Tee zu bringen, und sie war hinausgeeilt, um den Bus noch zu erreichen. »Ich wollte mir unseren letzten gemeinsamen Ausflug nicht verderben lassen«, hatte sie gesagt und dabei Lenas Hand getätschelt. »Außerdem haben wir bereits dafür bezahlt.«

Sie plauderten miteinander und schauten sich die ständig wechselnde Landschaft durchs Fenster an, während der Bus sich in die Berge hinaufquälte, hörten mit halbem Ohr den ungenügenden Informationen des Reiseleiters zu, wurden von dem ständig vor sich hin leiernden und knisternden Radio abgelenkt, das der Fahrer unermüdlich richtig einzustellen versuchte. In einem Albergo am höchsten Punkt der Strecke blieben sie stehen und bummelten in die entgegengesetzte Richtung, als der Parkplatz sich plötzlich mit Deutschen von einer anderen Reisegruppe füllte. Sie streckten ihre steifen Beine bei den Palisaden der Piazza Michelangelo aus, die rosigen Brüste von Florenz unterhalb vor ihnen im Dunst, und sie lächelten in die Kamera des Fotografen, der sich seinen Lebensunterhalt damit verdiente, die Anwesenheit aller Gruppen im Bild festzuhalten. Sie wurden durch den Prunk der Medici-Gruft getrieben, durch die Kathedrale, die Taufkapelle, hörten dabei nie so ganz, was ihr eigener Reiseleiter sagte, weil sie immer gleichzeitig die französischen, italienischen und deutschen Erläuterungen der anderen Führer im Ohr hatten, die den anderen Gruppen nur widerwillig Platz machten, wie gereizte Schäferhunde. Sie quälten sich schwitzend durch enge Straßen, zwischen festungsgleichen Mauern hindurch, über unebenes Pflaster, an ratternden Mofas vorbei. Man setzte sie auf der Piazza Signoria ab, zwischen Kutschen und grobgliedrigen Statuen, wo sie sich nach vier langen Stunden wieder einfinden sollten – vier Stunden, wie sollten sie sich nur vier Stunden lang beschäftigen! –, und nun saßen sie inmitten des Taubendrecks unter den Kolonnaden der Uffizien, die Steinbank kühl unter ihrer Baumwollkleidung, wo sie verstohlen ihre Lunchpakete verzehrten.

»Wissen Sie, Krankenschwestern kann man immer brauchen, wie jeden guten Beruf.« Sie knabberte ein Hühnerbein ab. »Mir tun Frauen leid, die nicht auf eine Ausbildung zurückgreifen können.«

»Tante braucht Ihnen nicht leid zu tun. Sie hat es nicht schlecht.«

»Das glaube ich Ihnen gern. Sie sind ihr sicher eine große Hilfe …«

»Ich bin einfach zu gutmütig gewesen. Ich könnte mir selbst eine Ohrfeige geben. So viel Geld hat sie nicht, aber es gibt doch sicher Altenheime, wo man sich um Leute wie sie kümmert.«

»Hat das denn jemals jemand vorgeschlagen?«

»Nun ja, ja und nein. In ein privates Heim konnte sie nicht, und um in eines vom Staat zu kommen – tja, da muss man praktisch mittellos sein. Wie soll man denn einen Pfirsich essen, wenn man kein Messer hat, um ihn zu schälen?«

»Beißen Sie einfach hinein.«

»Damit ich mir noch den Typhus hole – nein danke!« Sie begann, mit dem Fingernagel an der Haut des Pfirsichs herumzuzupfen, und der Saft lief ihr die Finger entlang und tropfte auf die Papierserviette auf ihrem Schoß. »Als Tante Peg gestorben ist, war sie ziemlich durcheinander. Sie war zittrig, und sie hat ihre üblichen Herzbeschwerden bekommen, aber es war nicht schlimm genug, um sie ins Krankenhaus einweisen zu lassen. Und ich Narr habe gesagt, ich nehme sie eine oder zwei Wochen bei mir auf, bis sie etwas anderes gefunden hat. Das war vor über zwei Jahren, und jetzt ist sie immer noch bei mir.«

»Aber Sie haben doch deshalb keine finanziellen Nachteile, oder?«

»Nein, es ist nur einfach lästig. Weil sie für Kost und Logis zahlt, meint sie, sie kann sich wie zu Hause fühlen. Das, was sie mir zahlt, ist aber längst keine Entschädigung für ihre ständige Anwesenheit. Sie bleibt ja nicht die ganze Zeit in ihrem Zimmer. Ich kann keine Freunde einladen, ohne dass die Tante hereinplatzt und immer wieder von ihrer Ehe erzählt.«

»Aber das macht Ihren Freunden doch sicher nichts aus, oder?«

»Na ja, meine Freundinnen müssen sich eben damit abfinden, aber einen Mann kann ich nie einladen. Sie wissen ja, wie die Männer sind, sie müssen immer im Mittelpunkt stellen.«

Maisie tätschelte ihr spielerisch den Arm. »Ach, da ist also auch noch ein Herr im Spiel, was?«

Miss Kemp wurde rot, vom Hals bis zu den Wurzeln ihres streng zurückgebundenen Haares. »Ich mache mir nichts aus Männern.«

»Eine gut aussehende junge Frau wie Sie …«

»Die Männer wollen doch alle nur ein hübsches Gesicht bei einer Frau. Sie wollen keine Frau, die denken kann, da kommen sie sich minderwertig vor. Ein hübsches Gesicht und einen guten Körper fürs Bett, etwas anderes wollen die Männer nicht.«

»Die richtige Sorte Mann, meine Liebe – und die gibt's wirklich – hat mehr Verstand. Solche Männer wünschen sich jemanden, mit dem sie sich unterhalten können, auch über die Probleme im Geschäft, jemanden, den sie gleichzeitig attraktiv finden.«

»Ich habe etwas Besseres zu tun, als nach Männern zu suchen.« Sie packte die Picknickreste zusammen und steckte sie in die Tragetasche. Maisie holte ein Taschentuch heraus und fing an, sich die fettigen Lippen und Finger abzuwischen. Die Gesprächspause dauerte eine ganze Weile. Dann sagte Lena mit verträumter Stimme: »Aber es gibt einen Mann im Büro, mit dem ich nach Geschäftsschluss manchmal noch auf einen Drink gehe. Natürlich ist er verheiratet – ich weiß nicht, was seine Frau denkt, wenn er eine halbe Stunde später heimkommt. Nicht, dass sie sich etwas denken müsste, wir gehen einfach nur in die Kneipe um die Ecke.«

»Ein schöner Brauch ist das. Nach der Arbeit noch ein Drink – das entspannt.«

»Ja.« Sie bemerkte Maisies verstohlenen Blick.

»Ja«, wiederholte Maisie nachdenklich.

Sie verfütterten ein oder zwei Brotrinden an die Tauben. Maisie erhob sich und zupfte ihr Kleid zurecht. »Sie suchen also einen Platz, wo man sich um Ihre Tante kümmert, gegen

Bezahlung natürlich – so wie das bei der lieben alten Tante Flo und uns gewesen ist.«

»Ja, genau so etwas suche ich! Ich würde viel darum geben, wenn ich sie nicht mehr am Hals hätte.«

»Ich frage mich …« Solide und breitbeinig stand Maisie im Schatten des Säulenganges, massig und grau wie eine Statue, die Augen fast scheu hinter der Brille. »Wissen Sie, wir haben immer noch Tante Flos Zimmer …«

Als Maisie die Tür hinter sich geschlossen hatte, lag Josh da und lauschte auf das Rumoren der Verdauungssäfte in seinem Bauch. Hin und wieder bekam er einen leichten Krampf, den er aber nicht unbedingt als unangenehm empfand. Seine Gedärme waren wohltuend leer nach seinem Ausflug zur Toilette, zu dem er kurz nach sechs Uhr morgens gezwungen gewesen war und der, soweit er seinen Darm kannte, vermutlich der einzige bleiben würde.

Mit einem Blick auf die Uhr neben dem Bett stellte er fest, dass Maisie mittlerweile mit Sicherheit im Bus sitzen würde, kroch unter die Decke und schlief sofort ein.

Als er wieder aufwachte, waren die Fensterläden geschlossen, sein Morgenmantel lag ordentlich am Fußende des Bettes, und ein Tablett mit einem Glas Limonade und einer Packung Kekse stand auf dem Stuhl. Von einem plötzlichen Glücksgefühl erfüllt, rappelte er sich hoch. Er tauchte in den Tag ein wie in sein warmes, freundliches Bett; der einzige Mensch, mit dem er sich auseinandersetzen musste, war er selbst. Heute würde er sich freinehmen – keine Maisie, keine blöde Mrs Fingal, nur er allein und all die Schönheiten am Strand und in den Cafés, Friseursalons und Geschäften.

Er zog seinen Morgenmantel an und seine Hausschuhe und ging den Flur hinunter. Wie er vermutet hatte, hatte sich der Sturm in seinen Gedärmen mittlerweile gelegt. Er fühlte sich gut, sogar sehr gut – so gut, dass er sich sorgfältig die Haare kämmte und die Zähne putzte (er hatte noch fast keine falschen) und sich ein bisschen After-Shave ins Gesicht klopfte, bevor er sich wieder aufs Bett setzte, um die Kekse zu essen und darauf zu warten, dass irgendjemand das Tablett holte.

Und dieser Jemand war Graziella. »Ah, Signore – Ihnen geht es besser?«

»*Un poco. Mal a stomaco.*« Er klopfte sich mit matter Geste auf den Bauch.

Sie trat ins Zimmer und ließ die Tür offen. »Viele Leute aus Inghilterra haben schlechten Magen. Andere Küche, oder?« Sie schaute ihn mit zärtlich-besorgtem Blick an. »Sie haben Hunger?«

»Vielleicht – *un poco*. Ich weiß nicht, ob ich Fieber habe.« Sie trat zu ihm ans Bett und legte ihm die Hand auf die Stirn. »Ist kalt – kein Fieber.«

Er hielt ihre Hand fest, als sie sie wegziehen wollte, und sah sie mit gewinnendem Lächeln an. »Haben Sie – die Limonade gebracht?«

»*Sì*. Nach *prima colazione* komme ich. Sie schlafen, *come un bambino*.«

»Sie hätten mich aufwecken sollen.«

»Nein, nein, für Magen ist Schlaf sehr gut.« Sie entzog ihm

sanft ihre Hand, nahm das Tablett und trat einen Schritt vom Bett zurück. »Signora Evans sagt, ich soll anrufen Hotel Miramare in Rimini, und das mache ich auch. Ich spreche mit Manager, und er spricht mit Signora. Und jetzt – Sie essen?«

Er ließ den Kopf aufs Kissen zurücksinken. »Vielleicht – ein bisschen Suppe.«

»*Bene.*«

Sie war weg, bevor er noch etwas sagen konnte, aber er übte im Kopf weitere Sätze, während er auf ihre Rückkehr wartete, und blätterte das Taschenwörterbuch durch, das er immer bei sich führte.

»*Ecco!*« Sie stieß die Tür mit dem Fuß auf und brachte das Tablett zum Bett.

»*Ah, grazie – grazie, Graziella.*« Er setzte sich lächelnd auf.

»*Prego.*« Ihr Goldkreuz baumelte vom Kragen ihres Kleides herunter, als sie das Tablett auf seinem Schoß abstellte. »Sie essen – gut für Magen.«

Er klopfte reuevoll auf seinen Bauch. »Zu viel *stomaco – troppo!*«

»Nein, nein – Sie essen.« Ihre Vorderzähne standen ein klein wenig schief, waren aber strahlend weiß. »Macht Sie stark.«

»Ich nicht stark. Sehr schwach. Sie füttern mich – wie *un bambino?*«

Sie lächelte zu ihm herunter. »Sie nicht *bambino.* Sie Signor Evans.«

»Armer alter Signor Evans.«

»Nein, nicht *poverino.* Bitte, Sie essen.« Widerwillig begann er mit der Suppe. »Ist gut?«

»*Sì, sì.*« Es handelte sich um eine dünne Brühe mit *vermicelli*, kein Vergleich zu den Dosensuppen, die Maisie ihm machte. »In Inghilterra haben wir – *zuppa* – *molto* …« Er fuchtelte mit dem Löffel in der Luft herum, als wolle er so das richtige Wort fischen, »*molto* dick.«

»Dick?«

»*Sì* – *duro.*« Sie runzelte die Stirn. »Dick – *non come aqua, come – come crema.*«

»*Ah, sì.* Wir auch. Aber für Magen das da besser.«

»Sie kommen nach Inghilterra – nach Aylesbury –, dann mache ich Ihnen englische Suppen, ja?«

»Ja? Ich sehr gerne nach Aylesbury kommen.«

»Dann kommen Sie doch. Ich kümmere mich schon um Sie.«

»Ich hoffe – eines Tages.«

»Kommen Sie *subito* – besuchen Sie den armen alten Signor Evans.«

Sie sah ihn mit ernstem Blick an. »Ich glaube, Sie haben – *il cuore d'un ragazzo.*«

»*Cuore?*«

»*Sì.*« Sie presste die gefalteten Hände auf ihre Brust. »Da, glaube ich – wie ein Junge, nein?«

»Herz?«

»*Sì.*« Sie lächelte ihn an, während sie zur Tür ging. »Also: Sie essen.«

Er starrte auf die Tür, und angenehme Wärme erfüllte nicht nur seine Gedanken, sondern auch seinen Körper. Das Herz eines Jungen? Diese Italiener trafen den Nagel auf den Kopf! *Il cuore d'un ragazzo* … wie eine Melodie, dieses *cuore* … Er aß die Brühe mit den *vermicelli* auf und auch noch das trockene Brötchen, denn er hatte Hunger. Er hätte Lust auf einen Pfirsich gehabt, aber vielleicht war es noch zu früh, schon wieder Obst zu essen. Außerdem hatte er auch keines. Bald würde er aufstehen und sich draußen auf der Hauptstraße Kaffee und Kuchen kaufen. Aber noch nicht sofort. Sie musste ja noch einmal wiederkommen, um das Tablett zu holen. Er kroch unter die Bettdecke und ließ die Tür nicht aus den Augen.

Doch diesmal kam Francesca mit federnden Schritten herein und fragte: »*Finito, Signor?*« Dabei sah sie sich mit geübtem Blick im Zimmer um. Ihre Frisur hatte bei der Arbeit ein wenig gelitten – sie war seit halb acht auf den Beinen und hatte gerade das Mittagessen aufgetragen.

»*Ah, sì – finito, grazie.*«

»*Prego.*« Sie trat ans Bett und nahm das Tablett. »*Va migliore stomaco?*«

»*Migliore?*«

Sie klopfte sich mit der freien Hand auf die Schürze. »*Stomaco* – gut?«

»*Ah, sì* – sehr gut.« Dabei wanderte seine Hand unter ihren Rock.

Er hatte gerade genug Zeit, die Haare an der Rückseite ihrer Oberschenkel zu ertasten, den Saum ihrer Unterhose, die feuchte Spalte zwischen den Pobacken darunter, bevor sie zu schreien anfing und mit klappernden Tellern einen Satz machte. Er schaute sie mit unschuldigem Blick an, als sie ihn schalt; das einzige Wort, das er wirklich verstand, war *cattivo,* aber er begriff sehr wohl, was sie sagen wollte. Sie ging federnden Schrittes zur Tür zurück, warf entrüstet den Kopf in den Nacken und schlug die Tür hinter sich zu.

Nun ja, probieren geht über studieren. Seine Finger rochen nach ihr. Er konnte noch eine Weile träumen, bevor er aufstehen würde.

Josh ging nach unten und hinaus auf die Terrasse, vorsichtig, denn vermutlich wäre es nicht klug, ihr über den Weg zu laufen, bevor sie sich ein wenig beruhigt hatte. Der Speisesaal war leer bis auf ein einzelnes älteres Ehepaar aus England, das im Schatten der Terrasse saß. Er schlief, sie schrieb Postkarten. Josh blieb einen Augenblick auf der letzten Stufe stehen, rückte seinen italienischen Hut auf dem Kopf zurecht und überlegte, wohin er gehen sollte. Vielleicht an den Strand, wo er unter einem Schirm sitzen könnte, die Beine in der Sonne, die schläfrigen, sonnenhungrigen Körper rund um ihn herum? Oder die Hauptstraße hinauf, um einen Kaffee bei einer Kellnerin zu bestellen, die so kurz vor der Siesta Muße finden würde, sich mit ihm zu unterhalten? Oder vielleicht zum Haareschneiden, möglicherweise sogar zum Maniküren bei einem der entzückenden Mädchen mit den Nylonschürzen? Während er noch überlegte und spürte, wie die Wärme der Sonne allmählich wohlig durch sein Hemd drang, bog ein Taxi um die Ecke und blieb vor ihm stehen. Heraus kletterte Mrs Fingal.

»Ach, Mr Evans! Was für ein Glück! Ich hatte schon gefürchtet – aber da sind Sie ja!« Die Handtasche fest gegen den Körper gepresst, kam sie auf ihn zu, das Gesicht unter dem Basthut vor Freude glänzend. »Ich habe nicht gewusst – der Pförtner hat nur gesagt, Sie sind krank, und ich weiß sehr gut, wie schlimm das sein kann – und weil doch niemand hier ist, habe ich mir gedacht – schließlich hätten Sie ja auch richtig …«

Josh stützte sie am Ellenbogen, und sie ließ sich von ihm die Treppe hinaufziehen. Er setzte sein übliches Lächeln auf, um die Gefühle zu verbergen, die ihre Ankunft in ihm ausgelöst hatte. »Mrs Fingal, das ist aber eine Überraschung …«

»Ja, nicht wahr, aber ich habe mir gedacht, warum nicht, schließlich bin ich mein eigener Herr, und wir müssen den anderen ja auch nichts davon erzählen. Außerdem hat man mir gesagt, Sie seien krank.«

»Das war ich auch – na ja, nicht richtig krank, nur ein bisschen schwach, Sie wissen schon, eine Magenverstimmung und so. Ich würde meinen, das kommt von dem vielen Öl.« Er stand da, immer noch die Hand an ihrem Ellenbogen, und machte Konversation.

»Und das Obst. Es ist ja köstlich, aber wir sind einfach nicht daran gewöhnt. Sie trinken doch wohl kein Leitungswasser hier?«

»Nein, davon lasse ich die Finger.«

»Mein Mann hat mir das immer eingeschärft, trink im Ausland kein Leitungswasser. Als Installateur wusste er, wovon er redet. Was er mir alles erklärt hat über das hiesige Sanitär- und Abwassersystem! Natürlich ist das jetzt schon eine ganze Weile her, das war nach dem Weltkrieg.«

»Was ist mit dem Taxi?«

»Ach, das ist schon alles arrangiert. Der Pförtner hat das gemacht, der ist der Onkel vom Fahrer. Er soll warten und mich um sechs Uhr wieder zurückbringen. Dann bin ich auf jeden Fall vor Lena wieder da, und sie erfährt nichts davon.« Er ließ sie los und warf einen Blick auf seine Uhr. Es war noch nicht einmal drei. »Nun«, sagte er freundlich, »kommen Sie lieber, und setzen Sie sich.«

Mittlerweile hatte sie hektische Flecken im Gesicht und Probleme mit dem Atmen. Doch ihre Augen glänzten, als sie sich umschaute, die verstaubten Pflanzen betrachtete, die Risse im Pflaster und ihn in seinem kurzärmeligen Hemd und der leichten Hose.

»Sie sind doch nicht beleidigt?«

»Ach was! Das ist eine angenehme Überraschung.«

»Ich habe mir gedacht, warum nicht? Selbst wenn sie es erfährt, kann sie mir nicht den Kopf abreißen. Ich bin unabhängig. Und es hieß, Sie seien krank, und ich habe mir gedacht, die sind einfach weggefahren und haben ihn allein gelassen, vielleicht braucht er ja etwas. Das habe ich gedacht, vielleicht braucht er ja etwas. Die würden an so etwas nicht denken – jedenfalls Lena nicht. Sie ist immer nur mit sich selbst beschäftigt; sie verschwendet keinen Gedanken auf andere; sie ist ja nie verheiratet gewesen. Und ich habe mir gedacht, sie wird darauf bestehen zu fahren, selbst wenn er etwas braucht, und Mrs Evans wird sicher nicht widersprechen wollen. Ich habe Ihnen das hier mitgebracht.« Sie machte ihre Tasche auf und holte ein Pillendöschen heraus. »Direkt neben dem Hotel ist eine Apotheke – *farmacista* sagt man hier dazu –, und ich bin hingegangen und habe gesagt, was ich brauche. Ich habe gedacht, vielleicht fehlt Ihnen ja gar nichts. Lena sagt, ausländische Arzneien taugen nichts, aber im Ausland sind die Leute doch genauso intelligent wie zu Hause in England – denken Sie bloß mal an Pasteur und die Curies –, was für ein netter Film, mit den kleinen Klümpchen, die im Dunkeln glimmen …« Sie verlor den Faden und streckte ihm die Schachtel entgegen. »Die sind gegen –«, sie senkte die Stimme, »Durchfall.«

Er wog die Schachtel in den Händen. »Das ist aber aufmerksam von Ihnen, Mrs Fingal – wirklich aufmerksam.«

»Ich weiß, wie das ist. Man vergisst nicht, wie das ist, wenn man sich um Leute kümmern muss, vorausgesetzt, man hat das mal getan. Aber vielleicht haben Sie ja schon etwas gegen Ihre Beschwerden.«

»Nein, so etwas habe ich noch nicht. Ihre Pillen werden mich sicher schnellstens wieder auf die Beine bringen.«

»Auf der Schachtel steht, wie oft man sie nehmen muss – Italienisch ist gar nicht so schwer, wenn man sich erst mal ein bisschen damit beschäftigt hat. Aber sie gibt sich ja nicht die Mühe. Wissen Sie, sie ist einfach selbstsüchtig. Achtung vor der Lebensweise anderer Menschen zeichnet den wahren Gentleman aus, das hat mein Mann immer gesagt. Obwohl er natürlich gewisse Regeln beachten musste. Das war auch nötig – nach dem Weltkrieg, wo man doch damals noch eine ganz andere Auffassung von der Hygiene hatte. Aber natürlich waren wir damals Verbündete.« Sie schwieg einen Augenblick, versunken in die schläfrige Hitze des Nachmittags. »Das hätten wir auch bleiben sollen, finden Sie nicht auch?«

»Ja, ja, da haben Sie recht.«

»Sie sind wie die Kinder. Weise Kinder. Was sie auch tun, sie tun es ohne Scham, genau wie Kinder, ohne über Gut oder Böse nachzudenken. Kinder hören immer auf die größten Rabauken, hab ich nicht recht – und dann diese ganze Maskerade. Natürlich hatte alles noch gar nicht so richtig angefangen, als mein Mann und ich hier gewesen waren, aber es wundert mich gar nicht, dass sie jetzt nicht mehr da sind. Überall steht alles auf Deutsch – man möchte meinen, dass sie sie nicht mehr ausstehen können, nach allem, was passiert ist. Mit Lena kann ich über solche Sachen nicht reden. Sie verbietet mir den Mund. Wissen Sie, sie sieht einfach nicht, was in der Welt draußen passiert. Und sie ist ja so gewöhnlich. Gespräche mit ihr gibt es nicht, sie hat keine Geduld, anderen zuzuhören. Früher habe ich mich immer mit meiner Schwester unterhalten, und ich habe eine Schulfreundin gehabt, eine Mrs Turner, wir haben einander lange Briefe geschrieben, bis ihre Arthritis zu schlimm wurde. Natürlich ist sie inzwischen auch gestorben. Aber ich vermisse einfach die Unterhaltung. Mein Mann und ich hatten immer Gesprächsstoff. Wir haben uns einfach verstanden. Ein ähnliches gegenseitiges Verstehen habe ich nach seinem Tod nie wieder bei jemandem gefunden, nicht einmal bei meiner Schwester. Wir haben uns sogar gestritten. Wissen Sie, bei Schwestern kommt das schon vor. Aber sie war wenigstens Gesellschaft für mich, ganz anders als Lena. Wissen Sie, sie ist nur eine angeheiratete Nichte.«

Es war nicht leicht, abzuschätzen, wann sie wirklich eine Antwort erwartete, aber jetzt sagte er etwas darüber, dass es im Leben immer auf und ab gehe. Sie schwieg, versank in ihren Stuhl, als sei ihre ganze Vitalität plötzlich versiegt; sie klammerte sich an den Griff ihrer Handtasche wie an ein Floß. Er warf ihr einen scharfen Blick zu, bemerkte, wie verhärmt und fahl sie auf einmal aussah.

»Soll ich Ihnen etwas bringen? Hier draußen ist es ziemlich heiß, vielleicht sollten wir hineingehen …«

»Nein, nein, mir gefällt es hier. Schließlich ist es ja eine trockene Hitze.«

»Eine Tasse Tee?«

»Vielleicht später.« Sie suchte in ihrer Handtasche herum und holte ein paar Pillen heraus.

Er erhob sich halb. »Ein Glas Wasser?«

»Nein, nein. Sie lösen sich auf – unter der Zunge, aber ich habe immer Probleme damit.« Sie nahm eine der Pillen in den Mund und sah ihn mit fröhlichem Blick an. »Eigentlich sollten Sie ja die Pillen nehmen. Wissen Sie, Sie sollten mehr auf Ihre Gesundheit achten.«

»Das tue ich schon, machen Sie sich da mal keine Sorgen.«

»Ich weiß doch, wie die Männer sind, sie schämen sich fast, ein bisschen auf sich selbst zu achten. Mein Mann war da auch nicht anders. Er hat es gehasst, wenn jemand, wie er es ausdrückte, so viel Wind um ihn machte. Mach nicht so ein Theater, Cynthia, hat er immer gesagt. Aber irgendjemand muss sich um einen kümmern.«

Er sah auf die Uhr. Es war erst halb vier. »Würden Sie gern ein bisschen spazieren gehen? Auf der Hauptstraße ist Schatten.«

»Das wäre schön.«

»Aber viel gibt's da nicht zu sehen.«

»Es gibt ein paar Geschäfte. Und ich gehe so gerne mit einem Mann spazieren. Wir haben nie mit Männern zu tun – wissen

Sie, sie vergrault alle, weil sie so egoistisch ist. Das mögen Männer nicht. Sie bringt auch nie einen mit nach Hause. Und die kleinen Aufmerksamkeiten fehlen einem einfach, wenn man mal verheiratet gewesen ist.«

Sie erhoben sich, er streckte ihr den Arm hin. Mit glänzenden Augen klammerte sie sich an ihn. Sie gingen mit langsamen Schritten die Hauptstraße von Salvione hinauf, schauten in jedes Schaufenster, und Mrs Fingal redete fast die ganze Zeit. Die meisten jungen Friseusen waren beim Arbeiten in den Läden, doch eine von ihnen lehnte am Türrahmen, feilte ihre Nägel und sah ihnen mit neugierigem Blick nach. Er schaute ihr in die schwarzen Augen und zog den Bauch ein, so gut es ging. Der Gesichtsausdruck der jungen Frau veränderte sich nicht, aber offenbar hatte sie auch nichts gegen das, was sie sah. Als sie am Ende der Ladenreihe angekommen waren, überquerten sie die Straße und aßen ein Eis in einem Café mit Flipperautomaten, wo am Abend eine Band spielte. Stimmen mit Manchesterakzent stritten sich über die erzielten Punkte, und ein paar jüngere englische Touristen in Shorts tanzten Twist zu der Musik aus dem Radio, das, beständig schnarrend, hinter dem Tresen stand. Beide Darbietungen waren für die Kellner ausgesprochen unterhaltsam, so dass es Josh schwer fiel, ihre Aufmerksamkeit zu erregen. Das wiederum amüsierte Mrs Fingal und vertrieb ihnen ein wenig die Zeit.

Dann gingen sie langsam auf der anderen Straßenseite zum Meer zurück. Die Sonne brannte nicht mehr so stark, und mit der abnehmenden Hitze verminderte sich auch der rege Strandbetrieb, und das Leben kam langsam wieder in den Ort zurück –

flanierende Menschen unter niedrigen Bäumen, hin und wieder ein träger Blick und ein kurzes Verweilen, laute Stimmen, die Sonne, die die Flut der Menschen am Morgen an den Strand lockte und sie am Abend wieder aufs Land zurückfluten ließ. Die Einheimischen, die vor Beginn der größten Mittagshitze, den Hut in der Hand, ihre Einkäufe erledigt hatten oder geschäftig in den halbleeren Straßen hin und her geradelt waren, zogen sich nun wieder in ihre Geschäfte zurück, um bleich und mit tief in den Höhlen liegenden Augen den Kunden bei der schwachen elektrischen Beleuchtung zu Diensten zu sein, bis die letzte Postkarte, die letzte ausländische Zeitung, das letzte Paar Holzsandalen mit Goldriemchen verkauft waren. Träge schlenderten die Schaulustigen an den Schaufenstern vorbei, begutachteten Hemden und Badegewänder, die draußen vor den Läden auf Gestellen hingen, direkt an der Straße voller Auspuffgase und aggressivem Hupen, Fahrzeuge auf dem Weg nach Rimini, nach Cesenatico, nach Cervia, die Hitze des Tages aus der Stadt mitnehmend.

Langsam und voller Mühe manövrierte Josh Mrs Fingal durch die Menschenmenge. Sie schaute sich alles an und versuchte eine letzte Postkarte zu finden, um ein Mosaik zu vollenden, das ihr in Ravenna so gut gefallen hatte, doch allmählich begann sie ein wenig zu schwanken und unangenehm schwer an seinem Arm zu hängen. Endlich hatte er sie zu dem sandigen Weg geführt, der parallel zum Strand verlief, ein Stück weit gesäumt von Pinien und Sitzbänken, wo sie sich, nach Luft schnappend, niederließ. Auch er hatte nichts dagegen, sich zu setzen; es war unklug gewesen, ein Eis zu essen, denn er spürte schon wieder Krämpfe in seinem Magen, zwar nicht Unheil verkündend, aber doch unangenehm.

»Oh«, keuchte sie, »wie friedlich es hier ist! Und das Meer – wie Seide. Wie changierende Seide.«

Der Sand und das Meer lagen beieinander, silbrig-golden im Licht des späten Nachmittags. Am Strand wurden die Liegestühle bereits eingesammelt und von den Strandwächtern mit den Sonnenschirmen zusammengeklappt. Noch immer waren Badende am Meer, spielten mit Wasserbällen, stießen spitze Schreie aus, hier und da kreischten Kinder, wenn die Eltern sie mit kaltem Wasser abspritzten. Von irgendwoher drang die allgegenwärtige Radiowerbung für Seife. Doch Weite und Stille warteten bereits in fast greifbarer Nähe.

Er legte den Hut neben sich auf die Bank, holte ein Taschentuch heraus und wischte sich vorsichtig die Stirn ab, um seine Frisur nicht durcheinander zu bringen. »Hier geht ein angenehm kühler Wind.«

»Holen Sie sich keine Erkältung. So etwas schnappt man sich ganz leicht auf. Möglicherweise wird eine Lungenentzündung daraus, und wo Sie sich ohnehin schon den Magen verdorben haben … Sie dürfen nicht so leichtsinnig sein, ich würde es mir nie verzeihen, wenn Sie krank würden.«

»Und was ist mit Ihnen, Mrs Fingal? Auf Sie müssen wir auch aufpassen.«

»Ach Gott …!« Sie wedelte ein wenig in der Luft herum. »Um mich brauchen Sie sich keine Sorgen zu machen. Ich bin nicht wichtig. Das bekomme ich jeden Tag aufs Neue zu spüren, wenn ich zu Hause bin. Eine Weile habe ich resigniert. Das war damals, als meine kleine Tochter gestorben ist – sie war erst zehn. Aber da hatte ich natürlich noch meinen Mann, und er hat mir Kraft gegeben. Sind Sie gläubig?«

Er sah sie misstrauisch an. »Ich glaube, dass es da oben noch ein höheres Wesen gibt.«

»Ja? Tatsächlich? Vielleicht haben Sie recht. Aber eigentlich ist das doch nicht wichtig, oder? Ich meine, die Sache mit der göttlichen Vorsehung, und Gottes Wille ist unergründlich, man möchte meinen, man könnte es erahnen, was da … Aber letztlich weiß keiner, warum Er ein kleines Mädchen von zehn Jahren von der Erde ruft und so viele nutzlose alte Menschen hier zurücklässt. Und dann die ganzen Scheidungen, ja sogar Morde und noch Schlimmeres …«

»Gottes Pfade sind verschlungen.«

»Ja, ja, da haben Sie recht. Manchmal wirkt Er aber auch auf wunderbare Weise. Denken Sie doch nur an unser Zusammentreffen.«

»Ja, das war in der Tat eine glückliche Fügung des Schicksals.«

»Meinen Sie das wirklich? Es kann eigentlich nur ein Zufall gewesen sein, denn an Vorsehung glaube ich nicht – und Sie? Sie sind da sicher anderer Meinung, schließlich sind Sie gläubig. Für mich war alles ein glücklicher Zufall, ein ausgesprochen glücklicher Zufall.«

»Ganz sicher war er das.«

»Tatsächlich? Für Sie auch? Empfinden Sie das auch so? Wo doch Ihre Frau und Lena so gut miteinander auskommen und Sie und ich … Unsere kleinen Spaziergänge und Gespräche – so ein tiefes Verstehen, eine solche Kameradschaft, und die kleinen Aufmerksamkeiten, die nur ein Mann … Ich kann Ihnen das gar nicht so richtig erklären … Man möchte meinen, dass man sich daran gewöhnt, aber das tut man nicht. Und dabei fahren Sie morgen.«

Ihre Hände flatterten nervös über ihre Handtasche, und ihr Kopf begann ein wenig zu wippen. Einen Augenblick zitterte sie, und er schwieg, doch dann streckte er den Arm aus und legte eine Hand auf die ihre. »Aber es ist noch nicht aller Tage Abend. Wir sehen uns wieder.«

»Wirklich?« Ihre Hand unter der seinen bewegte sich nicht. »Es würde mir wirklich viel bedeuten. Aber die Fahrt nach Reading ist so umständlich. Ich kann doch nicht erwarten …«

»Sie könnten kommen und uns besuchen. Wir könnten Sie bei uns unterbringen. Schließlich haben wir immer noch das Zimmer von Tante Flo …«

Als Maisie an diesem Abend zurückkam, war Josh bereits im Bett. Er legte das Taschenbuch auf die zurückgeschlagene Decke. »Hast du einen erfolgreichen Tag gehabt?«

»Ich glaube schon.« Sie setzte sich, um die Schuhe auszuziehen, und begann, sich zu entkleiden. »Sie hat das Angebot gemacht.«

»Ach.« Er sah weg, während sie, den breiten korsettbekleideten Rücken ihm zugewandt, den Unterrock auszog. »Ich habe auch Glück gehabt.«

»Glück?«

»Die alte Dame. Sie ist hier aufgetaucht.«

»Hier? Was, hier in diesem Zimmer?« Nachdem sie das Nachthemd über den Kopf gezogen hatte, wandte sie sich ihm zu.

»Nein, unten. Ich habe mich nach dem Mittagessen ein bisschen besser gefühlt und mich eine Weile auf die Terrasse gesetzt. Sie ist im Taxi gekommen.«

»Nein, tatsächlich?«

»Sie will nicht, dass Lena etwas davon erfährt, die arme Alte. Aber sie hat auch das Angebot gemacht.«

Die beiden sahen einander an, und ihr bedächtiges Lächeln entlockte auch ihm eines. Sie streckte die Hand aus und tätschelte seinen Arm. »Das hast du gut gemacht«, sagte sie, bevor sie sich dem Waschbecken zuwandte, um ihr Gebiss unters fließende Wasser zu halten.

EWANMIE,
Greenlea Avenue,
Ellbrook, M'sex.

Mia cara »Gracie«,

come sta? Io sono bene ma non abiamo molto sol in Inghilterra adesso.

*Wie versprochen schicke ich nun die Bilder, die ich gemacht habe. Das Foto, auf dem Sie lächeln, ist hübsch geworden, aber auf den anderen sind Sie nicht allzu gut getroffen. Das Bild von Francesca ist ein nettes Andenken an einen schönen Urlaub, auch wenn Francesca darauf ein bisschen altmodisch wirkt. (In England bedeutet das, sie sieht ein bisschen zornig aus.) Ich hoffe, ihr Mann hat ihr keine Schwierigkeiten gemacht!*

*Wir sind gut nach Hause gekommen und haben alles so wie immer vorgefunden. Das Wetter ist nicht allzu gut, aber nach den sonnigen Tagen in Italien darf ich mich eigentlich nicht beklagen. Wie geht es Ihnen und den anderen im Albergo Garibaldi? Ich würde gerne wieder von Ihnen hören, und natürlich wäre das auch für Sie eine gute Gelegenheit, Ihr Englisch ein wenig zu üben. Wie Sie sehen, bin ich mit meinem Italienisch nicht sehr weit gekommen. Also schreiben Sie mir doch. Und vergessen Sie nicht, dass Sie mir versprochen haben, uns eines Tages hier zu besuchen. Dann fahren wir zusammen nach Aylesbury! Das meine ich ernst. Sie sind jederzeit willkommen.*

*Grüßen Sie im Albergo alle von mir. Ich freue mich schon auf eine Antwort von Ihnen.* Arrivederci!

*Mit herzlichen Grüßen,*
*Joshua Evans*

53 Kingfisher Road
Reading, Berks.

*Mein lieber Mr Evans,*

*hoffentlich sind Sie und Mrs Evans sicher zu Hause angekommen und haben eine angenehme Reise gehabt. Das herrliche Wetter ist gleich nach Ihrer Abreise zu Ende gegangen – vielleicht war das ja ein Omen! – das heißt, wir selbst sind bei wolkenbruchartigen Regenfällen unter höchst dramatischen Umständen von hier weggefahren, aber die Flughafenbediensteten haben sich nicht aus der Ruhe bringen lassen, sie waren fast sorglos. Obwohl ich erwartete, jeden Augenblick von einem Blitz getroffen zu werden, wurde doch alles wieder gut; wir setzten uns, wie es so schön heißt, über die Unwägbarkeiten des Schicksals hinweg. Lena hatte ein bisschen Angst und war ausgesprochen übellaunig. Sie nahm meine Äußerung, dass wir unserem Herrn und Schöpfer hier in der Luft doch wenigstens um etliche tausend Meter näher seien als bei einer Zugreise, nicht allzu gnädig auf. Sie hat eben keinen Sinn für Humor.*

*Die Wohnung hier wirkt ziemlich heruntergekommen und düster nach den Annehmlichkeiten des Hotels, und natürlich gehen mir die strahlende Sonne und die nette Gesellschaft ab. Seit unserer Rückkehr haben wir keine Menschenseele mehr getroffen, obwohl Lena den ganzen Tag im Geschäft ist und sich deswegen in dieser Hinsicht nicht beklagen kann. Sie kommt oft ziemlich spät zurück und reagiert abweisend auf meine Klagen. Sie lässt mich nicht viel in der Küche machen; wenn sie also spät nach Hause kommt, habe ich nichts zu essen! Das würde mir nicht so viel ausmachen, wenn sie nur auch meine Position verstehen könnte, aber wie Sie wissen, liegt Rücksicht einfach nicht in ihrer Natur!*

*Natürlich habe ich das Radio, aber das ist nicht dasselbe wie das Gespräch mit einem Menschen, und vielleicht bin ich jetzt auch ein wenig verwöhnt durch unsere Unterhaltungen während der schönen Wochen in Italien. Ich möchte mich jedoch nicht beklagen. Allerdings muss ich auch sagen, ich habe nicht den Eindruck, dass sich die gegenwärtige Regelung noch allzu lange aufrechterhalten lässt, denn meine Einsamkeit und ihre Übellaunigkeit machen mir sehr zu schaffen. Haben Sie denn inzwischen über unseren Plan nachgedacht? Oder haben Sie gar Gelegenheit gehabt, mit Mrs Evans darüber zu sprechen? Wie Sie wissen, habe ich eigene Möbel, mit denen ich das Zimmer einrichten könnte, wenn genügend Platz ist, obwohl ich diese Möbel natürlich auch einlagern und nur ein paar persönliche Dinge wie Fotos oder ähnliches mitbringen könnte, wenn Mrs Evans das lieber wäre. Auch das Essen wäre kein Problem, denn ich brauche nicht viel und würde Ihnen keine Mühe machen. Gerne bereite ich mir selbst einen Imbiss zu, wenn Sie und Mrs Evans ausgehen wollen. Und was die Finanzen anbelangt … Wie Sie wissen, bin ich finanziell unabhängig, und ich bin mir sicher, dass sich eine für beide Teile befriedigende Lösung finden lässt. Nicht einmal Lena kann sich in dieser Hinsicht beklagen. Ich habe wirklich das Gefühl, den Winter nicht zu überstehen, wenn Lena nie zu Hause ist und ich mich die ganze Zeit mit mir selbst beschäftigen muss nach unseren glücklichen Tagen in Italien. Sie haben mir die*

*Augen geöffnet, ich weiß jetzt wieder, wie anders das Leben damals war, als mein Mann noch lebte. Deshalb würde ich mich wirklich freuen, wenn Sie mir mitteilen könnten, ob Sie bereits die Zeit gefunden haben, über meinen Vorschlag zu sprechen.*

*Außerdem hoffe ich natürlich, dass Sie keine Probleme mit der Verdauung mehr hatten und dass die Pillen geholfen haben. Wie düster unsere englischen Straßen doch wirken nach dem bunten – und sonnigen – Italien. Bitte richten Sie Mrs Evans meine besten Grüße aus. In der Hoffnung auf eine baldige Antwort von Ihnen verbleibe ich*

*Ihre*
*Cynthia M. Fingal*

53 Kingfisher Road
Reading.

*Liebe Mrs Evans,*

*wir sind am letzten Freitag nach einer schrecklichen Reise wieder zu Hause angekommen. Nachdem Sie weggefahren waren, hat es nur noch geregnet, und wir sind schließlich sogar mitten in einem Gewitter abgeflogen. Offenbar scheren sich die Italiener einen feuchten Kehricht darum, ob so ein Flugzeug vom Blitz getroffen wird oder nicht. Es regnete immer noch, als wir am Londoner Flughafen ankamen, aber wenigstens hat hier alles seine Ordnung – Kofferträger, Gepäck etc. –, und es war doch schön, wieder auf der richtigen Seite der Straße zu fahren und nicht diesen ständigen Lärm um sich zu haben! Ganz zu schweigen davon, dass man jetzt endlich wieder Wasser trinken und Salat essen kann. Hoffentlich hatten auch Sie eine gute Reise.*

*Ich habe oft über die Dinge nachgedacht, über die wir gesprochen haben. Seit unserer Rückkehr ist Tante Cynthia ziemlich schwierig und meint offenbar, ich müsse jeden Abend sofort nach der Arbeit nach Hause hetzen und mir ihre Klagen anhören! Sie können sich schon denken, dass ich keine Freunde zu uns einladen kann, so, wie sie sich aufführt, und ich habe auch kein Privatleben mehr, weil sie so selbstsüchtig ist. Natürlich ist sie ausgesprochen rüstig, und sie würde auch jemandem, der Erfahrung mit alten Leuten hat, mit Sicherheit keine Probleme bereiten; vermutlich ist es einfach Pech, dass sie und ich nicht miteinander auskommen. Wenn Sie sich tatsächlich dazu entschließen könnten, sie bei sich aufzuneh-*

*men – sie könnte ohne weiteres sechs Guineas für die Woche bezahlen.*

*Könnten wir uns irgendwann in London treffen und uns ein bisschen unterhalten? Ich könnte mir einen halben Tag freinehmen, wenn Sie mir mitteilen, welcher Tag Ihnen passt. Je früher, desto besser, denn es wäre wohl am vernünftigsten, wenn wir den Umzug noch vor Einbruch des kalten Wetters hinter uns bringen.*

*Die besten Wünsche! Ich freue mich schon auf eine Nachricht von Ihnen.*

*Herzlichst,*
*Lena Kemp*

EWANMIE
Greenlea Avenue,
Ellbrook, M'sex.

*Liebe Lena,*

*es tut mir leid, dass ich bisher nicht auf Ihren Brief vom Siebenundzwanzigsten geantwortet habe, aber ich hatte alle Hände voll zu tun mit dem Garten und mit allen möglichen Dingen, wie das immer so ist nach dem Urlaub.*

*Ich habe Ihren Vorschlag bezüglich Ihrer Tante mit Mr Evans besprochen, und wir glauben beide, dass wir ihr hier ein Plätzchen einrichten können. Eigentlich müsste sie einverstanden sein, denn der Umzug würde mit Sicherheit keine Probleme bereiten. Vermutlich wäre sie auch nicht allzu unglücklich, von Reading wegzuziehen, aber natürlich liegt das ganz bei Ihnen. Für alle Beteiligten wäre diese Lösung wahrscheinlich die beste.*

*Ich bin am Donnerstag nächster Woche in London; dann könnten wir uns treffen und alles Wesentliche besprechen. Wie wäre es, wenn wir uns im Civil Service Store am Strand treffen? Der Laden ist am Donnerstag bis sieben Uhr geöffnet, und im obersten Stockwerk gibt es ein nettes Café. Lassen Sie mich doch wissen, welche Uhrzeit Ihnen am besten passt, dann finde ich mich ein.*

*Die besten Wünsche,*
*Ihre Maisie Evans*

# 3

»Hier kommt die Braut!«

»Oh!« Mrs Fingal wurde rot wie ein Backfisch, als Josh ihr aus dem Mietwagen half, der mit ihr und ihren Habseligkeiten Ende August in der Greenlea Avenue angekommen war. Die Sonne schien, nach vielen Tagen zum ersten Mal, so dass die eintönige Landschaft nahtlos in den nahe gelegenen Flughafen überzugehen schien; nur von den betonierten Landebahnen, die von geparkten Autos gesäumt wurden, stieg feuchte Wärme auf, und die Rot-, Weiß- und Grüntöne von Ewanmie waren bunt wie die Illustrationen zu einem Märchenbuch. Statt Lerchen zogen Flugzeuge darüber hinweg. Es roch nach versengtem Gras und Benzin.

Sie stand zitternd in der Diele, die Handtasche und eine Uhr an sich gepresst, während Josh dem Fahrer half und dann zusammen mit Lena mehrere Koffer, ein paar Bilder und einen schmalen viktorianischen Schaukelstuhl ins Haus trug. Mrs Evans kam mit einem Englischledermantel über dem Arm den Weg entlang. »Heute ist es ziemlich warm. Hoffentlich war es im Auto ein bisschen luftig.«

»Ja, ja. Er ist nicht so schnell gefahren, wegen der Uhr. Wie viel es jetzt doch geworden ist! Dabei habe ich noch nicht einmal meinen Schreibtisch mitgenommen. Und den Schrank, sagt Lena, muss ich verkaufen. Wissen Sie, er ist einfach riesig, massiv Mahagoni, Zeder, da kommen keine Motten rein … Ich hoffe wirklich, dass ich nicht zu viel mitgenommen habe. Ach, und bei dieser Hitze …«

»Machen Sie sich da mal keine Sorgen. Es kommt schon alles wieder in Ordnung. Lassen Sie uns doch hineingehen und sehen, wo wir Ihre Sachen verstauen können.«

Der Fahrer hatte alles im Flur abgeladen, und Lena führte sie in das hintere Schlafzimmer. »Das mache ich schon, Schatz, kümmere du dich doch um den Mann. Und Sie, Mrs Fingal, sollten sich ein bisschen ins Wohnzimmer setzen, während wir hier alles in Ordnung bringen. Ich nehme einstweilen die Uhr.«

»Nein, die behalte ich.« Sie presste sie gegen die Brust, ging aber artig in das vordere Zimmer und setzte sich auf einen Platz, von dem aus sie beobachten konnte, was draußen passierte, die Uhr auf dem Schoß. Der Fahrer schloss gerade den Kofferraum, und Lena gesellte sich zu Josh und öffnete ihre Handtasche. Josh sagte etwas, Lena fragte in scharfem Tonfall nach, Josh nickte, Lena wandte sich dem Mann zu, der zu ihnen trat und sich dabei die Hände abklopfte. Sie unterhielten sich nun zu dritt, trotzdem schaute Josh die Straße mit unbeteiligtem Blick hinunter.

Mrs Evans trat ins Zimmer und blickte über Mrs Fingals Schulter hinweg zur Straße. »Ach, jetzt sind sie fertig. Vielleicht sollten wir alle einen Tee trinken.«

»Ich hoffe, Lena gibt dem Mann ein ordentliches Trinkgeld. Er war wirklich sehr zuvorkommend.«

»Machen Sie sich mal keine Gedanken, meine Liebe. Josh kümmert sich schon darum.« Sie schob die Gardine wieder vor.

Mrs Fingal lehnte sich zurück. »Männer kennen sich einfach aus bei solchen Sachen. Das ist eine große Hilfe. Kofferträger und Verkäufer sind immer höflich, wenn sie Trinkgeld von einem Mann bekommen, aber bei derselben Summe von einer Frau sind sie eher erstaunt. Lena handelt immer. Und das ertrage ich nicht. Geiz kann ich einfach nicht ausstehen.«

»Josh sorgt schon dafür, dass der Mann nicht zu kurz kommt. Geben Sie mir doch erst mal die Uhr.«

»Nein. Nein danke. Ich weiß, wie man damit umgehen muss, wo sie sich am wohlsten fühlt.«

»Dann gehen wir doch in Ihr Zimmer und verstauen schon mal ein paar Sachen, ja?« Sie lachte und half Mrs Fingal auf die Beine.

Abgesehen vom Gepäck, das mitten im Zimmer herumstand, war alles ordentlich aufgeräumt. Frische Vorhänge, ein neuer Vorleger vor dem Elektroofen, ein neuer Tischläufer auf der Frisierkommode, eine Vase mit Gladiolen. Die Sonne schien schon nicht mehr in diesen Teil des Hauses, aber Rasen, Garten- und Kohlenschuppen lagen immer noch in ihrem Licht.

»Wo wollen Sie sie denn hinstellen?« Mrs Fingal schaute sich um, ohne richtig zuzuhören. »Vielleicht auf den Kaminsims? Da könnten Sie sie immer gut sehen. Oder auf die Frisierkommode? Was meinen Sie?«

»Da, auf den Kaminsims. Sie mag die Wärme.« Sie tastete sich um die Koffer herum und stellte die Uhr vorsichtig auf den schmalen Sims. Dann drückte sie das Ohr ans Glas, wobei ihr Hut verrutschte, und nickte. »Sie geht.«

»Wie schön. Man kann sich kaum eine angenehmere Gesellschaft vorstellen als eine Uhr.«

»Die Uhr war ein Hochzeitsgeschenk, von der Firma meines Mannes. Sie ist in der ganzen Zeit nur zweimal stehen geblieben. Aber ein bisschen geht sie nach.«

»Das ist ganz normal, wenn Uhren ein paar Jahre auf dem Buckel haben. Tja, meine Liebe, Sie wissen ja noch von Ihrem letzten Besuch, wo die Toilette ist. Ich gehe nur schnell und setze den Kessel auf, um uns allen eine schöne Tasse Tee zu machen. Wenn wir unseren Tee getrunken haben, können Sie mir sagen, in welchem Koffer das Bettzeug ist, dann mache ich Ihnen Ihr Bett. Und vermutlich wird Lena danach bald fahren wollen, damit sie nicht in den Wochenendverkehr kommt.«

Lena stand an der Tür. »Ich habe ihn weggeschickt, damit er einen Tee trinkt. Er kommt in einer Stunde wieder. Soll ich Ihnen beim Auspacken helfen?«

»Heute Abend machen wir, glaube ich, nicht mehr allzu viel.« Mrs Evans lächelte die beiden an. »Nur das Bettzeug und die Toilettensachen und die eine oder andere persönliche Kleinigkeit, damit es ein bisschen heimischer wirkt, meinen Sie nicht auch?« Sie ging zur Tür. »Machen Sie es sich bequem, während Lena und ich den Tee kochen. Ich habe den Kuchen selbst gebacken …«

Als sie den Raum verließen, hörte Mrs Fingal Lena sagen: »Rosinen verträgt sie nicht …« Sie ließ sich auf dem Bett nieder, die Hände auf der Handtasche gefaltet, und schaute sich um; dann wippte sie ein wenig auf der Matratze auf und ab und prüfte das Kopfkissen. Sie legte die Handtasche weg, stand auf und schlurfte zur Frisierkommode hinüber, nahm den Hut ab und legte ihn auf das Schondeckchen mit den aufgestickten

Gänseblümchen und Vergissmeinnicht. Im Spiegel betrachtete sie ihre glänzenden Augen, die geröteten Wangen, die weißen Haare, die vom Gewicht des Hutes platt gedrückt waren. Sie lächelte ihrem Spiegelbild fröhlich zu und sah aus wie eine junge Braut im Sonnenlicht.

Mrs Evans bereitete einen hervorragenden Tee zu, genauso gut wie der von vor vier Wochen beim letzten Besuch von Lena und Mrs Fingal, als sie sich das Zimmer angesehen und alle Einzelheiten geregelt hatten. Damals hatte die Sonne nicht geschienen, und der Elektroofen hatte im Wohnzimmer, wo jetzt eine Vase mit Goldrute stand, wohlige Wärme verbreitet. Es gab Sandwiches und Butterbrote, einen Biskuitkuchen mit Marmeladen- und einen mit Schokoladenfüllung, beide leicht wie Watte, alles von einem goldfarbenen Teewagen mit Spitzen- und Leinendeckchen. Als die Gäste die Tischdecke bewunderten, gestand Mrs Evans verschämt, dass sie sie selbst gehäkelt habe, wie übrigens auch den Pullover, den sie trug (sie knöpfte ihre Jacke auf und reckte ihnen stolz ihren Busen entgegen). Sie hatte außerdem alle Kissen selbst bestickt und den Tischläufer und den Bezug des Fußschemels, ja, und natürlich auch das Schondeckchen auf Mrs Fingals Frisierkommode. Im Moment arbeitete sie gerade an einem Satz Tischsets mit einem gestickten Blumenstrauß im mittleren Teil und mit gehäkeltem Rand – eine Auftragsarbeit von einem der Handarbeitsgeschäfte, die sie belieferte.

»Sie hat sich ein nettes kleines Geschäft aufgebaut. So verdient sie sich das Taschengeld für mich, meine Maisie.« Sie tätschelte ihm spielerisch den Arm. »Ach was! Das ist doch nur ein

Hobby. Ich beschäftige mich ganz gern, schließlich kann man ja nicht den ganzen Tag in der Küche herumstehen, oder?«

Lena streckte die Hand mit der Teetasse aus, um sich nachschenken zu lassen. »Ich würde keine Minute zu viel dort verbringen. Dazu habe ich einfach keine Geduld. Ich begreife nicht, wie man es genießen kann, den ganzen Tag in der Küche zu arbeiten.«

»Maisie macht das Spaß, stimmt's, meine Liebe? Manchmal muss ich sie ein bisschen bremsen wegen meiner Figur.« Er klopfte sich leicht auf den Bauch und lächelte seine Frau an, die abwehrend zurücklächelte.

»Ach was, gutes Essen hält Leib und Seele zusammen.« Sie reichte den Kuchen herum, und die beiden Damen nahmen sich noch jeweils ein Stück – Mrs Fingal mit trotzigem Blick auf ihre Nichte. »Natürlich treiben wir, wenn wir allein sind, auch keinen solchen Aufwand. Aber heute ist schließlich ein ganz besonderer Tag.«

»Das können Sie laut sagen.«

»Heute fängt für uns alle ein neuer Lebensabschnitt an. Habe ich nicht recht, Josh?«

»Sicher hast du da recht, Maisie.«

Später führte Josh Mrs Fingal ein wenig im Garten herum, während Lena Mrs Evans beim Abspülen half. »Sie ist eigentlich nur einen Tee und ein paar Kekse gewöhnt. Viel kann man ihrem Magen nicht zumuten, egal, was sie selbst sagt. Und Kaffee verträgt sie überhaupt nicht, da bekommt sie Herzklopfen. Nach dem Aufenthalt in Italien hat sie Wochen gebraucht, um sich wieder zu erholen, bei dem ganzen bitteren schwarzen Zeug, das sie da in sich hineingeschüttet hatte. Aber sie wollte es ja nicht anders.«

»Alte Leute können ziemlich eigensinnig sein, die Armen.«

»Natürlich wird es ihr bei Ihnen besser gehen. Ich meine, sie wird bei Ihnen nicht so viele Sperenzchen machen wie bei mir. Aber lassen Sie sich trotzdem nicht von ihr auf der Nase herumtanzen.«

»Ich bin mir sicher, dass sie das nicht tun wird. Machen Sie sich da mal keine Sorgen.«

»Das tue ich mit Sicherheit nicht! Fast kann ich's nicht glauben, dass uns der Zufall zusammengeführt hat und dass alles so wunderbar klappt. Ich kann mir noch gar nicht vorstellen, wie es morgen ist, wenn ich wieder allein in der Wohnung bin und mich um niemanden mehr kümmern muss.«

»Genau. So ist's recht. Genießen Sie es. Jetzt können Sie Ihre Freunde auch wieder einladen, stimmt's?«

»Ja.« Sie sah Mrs Evans über die Schulter an.

»Wir werden prächtig miteinander zurechtkommen, machen Sie sich da mal keine Sorgen. Geben Sie ihr nur ein bisschen Zeit, um sich hier einzugewöhnen. An Ihrer Stelle würde ich ihr auch gar nicht so oft schreiben, nur hin und wieder eine Postkarte, bis sie sich hier wie zu Hause fühlt. Sie dürfen natürlich nicht vergessen, dass Sie hier jederzeit willkommen sind, aber am Anfang sollten Sie sich vielleicht ein bisschen zurückhalten.«

»Keine Angst! Es ist ja sowieso eine ziemlich lange Fahrt bis hierher – zuerst nach London und dann noch weiter mit der Green Line oder der U-Bahn. Ich bin nicht wie die Tante, die sich einfach einen Wagen mietet.«

»Ja, da muss ich Ihnen zustimmen: Die Anfahrt von Reading ist ziemlich umständlich.« Sie zog die Schürze aus. »Ich mache nur schnell ihr Bett. Wissen Sie, ich musste auf ihr eigenes Leinen warten.«

»Hier rein.« Sie betraten das Schlafzimmer, und Lena öffnete den größten Koffer. »Hier drin hat sie alle Haushaltssachen, Laken und Decken und Winterkleider. Und egal, was sie sagt, beziehen Sie das Bett immer zuerst mit einem Plastiklaken.« Sie gab Mrs Evans, die neben der blanken Matratze stand, das Bettzeug. »Ich will damit nicht sagen, dass das häufig passiert«, fügte Lena hastig hinzu, »aber Vorsicht ist besser als Nachsicht.«

Mrs Evans lachte zufrieden. »Machen Sie sich keine Sorgen, meine Liebe. Ich bin an alte Leute gewöhnt, ich habe mein ganzes Leben mit ihnen gearbeitet. So ein kleines Missgeschick kann mich nicht aus der Fassung bringen.«

»Tja, mich schon. Ich finde das widerwärtig. Meiner Meinung nach gehören alte Leute, die sich nicht mehr unter Kontrolle haben, ins Heim.«

»Was sagen Sie denn da!« Mit geübten Griffen breitete Mrs Evans das Laken aus, steckte es an den Ecken fest, legte das Oberbett darüber und schlug es zurück.

»Tja, ich bin eben dieser Meinung. Wenn sie nicht mehr für sich selbst sorgen können, wäre der Tod eine Erlösung.«

»Das ist aber wirklich garstig, was Sie da sagen. Gut, dass Sie sonst niemand hören kann.«

Lena nahm den Mantel von dem Stuhl, auf dem er lag, und hängte ihn in den Schrank. »Viele Leute würden dasselbe sagen, wenn sie keine solchen Heuchler wären. Alte Leute sind einfach eine Plage.«

»Gut, dass wir nicht alle so denken, meine Liebe. Josh und ich helfen alten Leuten gerne. Schön, jetzt ist alles hergerichtet.« Sie strich gerade mit der Hand über die Tagesdecke, als es an der Haustür klingelte. »Das ist wahrscheinlich der Fahrer. Wie die Zeit vergeht! Ich werde ihr später beim Auspacken helfen, wenn Sie weg sind.«

Sie schlenderten alle zusammen den Weg zum Wagen hinunter. Mrs Evans hatte Lena ein paar Gläser mit selbst eingemachter Marmelade und einen Früchtekuchen gegeben, die diese in die Tasche steckte, bevor sie sich umdrehte, um sich zu verabschieden. Sie gab Josh die Hand und warf den Kopf ein wenig aggressiv zurück – eine Geste, die ganz typisch für sie war –, als sie die Hand zurückzog, und schüttelte dann, um einiges herzlicher, die von Mrs Evans. Danach beugte sie sich ein wenig zögernd zu Mrs Fingal hinab, um ihr einen Kuss zu geben.

»Auf Wiedersehen, Tante. Sei artig.«

Dann stieg sie in den Wagen, die Tür schlug hinter ihr zu, der Motor wurde angelassen, und sie fuhren weg. Die Evans' winkten schweigend und schauten dem Auto nach, bis es außer Sichtweite war; danach drehten sie sich langsam um und nahmen Mrs Fingal in die Mitte.

»Tja«, sagte Josh, »da geht sie also hin, die Frau Jauche.«

»Was bist du doch für ein schlimmer Junge!«, sagte Maisie, lächelte aber dabei; Mrs Fingal hingegen lachte lauthals, hielt sich an seinem Arm fest und zog fröhlich daran, während sie zwischen den beiden den Pfad zum Haus zurückschlenderte.

Die Habseligkeiten, die Mrs Fingal in Koffern verpackt hatte, waren nicht eben zahlreich für ein achtzigjähriges Leben – aber dennoch waren etliche Tage nötig, um den jeweils richtigen Platz für sie zu finden. Sie bestand darauf, sofort alles auszupacken, legte die Sachen hierhin und dorthin, ließ sie einfach irgendwo fallen, vergaß sie, wollte sie wieder, wandte sich auf ihren krummen alten Beinen jedem einzelnen Stück in einem Zustand höchster Erregung zu, als könne sie, indem sie all ihre Besitztümer auf einmal ausbreitete, ihr Recht dokumentieren, sich in diesem Raum aufzuhalten und das Schlafzimmer im Haus der Evans' als ihr eigenes Heim auszuweisen, das ihr keiner mehr streitig machen konnte.

Sobald Lena weg war, begann sie, Josh bei jeder kleinsten Entscheidung und angeblichen Schwierigkeit zu konsultieren. Wo sollte sie das Aquarell ihrer Mutter aufhängen, das sie als Mädchen zeigte, mit Schleife im Haar und im Spitzenkleidchen? Und ihre Bücher? Viele Bücher besaß sie nicht, aber die wenigen musste sie um sich haben, und in dem Raum gab es keine Regale. Der Kaminsims vielleicht? Aber wo würde sie dann die Uhr hinstellen, denn die vertrug keine Zugluft und musste auf einer absolut glatten Oberfläche stehen. Die Fotos von ihrem Mann und ihrer Tochter mussten neben dem Bett sein, aber das Tischchen dort war ziemlich klein. Und die Fotos von ihrer Schwester und ihrem Schwager, von ihrem Vater und ihrer Mutter, alle schon längst tot, aber wesentlich, um von ihrem eigenen Leben zu zeugen, wo sollten sie hin? Und ihre Kleider?

Hier machte Mrs Evans der Aufregung ein Ende und steckte sie ins Bett. »Wir wollen doch nicht, dass Sie sich gleich am ersten Tag verausgaben. Jetzt brauchen Sie etwas Schlaf; morgen bringe ich Ihnen dann Ihr Frühstück ans Bett.«

Mrs Fingal hatte lieber nicht gesagt, dass sie Frühstück im Bett hasste, dass sie früh aufwachte und aufstehen und sich bewegen musste, um sich die steifen Beine zu vertreten und die Melancholie zu vertreiben. Lena hatte sich immer beklagt, dass ihre Tante sie häufig aufweckte, wenn sie bereits kurz nach Sonnenaufgang in der Küche herumhantierte. Aber am nächsten Morgen war Mrs Fingal dann doch froh, nicht sofort aufstehen zu müssen, denn die Aufregungen des vergangenen Tages hatten sie stärker ermüdet, als sie gedacht hatte, und außerdem hatte sie jetzt auch keine trüben Gedanken mehr. Sie lag da und lauschte auf das immer wiederkehrende Geräusch der landenden oder startenden Flugzeuge und auf ihren eigenen Herzschlag, ein zähes, wenn auch nicht ganz regelmäßiges Klopfen. Es war besser, an diesem Morgen noch ein bisschen im Bett zu bleiben, in der Obhut der fröhlichen Mrs Evans, statt bei der mürrischen Lena. Während sie ihr Frühstück aß, dabei ein wenig Tee auf das Deckchen verschüttete und schuldbewusst einen Teller darauf stellte, um den Fleck zu verdecken, hörte sie die Evans' unten in der Küche herumgehen und sich unterhalten. Joshs Schritte bewegten sich zum vorderen Zimmer, ohne an ihrer Tür zu verweilen; Maisies forsche Schritte folgten, betraten die Küche und verließen sie wieder, eilten ins Bad und dann ins Schlafzimmer weiter. Mrs Fingal hörte das Aufheulen eines Staubsaugers, das Klappern der Mülltonnendeckel, Wasserhähne, Joshs Schritte auf dem Flur, einen Schlüssel im Schloss, die Spülung. Würde er klopfen und hereinkommen, um ihr einen guten Morgen zu wünschen? Das Tischchen neben dem Bett war zu überladen, als dass sie das Tablett darauf hätte abstellen können, das schwer auf ihren schmalen Oberschenkeln und ihrer vollen Blase lastete, und irgendwie war ihr ein wenig Ei auf das Laken getropft. Natürlich gehörte das Laken ihr, an einer Ecke war ihr Monogramm C. M. F. eingestickt. Sie kratzte das Ei weg, doch leider hatte sie das Messer vorher für die Marmelade verwendet. Als Mrs Evans endlich mit fröhlicher Miene hereinkam, war Mrs Fingal schon ganz zittrig.

Als sie dann endlich aufgestanden und angezogen war, war es schon fast Zeit fürs Mittagessen; und danach steckte Mrs Evans sie kurzerhand zur Mittagsruhe wieder ins Bett – sie und ihr Mann machten immer ein Nickerchen, sagte sie. Dann folgten der Nachmittagstee und hinterher ein kleiner Spaziergang zur nächsten Straßenecke, auf Joshs Arm gestützt – es war das erste Mal, dass sie ihn an diesem Tag richtig zu Gesicht bekam; nach dem Abendessen sah man fern, und nach den Nachrichten schlugen ihr die Evans' vor, ins Bett zu gehen, wogegen sie sich auch nicht wehrte, weil sie den Zugang zum Bad nicht blockieren wollte, auch wenn sie eigentlich abends lieber lange aufblieb.

Obwohl sich dieser Tagesablauf in der nächsten Zeit ein wenig abwandelte, änderte er sich doch nicht grundlegend. Frühstück im Bett wurde zur Regel, mehr, um Mrs Evans nicht zu viel Mühe zu bereiten, als um Mrs Fingal einen Gefallen zu tun (»Ich kann mich besser im Haus bewegen, wenn Sie im Bett liegen, meine Liebe«), genau wie auch das Mittagsschläfchen. Deshalb dauerte es ziemlich lange, bis Mrs Fingal sich endgültig in ihrem Zimmer eingerichtet hatte.

Josh hatte ihr die Bilder aufgehängt: Ihre Mutter an der dem Bett gegenüberliegenden Wand, die Aquarelle von Anne Hathaways Cottage und Holy Trinity Church zu beiden Seiten des Kamins (sie war in Stratford-on-Avon geboren). Sie schlug lieber nicht vor, das »Licht der Welt« von seinem Platz über dem Kaminsims zu verbannen, denn vermutlich hatten die Evans' es dorthin gehängt, doch sie vermied es, das Bild anzusehen. Stattdessen betrachtete sie öfter die sechs postkartengroßen Reproduktionen der Mosaiken von Ravenna, die sie in Rimini gekauft hatte. Die Vase mit den Gladiolen war verschwunden und auch nicht durch frische Blumen ersetzt worden; aber natürlich war jetzt, wo all ihre Habseligkeiten ausgepackt waren, auch kaum noch Platz für Blumen. Außerdem hatte sie die Vase auch gleich am ersten Tag zweimal umgestoßen und so die Frisierkommode und den Läufer überflutet. Ihr Schaukelstuhl stand beim Fenster.

Mrs Evans hatte ihr bei dem Ordnen ihrer Kleider geholfen, diejenigen, die sie brauchte, in den Schrank gehängt und die restlichen in die Koffer gepackt, die Josh dann zusammen mit den anderen, in denen sich das Bettzeug befand, in die Abstellkammer brachte. In die anderen hatten sie all diejenigen Dinge gepackt, für die wirklich kein Platz im Zimmer war – Fotoalben, geschäftliche Unterlagen, persönliche Erinnerungen.

»Da sind sie gut aufgehoben«, sagte Mrs Evans und ließ die Schlösser zuschnappen.

Josh hatte sich gebückt, um die Koffer hochzuheben. »Ich stelle sie zu den anderen, ja?«

»Nein, bitte – wenn es Ihnen nichts ausmacht.«

Mrs Fingal war auf ihn zugestürzt und hatte ihre knotige, ein wenig zitternde Hand auf den Koffer gelegt. »Ich meine, das sind so persönliche Dinge, Dinge, die ich jeden Augenblick brauchen könnte, um mich zu vergewissern oder um sie einfach anzusehen, nicht wie die Kleider oder das Bettzeug, die natürlich weggeräumt werden können. Aber diese Sachen, vielleicht könnte man sie einfach aus dem Weg räumen, oben auf den Schrank möglicherweise oder unters Bett …?« Sie schaute sich um, die Hand fest um den Koffergriff.

»Für den Schrank ist er ein bisschen schwer, meinst du nicht auch, Josh?«

Er hob den Koffer vorsichtig hoch. »Ich glaube, wir könnten es schaffen.«

»Wenn Sie das könnten, wäre es schön. Wissen Sie, das sind nur persönliche Dinge, Dinge, die ich gerne um mich habe. Papiere und Fotos, Kleinigkeiten, die ich vielleicht hin und wieder hervorholen möchte, nur so zur Abwechslung.« »Warum nicht, meine Liebe, wenn Sie das möchten.« Sie hatte Josh lächelnd ihre Zustimmung gegeben, und mit einem Ächzen gelang es ihm, den Koffer auf den Schrank zu heben. »Aber versuchen Sie ja nicht, ihn allein herunterzuholen. Sie möchten sich doch nicht verletzen, oder?«

»Nein, nein, natürlich nicht, so dumm wäre ich nicht. Zu solchen Dingen braucht man einen Mann, das weiß ich noch von früher, und auch, wenn die Sicherung durchbrennt oder wenn man ein Taxi rufen möchte … Danke. Herzlichen Dank.«

Dort oben blieb der Koffer, und an jenen langen Morgen zwischen dem Erwachen bei Sonnenaufgang (sie konnte sich nie so recht an den Lärm der Flugzeuge gewöhnen) und Mrs Evans'

Mitteilung, dass sie aufstehen durfte, konnte sie hinaufschauen mit dem Wissen um seinen Inhalt, und sie konnte mit dem Gedanken spielen, ein paar Sachen herauszuholen und wegzuräumen, nun ja, vielleicht noch nicht gleich, vielleicht erst nächsten Monat, oder an Weihnachten oder erst im neuen Jahr, um ein bisschen Abwechslung in ihr Leben zu bringen. Vom Bett aus konnte sie auch das Bild ihrer Mutter sehen, die sie nie so gekannt hatte, als Mädchen, nur so wie auf dem Foto auf der Frisierkommode, eine lächelnde, pummelige Frau. Doch auch diese Erinnerung war verschwommen, wie eine immer wieder gelesene Geschichte, halb Traum, halb Wirklichkeit, denn ihre Mutter war nicht so alt geworden, wie sie selbst es jetzt war.

Manches davon erzählte sie Josh, während er das Bild aufhängte, manches, als sie in dem Raum beisammensaßen, den Mrs Evans das Wohnzimmer nannte, oder im Garten hinter dem Haus, denn das Wetter war für September sehr mild. Er setzte sie in einen der Liegestühle, mit einer Zeitung und einer Illustrierten. Wenn sie sich dann bedankte, uferte das meist in ausführliche Erzählungen aus, und er blieb geduldig bei ihr, das Gesicht der Sonne zugewandt. Ach, es war ganz wie in Italien, erklärte Mrs Fingal, die Sonne, das *dolce far niente*, er und sie, Seite an Seite, wie sie so oft gesessen hatten – erinnerte er sich noch an Rimini oder Salvione – oder auch wie damals in Mailand, noch zusammen mit ihrem Mann, gleich nach dem Weltkrieg. Dann war es auch wieder gar nicht so wie in Italien, vielleicht hatte das etwas mit der kühlen Brise zu tun, die Regen brachte, so dass ihr die Knochen bei jeder Bewegung wehtaten, auch wenn sie ihm das nicht sagte. Traurige Gedanken gingen ihr durch den Kopf, wenn die Glieder schmerzten, obwohl sie ihm auch das verheimlichte; Gedanken an die Vergangenheit, verlorenes Glück, liebe Menschen, die gestorben waren, aber immer noch in ihrem Kopf und Herzen herumgeisterten, so voller Kraft und Leben in ihrer Erinnerung, ein Traum dessen, was sie gewesen war, als sie noch mitten im Leben stand. Sie versuchte, diese Erinnerungen in lebhafte Schilderungen umzusetzen, denn sie wusste sehr wohl, dass sogar so freundliche Menschen wie Mr Evans von traurigen Dingen peinlich berührt waren; aber manchmal waren die Geister einfach zu stark, und dann traten ihr die Tränen in die Augen, sie zitterte ein wenig, und sie berührte seinen Arm mit der Hand, an der sich noch immer der alte Ehering befand, und sie sagte: »Sie müssen schon verzeihen, ich dränge mich Ihnen auf, meine ganzen Sorgen, aber bei Ihnen habe ich das Gefühl, dass ich reden kann …« Ein wenig zusammenzuckend, wandte er ihr dann das rosige Gesicht zu und legte seine Hand auf die ihre. »Natürlich, Mrs Fingal, natürlich.« Sie drückte sie einen Augenblick, genoss ihre schwere Wärme, und nach einer Weile redete sie weiter. Wenn Mrs Evans bei ihnen war, war sie weniger gesprächig. Mrs Evans wirkte so kühl und organisiert, dass man mit ihr eigentlich nur über die Tagesnachrichten oder ein Strickmuster oder das Fernsehprogramm reden konnte. Mrs Fingal stimmte dem, was Mrs Evans sagte, immer zu; und wenn sie Mr Evans einen verstohlenen Blick zuwarf, merkte sie, dass auch er das tat. Wenn Mrs Evans bei ihnen war, schleppte sich das Gespräch bald dahin. Mrs Evans strickte, und Mr Evans nahm eine Zeitung zur Hand oder schloss sogar die Augen, so dass Mrs Fingal nur noch in ihrer Illustrierten blättern konnte. Manchmal stand er auch auf und ging ins Haus. Mrs Fingal sehnte sich danach, ihm zu folgen, doch meist kam Mrs Evans ihr zuvor. Mrs Fingal blieb allein zurück, die Zeitschrift auf dem Schoß, im Garten, wo der Wind plötzlich kalt zu wehen schien.

Jeden Tag, solange das schöne Wetter andauerte, machten sie einen kleinen Spaziergang auf dem Gehweg, der in der einen Richtung zur Hauptverkehrsstraße, in der anderen zu der Ansiedlung früher viktorianischer Cottages führte, die inmitten der großen Supermarktketten aus Glas und Chrom mit ihren kleinen Läden einen dörflichen Charakter bewahrt hatten. Dann weiter zu den Telefonhäuschen neben den alten Hecken und den Zapfsäulen mit den Ölpfützen zwischen den Kletterrosen. Hier sah es aus wie in einer verlassenen Filmkulisse, ein kunterbuntes Durcheinander verschiedenster Stilrichtungen, keine davon sonderlich interessant. Diese Gruppe von Cottages hatte nicht einmal einen eigenen Namen, die Ortsansässigen sagten nur einfach The Shops oder Sussex Road dazu.

Bei The Shops und auf der nahe gelegenen London Road, die man nicht sah, sondern nur hörte, standen eine oder zwei viktorianische Villen, versteckt hinter Hecken, die ständig gestutzt werden mussten, Überbleibsel dessen, was früher wohl der Ortskern gewesen war. Sogar ein spätgeorgianisches Haus fand sich dort, dessen Räume jetzt vom Borough Council genutzt und makellos instandgehalten wurden. Doch die neuen Straßen, deren einziger Sinn darin bestand, die eine Straße mit der anderen und schließlich alle mit der Hauptverkehrsader zu verbinden, waren von Bungalows gesäumt, alle unterschiedlich und doch gleichförmig, hingeduckt auf den flachen Boden, inmitten von Rasenflächen und Lorbeersträuchern, jeder der Bungalows mit einer Fernsehantenne. Die Bewohner waren zum größten Teil alt oder zumindest mittleren Alters. Weit und breit gab es keine Kinder.

Das umliegende Land war genauso monoton. Felder mit Gemüse, Sportanlagen nahe gelegener Fabriken, ein Schuttabladeplatz, ein Ausstellungsgelände für Wohnwagen oder einfach nur freie Fläche – steinig, wenig Gras, hin und wieder Huflattich und Hirtentäschel, begrenzt von alten Zäunen. Und jenseits, flacher als das Meer, flacher noch als die Sahara, lag die weite, unsichtbare, allgegenwärtige Einöde des Flughafens.

Die Greenlea Avenue entlang, dann in die Meadow Road, danach links in die Flowerfield Avenue, und schon war man bei The Shops. Das war ein netter kleiner Spaziergang für Mrs Fingal, die sich an Joshs Arm klammerte. Manchmal gingen sie nach dem Tee, wo Mrs Evans sie bisweilen begleitete, manchmal auch vor dem Mittagessen, wenn Josh die nötigen Einkäufe noch nicht erledigt hatte und Mrs Fingal endlich fertig war, was jede Woche länger zu dauern schien. Doch am Freitag machten sie regelmäßig ihren kleinen Spaziergang, denn am Freitag holte Mrs Fingal ihre Rente an dem kleinen Postschalter ab, der hinter der Tiefkühltheke am hinteren Ende des Lebensmittelmarktes versteckt dastand. Dort las Josh taktvoll die Mitteilungen über Radioanmeldungen und Postgebühren, während Mrs Fingal die Geldscheine zählte und in ihre Brieftasche steckte. Wenn das Wetter schön war, machten sie noch eine kleine Runde um die Kirche – die, abgesehen von den wenigen gepflegten Blumenbeeten, uninteressant war –, bogen dann in die Flowerfield Avenue und gingen wieder nach Hause. Letztlich konnte man nur zur London Road schlendern, um dort dem stinkenden Verkehr zuzusehen, aber das war alles andere als verlockend.

Gewöhnlich inspirierte der Spaziergang rund um die Kirche Mrs Fingal dazu, über die Religion nachzudenken. Im Allgemeinen wiederholten sich ihre Gedanken immer wieder. Sie blieb beim Tor stehen, um angeblich die üppigen rosa- und lilafarbenen Herbstastern zu bewundern, doch eigentlich, um wieder Luft zu schöpfen, denn längere Bewegungsphasen nahmen ihr immer ein wenig den Atem. »Was für leuchtende Farben, was für eine Vielfalt! Wenn man denkt, wie schäbig sie ausgesehen haben, fast schon grau. Natürlich brauchen Pflanzen die richtige Nahrung. Ich weiß noch, mein Mann hat mir immer gesagt, wie viele verschiedene Pflanzen und auch Vögel, Arten, von denen man sonst kaum hört, im Umfeld von Kläranlagen leben. Natürlich ist das kein allzu schöner Gedanke, aber schließlich ist das nur natürlich.«

»Hier auf diesem Friedhof wird schon lange niemand mehr beerdigt«, meinte Mrs Evans, »ich vermute, dass die Gemeinde nicht allzu groß ist.«

»Sie gehen nicht in die Kirche?«

»Nein, nicht regelmäßig. Manchmal gehen wir an Weihnachten und Ostern – stimmt's, Josh? –, aber ich sage immer, man kann überall beten.«

»Ja. Ja, da haben Sie völlig recht. Natürlich haben Sie recht.« Sie stand da, die Hände um das Tor geklammert, und sah zu den grasbewachsenen letzten Ruhestätten der Toten aus dem neunzehnten Jahrhundert hinüber, die jetzt, wo alle verbrannt oder begraben und in irgendeiner Nekropolis verstaut waren, keine Bedeutung mehr hatten. »Obwohl ich mich manchmal frage, zu wem wir eigentlich beten. Ich meine, ob es Gott tatsächlich gibt; es ist doch möglich, meinen Sie nicht auch – schließlich ist doch jeder Spatz …? Aber wenn dem so ist, wieso können dann so schreckliche Dinge auf der Welt passieren? Es gibt so viele Dinge, die einfach nicht richtig sind, kleine Kinder und Konzentrationslager … Aber Sie sind ja gläubig, nicht wahr? Ich erinnere mich, dass Mr Evans das gesagt hat.« Sie warf Josh einen komplizenhaften Blick zu.

Er legte den Kopf schräg. »Ich glaube, dass wir aus einem bestimmten Grund auf dieser Erde sind.«

»Ja, aber was ist das für ein Grund? Es ist alles so undurchsichtig, so schwierig zu verstehen – es gibt so schöne Dinge und so viel Glück auf der Welt, aber am Ende ist alles vorbei, es sei denn, man glaubt an ein Leben nach dem Tode. Ich würde es ja gerne glauben, dass man sich im Jenseits wieder trifft, so, wie man auf der Erde war, aber da habe ich immer Vorbehalte gehabt, und das ist nicht so gut. Und die Kirche hat nicht allzu viel Verständnis für Zweifel.«

»Wir halten nicht sehr viel von dem hiesigen Pfarrer.« Mrs Evans begann weiterzugehen, und Mrs Fingal hakte sich mit kokettem Blick wieder bei Josh ein. »Er hat die Nase für unseren Geschmack immer ein bisschen zu hoch getragen, und die Leute in der Kirche waren uns alle zu frömmlerisch. Sobald man sich auf solche Menschen einlässt, verkauft man seine Seele. Machen Sie doch hier mit und dort, Sie könnten bei dieser Sache aushelfen und bei jener; sie stecken die Nase in alles – nein danke! Ich ertrage es nicht, wenn jeden Augenblick Leute hereinplatzen, mein Privatleben ist mir heilig.«

»Ja, ja, da haben Sie schon recht. Es kommt auch nie jemand vorbei, keine Nachbarn, keine Freunde …«

»Wir sagen guten Morgen zu unseren Nachbarn, und das ist genug«, erwiderte Mrs Evans, ohne den Blick von ihr zu wenden. »Wenn man sich erst mal auf so etwas einlässt, weiß man nicht, wo es endet.«

»Ja, natürlich. Ja.« Schweigend gingen sie weiter. »Aber Weihnachten ist schön. Man kommt richtig in Stimmung – wegen dem Baby und den netten kleinen Tieren in der Krippe. An Weihnachten gehe ich gerne in die Kirche.«

»Einen italienischen Gottesdienst hätte ich gern miterlebt, du nicht auch, Maisie? Mit Weihrauch und dem anderen Hokuspokus. Aber wenn man immer mit einer ganzen Wagenladung Touristen unterwegs ist, bekommt man die Atmosphäre überhaupt nicht so mit.«

Mrs Evans kicherte vor sich hin. »In manchen Kirchen geht's eher wie auf dem Bahnhof zu.«

»Ach, aber die Mosaiken …« Doch Mrs Fingal schwieg und warf Josh einen verschwörerischen Blick zu, um ihn an vergangene Vertraulichkeiten zu erinnern. Und sie schwieg fast den ganzen Weg nach Hause.

Kingfisher Road,
Reading.

*Liebe Tante,*

*es tut mir leid, dass ich nicht früher auf Deinen Brief geantwortet habe, aber hier war alles ziemlich hektisch. Viele von den jüngeren Angestellten waren krank (das war ja nicht anders zu erwarten!) und dazu noch Miss Trent, die Leiterin der anderen Abteilung. Sie hat eine Mandelentzündung gehabt und war über drei Wochen lang nicht da. Natürlich habe ich danach alles wieder in Ordnung bringen müssen; Mr Bond verlässt sich in dieser Hinsicht voll auf mich; er hat mich letzte Woche zu sich gerufen und mir vorgeschlagen, auf Dauer einen Teil von Miss T.s Arbeit zu übernehmen. Die Zusammenarbeit mit ihm ist sehr angenehm, deshalb werde ich sein Angebot wahrscheinlich annehmen; aber das bedeutet, dass ich mehrere Tage lang Überstunden machen musste, um mit ihm die Akten durchzuschauen.*

*Es freut mich, zu hören, dass Du gut mit Mr and Mrs Evans zurechtkommst. Du hast wirklich Glück, eine so angenehme Bleibe gefunden zu haben. Du hast es gut getroffen. Pass auf und verscherze es Dir nicht mit den beiden. Ich werde Mrs Evans bald einen Brief schreiben.*

*Leider muss ich jetzt aufhören, weil ich mit Mr Bond noch einige Arbeiten erledigen muss.*

*Alles Gute,*
*Lena*

EWANMIE,
Greenlea Avenue,
Ellbrook.

*Liebe Lena,*

*Danke für Ihren Brief vom Fünfzehnten. Es freut mich, zu hören, dass alles in Ordnung ist, aber übertreiben Sie mal nicht!*

*Auch hier ist alles soweit im Lot, und Ihre Tante hat sich gut eingelebt bei uns. Ich sorge dafür, dass sie soviel wie möglich im Bett bleibt, denn sie neigt dazu, sich zu übernehmen, und das müssen wir dann natürlich alle büßen. Letzte Woche ist uns ein kleines Missgeschick passiert. Ich glaube, sie hat sich ein bisschen erkältet, und das ist ihr natürlich auf den Magen geschlagen. Es war aber nichts Schlimmes; ich sage ihr auch immer, dass man mit solchen Dingen eben rechnen muss, wenn man älter wird. Sie ist wirklich eine liebe alte Dame und versteht sich prächtig mit meinem Mann!*

*Bitte machen Sie sich keine Gedanken, weil Sie sie nicht besuchen; schließlich ist die Reise doch beschwerlich und auch gar nicht nötig, weil hier ohnehin alles bestens ist. Außerdem habe ich den Eindruck, dass Sie im Moment genug eigene Sorgen haben!*

*Mit den besten Wünschen*
*von uns beiden,*
*Maisie*

# 4

Im Oktober kündigten sich bereits die Vorboten des Winters an; die Fenster der Häuser waren geschlossen, und die Blumenbeete wurden kahl. Anfangs konnte man noch die warmen Herbsttage genießen, doch bald schon färbte der Nachtfrost die Dahlien schwarz, und der Regen fegte ungehindert über die Felder. »Das Wetter ist trügerisch«, sagte Mrs Evans, die gerade Mrs Fingals Frühstückstablett hinaustrug, »Sie sollten lieber nicht ausgehen, sonst holen Sie sich nur wieder eine Erkältung.«

Mrs Fingal sah sie mit großen Augen an. Sie schaute kleiner aus als sonst, denn um ihre Schultern, über dem Morgenrock, lag ein Tuch, und jetzt, wo sich ihre dritten Zähne in einem Wasserglas auf der Frisierkommode befanden, wirkte ihr Gesicht eingefallen. Mrs Evans machte ihr schon lange keinen Toast mehr; ein Butterbrot konnte sie auch ohne Zähne essen (obwohl sie natürlich langsam kauen musste, um keine Verdauungsprobleme zu bekommen), und je weniger Mrs Fingal ihr Gebiss im Mund hatte, desto unangenehmer war es für sie, wenn sie es wieder trug. Außerdem hatte sie eine Reihe von Geschwüren am Zahnfleisch gehabt, die sehr schmerzhaft gewesen waren. In letzter Zeit war es ihr nicht unrecht gewesen, in ihr eigenes Zimmer verbannt zu werden (dabei gab es natürlich keine bösen Worte), wo sie die dritten Zähne herausnehmen konnte. Dort konnte sie in ihrem Schaukelstuhl sitzen und hin und her wippen; wenn es kalt war, konnte sie sich einfach unter die Decke verkriechen – Mrs Evans sah es nicht allzu gern, wenn sie die Heizung unnötig laufen ließ. »Ich soll nicht hinausgehen? Aber ich muss doch hinaus.«

»Warum müssen Sie unbedingt hinaus? Ach, sehen Sie doch nur, was Sie angestellt haben – Sie haben Eierflecken auf mein schönes sauberes Deckchen gemacht!«

»Wirklich? Ich meine …?«

»Und auf das Laken auch. Sie sind schon ein Ferkelchen. Wir müssen Ihnen wohl ein Lätzchen geben.«

»Eier sind gar nicht so leicht zu essen, wenn sie weichgekocht sind. Sie sind heutzutage auch nicht mehr das, was sie mal waren. Natürlich kommen sie alle aus der Kühlung, das hat nichts mehr mit den netten kleinen Hühnern zu tun, die früher einfach so im Garten herumgerannt sind.«

»Das heißt also, dass ich sie länger kochen soll? Schließlich kann ich die Betten nicht zweimal die Woche frisch beziehen.«

»Aber ich habe doch genügend Bettwäsche mitgebracht, oder?«

»Ja, darum geht es auch gar nicht. Es geht um die Wascherei.« Sie nahm das Tablett weg und ging zur Tür. »Sie bleiben also noch ein bisschen im Bett? Es hat keinen Sinn, an einem solchen Tag aufzustehen.«

»Aber ich muss aufs Postamt. Heute ist schließlich mein Tag für die Rente.«

»Die läuft nicht weg. Die können Sie nächste Woche immer noch holen.«

»Nein, nein, das möchte ich nicht. Ich möchte jede Woche ganz klar von der Nächsten abgrenzen.«

»Tja, Josh wird Sie aber bei dem Wetter nicht begleiten können. Sein Rücken macht ihm zu schaffen.«

»Ach, der Arme! Hat er es schon mal mit heißen Wickeln versucht?«

»Die Wärme hilft ihm. Heute kriegen Sie ihn nicht mehr aus dem Haus.«

»Dann gehe ich eben allein.«

»Das werden Sie sicher noch bedauern, meine Liebe.« Sie ging aus dem Zimmer und schloss die Tür hinter sich.

Mrs Fingal brauchte einige Zeit, um alles zu erledigen – sich endlich zum Aufstehen zu entschließen und es dann auch tatsächlich zu tun, denn in der Nacht wurden ihre Gelenke immer ganz steif. Natürlich war es nett von Mrs Evans, dass sie sie im Bett lassen wollte; doch bei Lena war sie aufgestanden, wann es ihr beliebte, denn schließlich hatte sie den ganzen langen Tag noch vor sich mit zahllosen kleinen Aufgaben – Aufräumen, Waschen, kleine Ausflüge in die Geschäfte, auch wenn sie dann immer vor sich hin bummelte und kein Dankeschön dafür zu erwarten hatte. Hier hatte sie so wenig zu tun, dass sie die doppelte Zeit dafür brauchte, und die Aufgaben wurden doppelt so wichtig für sie.

Mit einem schuldbewussten Blick in Richtung Tür schaltete sie den elektrischen Kamin ein, und nachdem sie sich ein wenig aufgewärmt hatte, begann sie, ihre Unterwäsche unter dem weiten Rock ihres Morgenmantels anzuziehen. Zu spät fiel ihr ein, dass sie das Oberteil eigentlich am Morgen hätte waschen sollen;

während sie sich anzog, hatte sie die Postkarten aus Ravenna auf dem Kaminsims betrachtet und sich an die luftige Leere erinnert, deren einziger Schmuck diese Mosaiken gewesen waren; und sie hatte dabei die Dinge murmelnd wiederholt, die Josh und sie später darüber gesagt hatten. Jetzt konnte sie sich nicht wieder auskleiden; das würde sie zu sehr ermüden und auch zu lange dauern. Sie wusch sich Gesicht und Hände und tupfte sich ein bisschen Eau de Cologne auf den Nacken.

Es war niemand zu sehen, als sie vorsichtig die Tür öffnete, bereits mit Mantel und Hut bekleidet. Sie war froh darüber, denn sie wollte einer Auseinandersetzung mit Mrs Evans aus dem Weg gehen, und sie wollte dem armen Josh keinesfalls das Gefühl geben, er müsse sie begleiten. Sie war wild entschlossen zu gehen.

Es war wirklich ein grässlicher Tag, und der scharfe Wind schien aus allen Richtungen zu kommen. Er schlug ihr ins Gesicht, sobald sie durch das vordere Tor trat, und ihre Augen begannen so sehr zu tränen, dass sie immer wieder stehen bleiben und ihr Taschentuch herausholen musste, um sie abzuwischen. In der Meadow Road war es etwas besser, doch der Wind erwischte sie wieder, als sie, ein wenig schwankend, in die Flowerfield Avenue einbog. Sie hätte sich gern bei dem Postschalter hingesetzt, aber es gab keine Stühle dort. Ihre Knie zitterten fast so sehr wie ihre Hände, als sie die Geldscheine in ihre Brieftasche steckte, und ihre Unterschrift auf der Empfangsbescheinigung sah ziemlich wackelig aus – doch offenbar akzeptierten die Beamten jedes Gekrakel. In Reading hätte der Schalterbeamte sie neugierig gemustert, ihr vielleicht sogar eine freundliche

Frage gestellt; aber hier würdigte der Mann sie keines Blickes, obwohl sie seit August jeden Freitag hierher kam, um ihre Rente abzuholen. Klack, klack, klack, machte der Stempel, und schon schob er ihr die Geldscheine und das Quittungsbuch unter dem Gitter durch, ohne sie auch nur anzusehen. Zwei weitere alte Leute warteten zusammen mit ihr, und auch diese schaute er nicht an. Sie würdigten sich gegenseitig ebenfalls keines Blickes, denn sie hatten genug mit sich selbst zu tun.

Als sie wieder zu Hause war, war sie erschöpft. Außerdem kam sie zu spät zum Mittagessen, und sie hatte keinen Schlüssel, so dass Mrs Evans ihr die Tür mit einem missbilligenden Blick öffnen musste.

»Wo haben Sie sich denn herumgetrieben? Wir haben uns schon Sorgen gemacht.«

»Das tut mir leid. Es hat viel länger gedauert …« Sie stolperte, Mrs Evans erwischte sie gerade noch und trug sie fast hinüber ins Wohnzimmer, wo sie sie auf einen Stuhl setzte. Ihre Augen tränten, und sie zitterte am ganzen Körper, doch am meisten machte ihr das Herz zu schaffen, das unregelmäßig hinter ihren viel zu engen Rippen hämmerte.

»Setzen Sie sich. Mein Gott, was sind Sie unvernünftig! Josh!« Er antwortete ihr von der Küche aus. »Bring doch bitte einen Brandy mit, ja? Sie haben uns wirklich einen Schrecken eingejagt. Einfach wegzugehen, und noch dazu bei einem so hässlichen Wind.«

Dankbar ließ sie sich Mantel und Schal abnehmen, die Hände reiben und einen Schluck Brandy einflößen. Sie spürte ihn wie einen Feuerklumpen im Hals, einen Feuerklumpen, der alles entzündete, was er berührte, und der ihr fast sofort zu Kopf stieg.

»Am besten gehen wir jetzt wieder ins Bett. Kommen Sie auf die Beine? Josh, hilf ihr doch mal ein bisschen. Halten Sie sich an seiner Hand fest. O je, jetzt hat sie auch noch das Bewusstsein verloren.«

»Arme Alte.«

»Alberne Alte trifft die Sache schon eher. Du wirst sie tragen müssen.« Mit geschlossenen Augen, schwindelig und benebelt, wurde sie von dem ächzenden und stöhnenden Josh hochgehoben und in ihr Zimmer getragen. »Leg sie aufs Bett – warte, bis ich die Tagesdecke zurückgeschlagen habe, ihre Schuhe sind sicher schmutzig. Gut so.« Unsanft landete sie auf dem Bett. »Ich hole eine Wärmflasche. Zieh ihr doch bitte Hut und Schuhe aus, und dann gibst du ihr am besten noch eine Tablette, eine von den braunen. Warum hat sie denn nur etwas so Albernes gemacht?«

»Heute ist der Tag, wo die Rente ausgezahlt wird.«

»Ich habe ihr gesagt, dass die Rente warten kann. Zieh ihr die Sachen aus, ich bin gleich wieder da. Das ganze Mittagessen hat sie uns verdorben.«

Josh hob behutsam ihren Kopf und nahm ihr den Hut ab, der verrutscht war, hob dann auch noch einen Fuß nach dem anderen hoch und zog ihr die Schuhe aus. Er knöpfte ihr die Strickjacke auf, machte jedoch vor der Bluse darunter Halt; danach löste er vorsichtig die Haken am Bund ihres Rockes. Als er sich wieder aufrichtete, stellte er fest, dass sie ihn lächelnd beobachtete.

»Ich möchte nur, dass Sie bequem liegen. Wie fühlen Sie sich denn?«

»Ich bin glücklich.«

»Glücklich? Nun, das freut mich aber. Wirklich.«

Er wurde ein wenig unsicher. »Wissen Sie, Sie haben uns einen ganz schönen Schrecken eingejagt.«

»Das tut mir aber leid. Wie albern von mir ...«

»Sie müssen einfach ein bisschen besser auf sich selbst achten. Schließlich geht draußen ein scheußlich kalter Wind. Meine Frau holt Ihnen eine Wärmflasche.«

»Ich mache Ihnen solche Umstände ...«

»Sie sollten eine von Ihren Pillen nehmen.« Er sah sich nach ihnen um, aber sie ergriff seine Hand und hielt sie mit erstaunlicher Kraft fest.

»Das ist nicht nötig – es hat sich schon wieder ein bisschen beruhigt.« Sie führte seine Hand zu ihrem Busen und presste sie darauf. Er spürte ihr Herz träge unter ihrer hageren Brust schlagen, und er zog die Hand zurück, weil er sich einen Augenblick nach den feuchten Rundungen von Francescas Hinterteil an jenem Tag in Salvione sehnte. Dann drückte er Mrs Fingals Hand.

»Trotzdem haben Sie uns einen Schrecken eingejagt. Wenn Ihnen wieder so etwas einfällt, sagen Sie es lieber mir, ja?«

Sie schloss die Augen. »Sie sind ja so nett zu mir.«

Mrs Evans kam mit geschäftiger Miene herein. »Es geht ihr also wieder besser? Können Sie sich ein bisschen aufsetzen, meine Liebe? Ich möchte Ihnen nur die Wärmflasche ins Bett legen. Hat sie ihre Tablette schon genommen? Ich habe doch gesagt, du sollst sie ihr geben, oder? Schließlich wollen wir nicht, dass ihr etwas passiert. Machen Sie den Mund auf, meine Liebe, und lassen Sie sie einfach zergehen. Bald sind Sie wieder munter wie ein Fisch im Wasser. Du könntest fertig essen, während ich sie ins Bett bringe, Josh.«

Er drückte ihre Hand noch einmal, löste dann seine Finger von den ihren und warf seiner Frau einen komplizenhaften Blick zu, in den sich zusätzlich so etwas wie Scham mischte.

Mrs Fingal war nicht so krank, wie eigentlich zu erwarten gewesen wäre; sie hatte sich lediglich eine Erkältung geholt. Trotzdem rief Mrs Evans den Arzt, denn, wie sie sagte, als sie ihn in das Zimmer führte, wo Mrs Fingal die letzten drei Tage im Bett gelegen war: »Bei alten Leuten kann man gar nicht vorsichtig genug sein.«

Es war nicht einfach, Dr. Preston zu einem Hausbesuch zu bewegen, denn er hielt sich strikt an die Arbeitszeit von neun bis sechs Uhr, wie das in einer Gemeinschaftspraxis innerhalb des National Health System üblich war. Die meiste Zeit verbrachte er entweder im Krankenhaus oder im Sprechzimmer. Die Arbeit im Krankenhaus war interessant und durchorganisiert, und in der eigenen Praxis war Dr. Preston so sehr damit beschäftigt, Formulare auszufüllen oder Patienten ins Krankenhaus einzuweisen, dass man nachweisbar zu krank sein musste, um persönlich am einen oder anderen Ort aufzutauchen, damit Dr. Preston sich zu einem Hausbesuch bereit erklärte. Er kannte jedoch Mrs Evans, da er hin und wieder bei der alten Dame vorbeigeschaut hatte, die früher bei ihnen gewohnt hatte, und außerdem wusste er, dass sie ihn als ausgebildete Krankenschwester nicht wegen einer Lappalie rufen würde.

»Inzwischen geht es uns ja schon wieder viel besser, Herr Doktor«, sagte sie und zupfte dabei die Tagesdecke gerade, »aber ich habe immer das Gefühl, es zahlt sich aus, sicherzugehen, besonders wenn wir die Patientin nicht so gut kennen und wenn sie auch nicht mehr die Jüngste ist.«

»Da haben Sie völlig recht. Wie alt ist sie denn?« Er ließ den Verschluss seiner Arzttasche aufschnappen und holte ein Stethoskop heraus.

»Achtundsiebzig – neunundsiebzig im Januar. Wir haben die letzten vierundzwanzig Stunden ein bisschen Temperatur gehabt – nichts Schlimmes, 38,5 –, aber das ist jetzt vorbei. Ein wenig keuchen wir noch, wissen Sie, und weil ihr Herz doch nicht das allerbeste ist, habe ich es für vernünftiger gehalten …«

»Seien Sie bitte einen Augenblick still.« Er setzte sich auf die Bettkante, legte Mrs Fingal das Stethoskop an und betrachtete dabei die Postkarten von Ravenna. »Gut.« Er nahm das Instrument wieder weg und erhob sich. »Könnten Sie sie ein bisschen aufsetzen?«

Die Untersuchung war gründlich, ging aber zügig vor sich, so dass der Ford Zephyr von Dr. Preston bereits nach fünfzehn Minuten wieder die Straße hinauffuhr. Zurück blieb ein Rezept für Herz- und Schlaftabletten und einen Saft gegen den Husten. Er schätzte Mrs Evans, und Mrs Evans schätzte ihn. Mrs Fingal jedoch erzählte Josh, als sie am Abend ein wenig beisammensaßen, dass sie lieber sterben als noch einmal mit diesem Mann zu tun haben wolle.

Die drei Tage im Bett hatten Mrs Fingals Beine geschwächt. Das merkte sie, als Mrs Evans sie wieder aufstehen ließ. »Das war zu erwarten.« Mit starker Hand führte Mrs Evans sie zu einem Stuhl. »In Ihrem Alter haben Sie nicht mehr so viele Reserven.«

»Aber es ist lächerlich, einfach lächerlich.« Sie saß, nach Luft schnappend, auf dem Stuhl, die Hände um die Armlehnen geklammert, Tränen in den Augen vor Zorn und Entsetzen. »Ich bin immer viel zu Fuß gegangen. Früher bin ich kilometerlange Strecken gelaufen. Mein Mann und ich haben Wanderferien gemacht, sind in ein Gasthaus im Exmoor und durchs Moor gelaufen. Gleich nach unserer Hochzeit. Dunkery Beacon, Doone Country – kilometerweit sind wir gelaufen.«

»Das ist schon lange her.« Mrs Evans richtete das Bett mit ein paar schnellen Griffen. »Wir alle werden nicht jünger.«

»Aber ich muss aktiv bleiben. Ich bin immer aktiv gewesen. Früher habe ich mit meinem Mann kilometerlange Wanderungen gemacht, da haben wir nur Brot und Käse und einen Apfel mitgenommen ...« Sie rappelte sich hoch und schlurfte zitternd die paar Schritte zur Frisierkommode hinüber, an der sie sich festhielt. »Ich komme schnell wieder zu Kräften. Ich übe einfach. Ein bisschen auf und ab gehen kann nichts schaden.«

Mrs Evans sah sie über die ausgeschüttelte, ausgebreitete und geglättete Tagesdecke hinweg mit ruhigem Blick an. »Machen Sie das, meine Liebe. Aber seien Sie vorsichtig, und fallen Sie nicht hin.«

Nachdem Mrs Evans aus dem Zimmer war, schlurfte Mrs Fingal weiter um die Möbel herum, hangelte sich mit ihren knotigen Fingern vorwärts, die Lippen geschürzt, konzentriert und schweigend, bis sie schließlich wieder ohne Hilfe stehen und den Raum durchqueren konnte. Dann machte sie das Ganze noch einmal. Und noch einmal. Und noch einmal, mit weichen Knien, noch ein wenig wackelig, aber endlich wieder mobil. »Immer mit der Ruhe, immer mit der Ruhe …« Sie hatte eine Bluse und einen Rock aus Harris-Tweed getragen, und er hatte ihr einen Farnwedel an den Hut gesteckt und sie Birnam Wood getauft. Birnam Wood – sie hatte vergessen, warum, aber damals hatten sie sich fast totgelacht darüber, und dann der großartige Tee in einem Farmhaus mit eigenen Bienenstöcken. Und die Wanderung nach Hause in der Abenddämmerung und der Duft seiner Pfeife, der sich mit dem des Wachses von der Kerze neben dem Federbett vermischte … Inzwischen war sie mehr als froh, in ihren Schaukelstuhl sinken zu können, denn die Waden taten ihr furchtbar weh, und sie war völlig außer Atem.

Am nächsten Tag ging sie nicht nur in ihrem Zimmer auf und ab, sondern stand auch schon bald an der Haustür, klein und O-beinig wie ein Yorkshire Terrier, der spazieren geführt werden möchte. »Ich würde gern ein bisschen rausgehen.«

Mrs Evans, die gerade das Linoleum schrubbte, erwiderte darauf nur: »Das können Sie nicht machen, meine Liebe.«

»Nur bis zum Tor.«

»Wir müssen heute morgen zu viele Dinge erledigen.«

»Ich schaffe das schon allein.«

»Nein, das glaube ich nicht, meine Liebe.«

»Vielleicht heute Nachmittag?« Sie sank in sich zusammen,

auch wenn ihre Lippen weiterhin tonlos Halbsätze formten wie »nach dem Mittagessen, nach meinem Mittagsschläfchen, nach dem Tee …«. Doch nach dem Tee war der Himmel finster und wolkenverhangen, und wieder einmal ging ein Tag zu Ende wie schon so oft, wie Perlen, die von einer Kette herabrieseln.

Am Freitag war sie wild entschlossen, setzte den Hut auf und zog den Mantel an, sah mehrere Male in ihrer großen Handtasche nach, ob ihr Quittungsbuch für die Rente auch wirklich darin war, bevor sie aus dem Zimmer ging. Josh saß im Wohnzimmer und war über der DAILY MAIL eingenickt. Sie senkte nicht nur den Kopf, sondern auch die Stimme, damit Mrs Evans in der Küche sie weder sehen noch hören konnte.

»Mr Evans – psch – lassen Sie sich nicht stören …«

»Was? Was ist los?« Er erhob sich halb von seinem Stuhl.

»Stehen Sie nicht auf; lassen Sie sich nicht stören. Es sei denn – ich habe gerade überlegt …«

»Sie wollen doch nicht etwa aus dem Haus gehen?«

»Tja, eigentlich schon. Nur kurz zum Postschalter.«

»Ist Maisie denn damit einverstanden?«

»Nun – ich weiß es nicht. Wir haben nicht darüber gesprochen, es gab keinen Anlass dazu.«

»Ich glaube nicht, dass Sie hinausgehen sollten, wenn Maisie das nicht ausdrücklich erlaubt hat.«

Die Röte stieg ihr ins Gesicht. »Ich bin doch ein erwachsener Mensch. Vergessen Sie bitte nicht, dass ich unabhängig bin und selbst entscheiden kann, was ich tue. Heute ist Freitag.«

»Letzte Woche war auch Freitag, und Sie wissen ja, was da passiert ist.«

Sie trat einen Schritt weiter in das Zimmer hinein, ein gewinnendes Lächeln auf den Lippen. »Ja, nun, darüber habe ich mir auch so meine Gedanken gemacht. Ich war wirklich unvernünftig, also habe ich mir gedacht, vielleicht, wenn Sie diesmal – ich meine, wenn es Ihnen nicht zu viel ist. Sie sind doch immer so nett zu mir.«

»Ich glaube nicht, dass Maisie das recht wäre.«

»Aber Sie sind doch sonst immer so nett zu mir. Wir verstehen uns, und wissen Sie, ich muss einfach zum Postschalter, aber nicht allein. Ich sehe ja ein, dass das nach der Geschichte letztes Mal unvernünftig wäre, doch mit Ihnen zusammen wäre ich völlig sicher – wenn es Ihnen nicht zu viel Mühe ist.«

Er lehnte sich in seinem Stuhl zurück und schüttelte den Kopf. »Maisie wäre das nicht recht …«

»Aber Sie können das doch entscheiden. Schließlich sind Sie der Mann im Haus, und außerdem müsste sie es gar nicht erfahren. Wir könnten uns doch einfach hinausschleichen …«

Er schüttelte wieder den Kopf. »Lassen wir das lieber.«

»Aber ich kann das nicht lassen! Heute ist Freitag, verstehen Sie denn nicht?«

»Wenn Sie eine Woche nicht hingehen, macht das auch nichts. Nächste Woche können Sie Ihre Rente immer noch abholen; ich glaube, sie wird drei Monate lang aufbewahrt.«

»Sie verstehen das nicht.« Ihr Kopf und ihre Hände begannen zu zittern. »Ich muss am Freitag zum Postschalter, sonst kommen sie durcheinander. Die Leute dort können sonst nicht auf dem Laufenden bleiben. Es muss jeden Freitag geholt werden.«

»Nichts kommt durcheinander. Sie können die Rente abholen, wann Sie wollen, alle zwei Wochen, alle drei Wochen, die fortlaufenden Beträge werden einfach immer dazugerechnet.«

»Nein, nein! Sie verstehen nicht ...« Sie zitterte jetzt am ganzen Körper, hektische Flecken traten auf ihr Gesicht, so dass er sich genötigt sah, aufzustehen und zu ihr hinüberzugehen.

»Regen Sie sich nicht auf. Setzen Sie sich lieber hin.« Er legte ihr die Hand unter den Ellenbogen, um sie zu einem Stuhl zu führen, doch sie schüttelte sie ab.

»Sie haben immer so viel Verständnis für mich gehabt. Ich verlasse mich voll und ganz auf Sie ...«

»Das können Sie auch ruhigen Gewissens ...«

»Seit mein Mann gestorben ist, ist es das erste Mal, dass ich mich wieder auf jemanden verlasse, denn Männer verstehen sich einfach besser aufs Geschäftliche als wir Frauen, und die kleinen Aufmerksamkeiten kann einem doch eigentlich niemand missgönnen. Am Postschalter schenken sie einem einfach viel mehr Beachtung, wenn ein Mann dabei ist, ganz zu schweigen davon, dass Sie mich stützen könnten, was Ihre Frau ja nicht nötig hat, so praktisch und unabhängig, wie sie ist. Das macht natürlich die Ausbildung. Genau das ist es – die Ausbildung. Sie hat eine Antwort auf alles, aber kein Verständnis. Doch manche von uns sind einfach anders, wissen Sie, und Sie sind immer so gut zu mir gewesen ...« Sie brach mitten im Satz ab.

»Kommen Sie und setzen Sie sich.« Er drückte sie auf seinen Stuhl. Sie sah zu ihm hoch.

»Ich muss zum Postschalter.«

»Nächste Woche.«

»Nächste Woche ist es zu spät.« Sie begann zu weinen.

»Ruhig, ruhig – regen Sie sich nicht auf.« Er tätschelte ihr unsicher die Hand und ging dann zur Tür, um seine Frau zu rufen. Diese kam, die Schürze um den Bauch, ein Tuch in der Hand.

»Mein Gott, was soll denn das alles?« Josh sagte es ihr. »Sie sind wirklich unvernünftig, meine Liebe. Sie könnten bei dem Wetter sowieso nicht hinausgehen, es hat schon wieder angefangen zu regnen. Kommen Sie, ziehen Sie Ihre Sachen wieder aus, dann mache ich Ihnen eine Tasse Oxobrühe.«

»Sie denkt, sie bekommt ihre Rente nicht mehr, wenn sie eine Woche nicht hingeht.«

»So ist das nicht, meine Liebe. Sie wird einfach zurückgelegt. Je länger Sie warten, desto größer ist die Summe, die Sie bekommen.«

Mrs Fingal weinte weiter und sank in sich zusammen, als spülten die Tränen jegliche Substanz aus ihr heraus.

»Wenn Ihnen das wirklich so viel Kopfzerbrechen bereitet, warum lassen Sie mich dann nicht die Rente holen? Sie können mir zusammen mit dem Quittungsbuch eine Vollmacht geben, dann hole ich das Geld für Sie ab, wenn ich zum Einkaufen gehe. Das haben wir bei Tante Flo auch immer gemacht, stimmt's nicht, Josh? Wir haben jeweils ein paar Wochen gewartet, sie hat uns eine Vollmacht gegeben, und wir haben das Geld dann für sie abgeholt. Was halten Sie davon?«

Die beiden Evans' sahen sich an. Sie saß wie ein kleiner, zerbröckelnder Stein da.

»Josh könnte es auch erledigen.« Mrs Fingals Finger tasteten über ihre Handtasche. »Das wäre das Beste. Sie unterzeichnen

Ihr Quittungsbuch und geben es Josh, und er bringt Ihnen das Geld, wenn er von seinem Spaziergang zurückkommt. Das machst du doch, oder Josh?«

»Aber gern.«

»Sie sehen also, es besteht überhaupt kein Grund für die ganze Aufregung. Sie wollen doch bei einem solchen Wetter nicht etwa aus dem Haus gehen, wo Sie gerade erst wieder auf den Beinen sind. Da würden Sie gleich wieder krank werden. Nehmen Sie den Hut ab und legen Sie sich ein bisschen hin. Josh geht für Sie zum Postschalter, machen Sie sich mal keine Sorgen. Er kümmert sich darum, nicht wahr, Josh?«

»Aber natürlich, Maisie, natürlich.«

»Dann hilf ihr bitte, während ich ihr die Oxobrühe mache.«

Zusammen hoben sie Mrs Fingal aus dem Stuhl, und von Josh sanft unter den Achseln gestützt, ging sie wieder in ihr eigenes Zimmer zurück. Sie ließ es zu, dass er ihr den Hut abnahm und den Mantel auszog, ließ es zu, dass er sie wieder auf das Bett legte, von dem sie gerade erst aufgestanden war, ließ es zu, dass er ihre Beine aufs Bett hob und ihr die Schuhe auszog; sie ließ es weiter zu, dass er sie mit der Tagesdecke zudeckte und ihr den Kopf aufs Kissen legte, dass er ihre Kleider wegräumte, ihr eine braune Pille gab und ihr ein Glas Wasser hinstellte, falls sie ihr Gebiss herausnehmen wollte. Sie ließ sich das alles gefallen, und irgendwo regte sich in seiner Gegenwart und unter seinen Berührungen etwas längst verloren Geglaubtes, während Mrs Evans, inzwischen vergessen, die Oxobrühe in der Küche zubereitete.

Maisie fuhr eines Tages Anfang Dezember nach London und ließ für Josh und Mrs Fingal einen Shepherd's Pie als Mittagessen im Ofen. Sie kam beim Marble Arch an, nahm im Selfridges-Kaufhaus den Aufzug bis zum obersten Stockwerk und arbeitete sich, Abteilung für Abteilung, nach unten vor. Viel kaufte sie nicht: einen Pyjama für Josh, eine Packung Seife für Mrs Fingal und, nach kurzem Überlegen, einen Schal mit großen, pinkfarbenen Rosen darauf, der sich wie Seide anfühlte, für Lena. Sie probierte eine Reihe von Röcken an, kaufte aber keinen davon; sie trieb die Verkäuferin so weit zu sagen, dass sie bei Größe zweiundvierzig keine allzu hohen Erwartungen an die Auswahl haben dürfe, aber Maisie antwortete in scharfem Tonfall, es gebe auch noch andere Geschäfte.

Zum Mittagessen kaufte sie sich einen Hamburger, eine Orangenlimonade und einmal Pfirsich Melba als Nachspeise; danach rauchte sie noch in aller Ruhe zwei Zigaretten, ohne auf die Leute zu achten, die sich inzwischen um jeden leeren Sitzplatz stritten. Als sie fertig war, ging sie, ohne ein Trinkgeld zu hinterlassen, denn vermutlich würde sie nie wieder hierher zurückkehren, und selbst wenn, würde sie sicher eine andere Kellnerin bedienen.

Mittlerweile war die Oxford Street voller Menschen, die Mütter hielten ihre Kinder fest an der Hand, die eingekauften Päckchen gerieten in Gefahr, zerdrückt zu werden. Die Weihnachtsdekorationen schaukelten hoch über dem Verkehr unter einem Himmel, der bereits dunkel wurde, Doch Maisie ließ sich nicht ablenken und ging in jedes Geschäft. In dem einen kaufte sie für sich selbst ein paar Westen aus einem Wolle-Nylon-

Gemisch, in dem anderen entdeckte sie einen Rock, und überall suchte sie die Handarbeitsabteilungen auf. Den besten Laden mit dem Namen Needlewoman sparte sie sich bis zum Schluss auf; aus seinen schlichten Schätzen wählte sie eine ganze Menge aus, doch am meisten profitierte sie vom Durchblättern der Schnitte und Strickanleitungen, in denen sie Anregungen für ihre eigene Arbeit fand. Nun war es an der Zeit, Tee zu trinken und Lena zu treffen.

Lena ließ ihren unechten Pelz von den Schultern gleiten, bevor sie auf den Stuhl sank, den Maisie ihr hingestellt hatte. Sie war spät dran, die Wangen und die Nase rot von der Kälte und der Eile, der wohlgeformte Busen umhüllt von einem scharlachroten Kleid, das zu dem Stil des ausgefallenen Hutes passte. Auch sie hatte Päckchen dabei und beklagte sich lauthals über ihre unsinnigen Einkäufe, über die hohen Preise und die Menschenmengen.

»Ich weiß gar nicht, warum man sich all dem jedes Jahr wieder aussetzt. Heute geht's dabei ohnehin nur noch ums Geschäft. Ich möchte einfach nicht, dass mir Leute Dinge schenken, nur weil sie das Gefühl haben, sie müssten das tun. Und denken Sie nur, welchen Profit die Geschäftsleute daraus schlagen müssen, das macht einen doch ganz krank. Zum Glück findet das alles nur einmal im Jahr statt. Ich nehme Tee und Buttertoast und Marmelade und ein Stück von der Torte.« Sie öffnete ihren Mantel und glättete selbstbewusst das Haar unter dem breiten Hutrand.

»Nun, wie geht's Ihnen, meine Liebe?«, fragte Maisie. »Ich muss schon sagen, Sie sehen gut aus. Die Farbe steht Ihnen.«

Lena antwortete nicht ohne Stolz: »Natürlich sorgt die Arbeit dafür, dass ich immer adrett aussehe. Die ganzen Überstunden und die Verantwortung und die Angestellten – Sie würden nicht glauben, was wir uns von den Jüngeren alles bieten lassen müssen; die haben ja keine Ahnung, was von ihnen erwartet wird, und was harte Arbeit bedeutet, das wissen sie auch nicht. Mr Bond hat schon recht, als wir damals angefangen haben, hat sich das niemand gefallen lassen. Wir haben noch richtig zupacken müssen.«

»Da haben Sie recht. Als ich meine Ausbildung gemacht habe, hat es keine Vierzigstundenwoche und auch keine Lohnskalen gegeben, das kann ich Ihnen sagen. Das ist natürlich Jahre her, lange, bevor Sie auf die Welt gekommen sind.« Sie lächelte und rückte das Teegeschirr zurecht, das die Kellnerin gebracht hatte.

»Die Leute haben einfach zu viel Geld. Also nein, zehn Pfund die Woche für eine Schreibkraft, die noch nicht einmal Kurzschrift kann! Kein Wunder, dass die Geschäfte ständig Sonderangebote haben, damit die Leute kaufen.«

»Milch, meine Liebe?«

»Danke.« Sie nahm die Tasse und rührte heftig darin herum. »Sie sehen auch so aus, als hätten Sie einen harten Tag gehabt, mit den ganzen Päckchen. Da wird sich sicherlich jemand freuen.«

»Ach, na ja …« Sie warf einen missbilligenden Blick auf die Einkaufstüten, die zwischen den Stühlen auf dem Boden standen. »Ich mache das gern. Ja, eigentlich hätte ich auch eine Kleinigkeit …«

Maisie griff in eine der Tüten, holte das Päckchen für Lena heraus und legte es neben ihren Teller. »Für Sie, meine Liebe – wirklich nur eine Kleinigkeit.«

»Ach, das wäre aber wirklich nicht nötig gewesen!« Einen Augenblick wirkte Lena verärgert, als sei das Geschenk eine Beleidigung.

»Machen Sie es jetzt nicht auf, es ist wirklich nur eine Kleinigkeit. Aber als ich es gesehen habe, habe ich mir gedacht, das ist genau Lenas Stil.«

»Tja dann – danke.« Sie nahm das Päckchen und stopfte es in eine ihrer eigenen Tüten. Dann fragte sie unvermittelt: »Wie geht's meiner Tante?«

»Eigentlich gar nicht so schlecht.« Maisie nippte gedankenverloren an ihrem Tee. »Wissen Sie, sie war vor ein paar Wochen mal ein bisschen krank.«

»Tatsächlich?«

»Hat sie Ihnen denn nicht geschrieben?«

»Ich habe schon seit Wochen von ihr keinen Brief mehr bekommen.«

»Dabei war ich mir ganz sicher, dass sie Ihnen geschrieben hat. Was ist sie doch für ein eigensinniges altes Mädchen! Ich habe selbst nicht geschrieben, weil ich, offen gestanden, nicht wollte, dass Sie sich Sorgen machen. Außerdem haben wir sie sowieso bald wieder auf die Beine gebracht – wir haben einen wirklich guten Arzt hier, noch ziemlich jung, aber wirklich gut. Er ist zwar beim National Health Service, aber er hat immer Zeit, egal, was man für Beschwerden hat, nichts ist ihm zu viel. Ihre Tante hat sich sofort blendend mit ihm verstanden. Nicht alle sind so, das kann ich Ihnen sagen. Manche von denen, die ich noch aus meiner Zeit als Schwester kenne – tja, die Haare würden Ihnen zu Berge stehen, wenn Sie wüssten.«

»Was hat sie denn gehabt?«

»Tja, sie war sehr unvorsichtig. Sie ist einfach hinausgegangen bei schlechtem Wetter, und obwohl mein Mann sie begleitet hat, hat sie sich überanstrengt. Das hat sich bei ihr natürlich gleich auf die Bronchien geschlagen. Fast hätte es sich zu einer richtigen Lungenentzündung ausgewachsen, und bei alten Leuten wie ihr ist das natürlich das letzte, was wir wollen. Doch zum Glück ist es nicht so weit gekommen. Wissen Sie, der junge Arzt und die Pflege ... Natürlich hat sie das ziemlich mitgenommen, das muss ich zugeben. Aber sie ist einfach unglaublich zäh, ich muss sie bewundern. Josh und ich haben sie wirklich lieb gewonnen – und unter uns gesagt: Sie ist völlig vernarrt in Josh! Er macht kleine Spaziergänge mit ihr, gibt ihre Briefe auf und so weiter – ich hätte wirklich gedacht, dass sie Ihnen geschrieben hat.«

»Um die Wahrheit zu sagen: Ich selbst habe ihr auch nicht geschrieben. Ich weiß nicht, die Zeit vergeht wie im Flug, und ich habe in den letzten Wochen so viel um die Ohren gehabt.«

»Das glaube ich Ihnen gern, meine Liebe.«

»Seitdem ich mich nicht mehr um die Tante kümmern muss, vergeht die Zeit wirklich wie im Flug. Natürlich habe ich jetzt mehr Freizeit, aber es gibt immer hundert Dinge zu tun. Auch im Büro ist viel mehr zu erledigen, am Abend bringe ich noch Arbeit mit nach Hause und muss Probleme mit Mr Bond besprechen. Oft muss ich auch länger im Geschäft bleiben.« Sie warf Maisie einen verstohlenen Blick zu, während sie den letzten Rest Marmelade auf ihren Toast kratzte.

»Sie sind sicher sehr wichtig für ihn.«

»Ach ja, die Männer! Sie wissen doch, wie die sind! Wenn sie eine Frau finden, die ihnen die Knochenarbeit abnimmt, ist es ihnen nur recht. Natürlich ist er der Abteilungsleiter und trägt eine schwere Last auf seinen Schultern. Sie halten viel von ihm in der Chefetage, jedenfalls tut der alte Mr Oliver das, der Sohn ist nicht ganz so begeistert. Wenn Sie mich fragen: Er ist eifersüchtig, hat Angst, dass Mr Bond mehr vom Geschäft versteht als er selbst, und da könnte er auch recht haben. Ich meine, was soll man anderes erwarten, schließlich ist er seit dem Krieg in der Firma, seitdem der alte Mr Oliver den Betrieb wiederaufgebaut hat, und er kennt die Geschäfte, als wären sie seine eigenen. Wenn Sie mich fragen: Eigentlich hat er die Firma aufgebaut. Der Sohn ist erst seit ein paar Jahren im Betrieb, deshalb kennt er sich nicht so gut aus wie Mr Bond, und das passt ihm natürlich nicht.«

»Das kann ich verstehen.«

»Der Sohn ist ihm keine große Hilfe, und Mr Oliver ist nicht immer da, also ist er natürlich froh, dass er jemanden wie mich hat, mit dem er sich übers Geschäft unterhalten kann. Sie wissen ja, wie die Männer sind, sie brauchen unbedingt eine Stütze, jemanden, der ihnen neue Ideen gibt, und Mrs Bond interessiert sich nur für den Haushalt und die Kinder – obwohl die jetzt nicht mehr klein sind; der jüngste Sohn ist inzwischen schon auf dem Gymnasium.« Sie teilte ein Stück von der Torte ab und zerdrückte Sahne und Krümel mit der Gabel zu einem

Brei. »Natürlich gibt es noch die anderen Abteilungsleiter, aber die sind auch aufeinander eifersüchtig. Wissen Sie, er ist am längsten in der Firma, und Mr Andrews, das ist der Leiter der Buchhaltungsabteilung, meint, dass immer alles nach seinem Kopf gehen muss. Er bat irgendwelche schwachsinnigen Pläne für die Koordinierung der Buchhaltungs- und Auftragsabteilung – das ist die Abteilung von Mr Bond. Er möchte die beiden Abteilungen zusammenlegen – natürlich unter seiner Leitung, aber da macht Mr Bond nicht mit. Der Plan ist ganz und gar verrückt, das sieht ein Blinder, aber Mr Andrews ist so von sich eingenommen, dass er nicht mit sich reden lässt. Tja, wir haben viele Eifersüchteleien und Intrigen in der Firma, das kann ich Ihnen sagen, Männer sind da viel schlimmer als Frauen.«

»Es heißt doch immer, dass hinter jedem erfolgreichen Mann eine Frau steht.«

Lena warf ihr einen argwöhnischen Blick zu. »Tatsächlich? Davon habe ich noch nichts gehört. Ich habe nie viel Zeit gehabt für Männer, habe mich nie um sie gekümmert. Ich habe genug mit ihnen zu tun gehabt, damals im ATS, danke vielmals.«

»Sie können doch gar nicht im ATS gewesen sein. Dafür sind Sie doch viel zu jung.«

»Nun ja …« Wieder konnte sie ihren Stolz nicht ganz verbergen. »Ich war gerade mit der Schule fertig. Und der Krieg war auch schon fast vorbei im Jahre 1944.«

»Sie waren doch damals sicher noch nicht volljährig.«

»Ich war achtzehn. Und jetzt bin ich achtunddreißig.«

»Was Sie nicht sagen!«

»Doch.«

»Ich hätte Sie nie älter als achtundzwanzig oder neunundzwanzig geschätzt.«

»Ach, Sie wollen mir doch nur schmeicheln.«

»Ich schwöre Ihnen, ich meine es ernst.«

»Tja ...« Sogar ihre Augenlider, unter denen hervor sie die restlichen Kuchenkrümel betrachtete, schienen zu lächeln. »Ich könnte natürlich nicht behaupten, dass ich keine Verehrer gehabt hätte. Schließlich war ich blutjung damals, und Sie wissen ja, wie es im Krieg zugeht. Die Männer glauben offenbar, dass sie nur eine Uniform anziehen müssen, damit ihnen die Mädchen in Scharen nachrennen. Da draußen an der Front habe ich genug gesehen und erlebt, das können Sie mir glauben.«

»Das glaube ich Ihnen gern.«

»Natürlich waren ein paar von den Jungen ganz anständig. Einer – Eddie, er war beim Nachschub – hatte weder vor dem Tod noch vor dem Teufel Angst. Was der alles angestellt hat! Er war verrückt, tollkühn. Aber die meisten von ihnen hatten nur eine große Klappe, wenn's um Mädchen ging.«

»Es ist immer das Gleiche im Krieg.«

»Die Männer sind sowieso alle gleich. Ich meine, schließlich wollen sie doch alle nur das eine, sogar die besten von ihnen – das und ihre Selbstbestätigung.«

»Ach, das ist doch nur natürlich.« Maisie lächelte. »Ohne uns Frauen sind sie aufgeschmissen. Mütter, Frauen, Geliebte – manchmal denke ich mir, dass sie die Geliebten am nötigsten brauchen.«

Lena warf ihr einen scharfen Blick zu, doch Maisies Gesicht blieb ausdruckslos. Nur ein ganz versteckter Funke darin brachte auch Lenas Augen zum Blitzen. Aber dieses Blitzen erlosch sofort wieder; sie straffte die Schultern, die Lippen zusammengepresst, der Blick abweisend, und hantierte mit ihrem Besteck herum. Maisie nahm einen letzten Schluck Tee und fuhr mit ruhiger Stimme fort: »Tja, meine Liebe, dann muss ich Sie jetzt verlassen. Sie müssen Ihren Zug erreichen, und ich muss wieder zu meiner kleinen Familie nach Hause.« Sie schaute sich nach der Kellnerin um. »Wir haben noch nicht viel über die Tante gesprochen.«

»Viel gibt es da auch nicht zu sagen. Widmen Sie sich ruhig Ihrem Leben, und überlassen Sie die Sorgen mir – falls es überhaupt welche gibt.«

»Glauben Sie, ich sollte sie einmal besuchen?«

»Offen gestanden, meine Liebe: Ich glaube nicht, dass das viel Sinn hat. Das würde sie nur aufregen. Sie hat sich so gut bei uns eingelebt, dass man, denke ich, ihren Tagesablauf nicht einfach durcheinanderbringen sollte. Sie wissen ja, wie alte Leute sind, sie gewöhnen sich an gewisse Dinge und wollen sie dann nicht mehr verändern. Sie freut sich wie eine Schneekönigin über ihr Leben bei uns, wo doch Josh so gut mit ihr umgehen kann. Jede Veränderung wurde sie nur verwirren.«

»Aber was ist denn mit Weihnachten?«

»Wissen Sie, das würde ich nicht zu ernst nehmen. Natürlich haben Josh und ich uns schon Gedanken darüber gemacht, denn schließlich wollen wir, dass die liebe alte Dame ein schönes Fest verlebt. Man weiß ja nicht, wie viele sie noch vor sich hat, nicht wahr? Ich habe die Ohren offen gehalten, ohne dass sie das gemerkt hat, aber irgendwie habe ich nicht den Eindruck, dass sie besondere Wünsche hat. Außerdem wäre die lange Zugreise doch sicherlich beschwerlich für Sie, und an den Feiertagen ist immer so viel los. Wo sie es dann vielleicht doch nicht zu würdigen weiß.«

»Ich möchte weiß Gott nicht die ganze Strecke fahren, wenn es nicht unbedingt sein muss. Die Züge sind in den Ferien immer total überfüllt, und während der Feiertage gibt es genügend Dinge, die ich tun könnte, zum Beispiel könnte ich ein paar Arbeitskollegen einladen. Ich habe nur einfach überlegt, ob ich nicht doch kommen soll. Schließlich habe ich sie seit dem Umzug nicht mehr gesehen.«

»Und das war auch ganz richtig so, meine Liebe. Das hat ihr die Eingewöhnung sicherlich erleichtert. Alte Leute sind wirklich nett, aber manchmal verkomplizieren sie die Dinge nur unnötig, finden Sie nicht auch? Wie die Kinder können sie sein.«

»Wie meinen Sie das?«

»Nun ja, Sie wissen schon: kleine Eifersüchteleien und so. Ich glaube, wenn Sie wirklich das Gefühl haben, Sie sollten vorbeikommen und sie besuchen, dann lieber nicht an Weihnachten. Ich habe das Gefühl, sie hat sich da so etwas zurechtgesponnen – natürlich ist das albern, und vermutlich glaubt sie es auch selbst nicht –, nun, ich denke, sie meint, die Menschen wollen sie nur ausnützen und ihr das Geld aus der Tasche ziehen.«

»Welche Menschen? Etwa ich?«

»Sie wissen ja, was die alten Leute so reden. Sie reimen sich allerlei zusammen, ohne es wirklich zu meinen. Aber ein- oder zweimal hat sie doch gesagt: ›Wahrscheinlich kommt Lena an

Weihnachten vorbei, um zu sehen, was bei mir zu holen ist.‹ – eben so alberne Sachen.«

Lenas Wangen hatten mittlerweile fast die Farbe ihres Kleides angenommen. »Ich habe im Leben noch nichts bekommen von der Tante! Sie hat für Kost und Logis bezahlt, aber das ist auch schon alles. Schließlich darf man nicht vergessen, dass ich alles für sie getan habe …«

»Natürlich, meine Liebe, das weiß ich doch. Sie meint es ja auch nicht so, sie redet nur …«

»Zwei Jahre habe ich sie bei mir gehabt, habe sie die ganze Zeit mit mir herumgeschleift, sogar in den Ferien. Ich habe nirgendwohin allein fahren können, keine Gelegenheit gehabt, irgendjemanden kennen zu lernen …«

»Sie brauchen sich keine Vorwürfe zu machen. Sie haben mehr getan, als irgendjemand von Ihnen erwarten konnte, wo Sie doch nicht einmal richtig miteinander verwandt sind. Meiner Meinung nach haben Sie Wunder gewirkt, meine Liebe, wirklich. Denken Sie nicht mehr so viel darüber nach. Schließlich haben Sie Ihr eigenes Leben.«

»Ja, und das werde ich jetzt auch auskosten!«

»Wie schön für Sie! Die alten Leute dürfen nicht immer Opfer von den Jungen erwarten. Denken Sie ruhig mal an sich, und überlassen Sie die Tante Josh und mir. Sie fühlt sich wohl, wir kennen ihre kleinen Eigenheiten und lassen uns durch sie nicht aus der Ruhe bringen. Und wir passen schon auf sie auf, jetzt, wo sie allmählich gebrechlich wird.«

»Sie ist robust wie ein Pferd.«

»Jetzt nicht mehr, meine Liebe. Ihre Krankheit hat sie doch

Kraft gekostet. Ich will damit nicht sagen, dass sie nicht noch viele Jahre zu leben hätte, aber trotzdem muss man den Tatsachen ins Auge blicken, schließlich ist sie schon fast achtzig. Der Arzt hat gesagt, sie kann noch viele Jahre leben, aber vielleicht segnet sie auch schon morgen das Zeitliche. Wissen Sie, das hat ihr Herz ziemlich mitgenommen, das tut jede Krankheit bei einem Menschen in ihrem Alter – und außerdem würden Sie gar nicht glauben, wie eigensinnig sie ist!« Sie nahm nachsichtig lächelnd die Rechnung, die die Kellnerin unter den leeren Toastteller gesteckt hatte. Lena machte Anstalten, danach zu greifen. »Nein, nein, lassen Sie mal, Sie sind eingeladen.« Sie knöpfte ihren Mantel zu und sammelte ihre Pakete zusammen.

»Dann übernehme ich das Trinkgeld.«

Sie packten ihre Habseligkeiten zusammen und gingen zur Kasse. Dann statteten sie der Toilette einen Besuch ab, schlenderten zum Aufzug und bewegten sich hinaus in die einbrechende Dunkelheit und den eben einsetzenden Regen.

»Passen Sie auf, dass der hübsche Hut nicht nass wird.«

»Da kommt der Fünfzehner-Bus – den nehme ich.«

»Ich fahre mit der U-Bahn. Passen Sie auf sich auf.«

»Das tue ich. Und danke für den Tee und alles.«

»Es war wirklich schön, Sie zu treffen. Und machen Sie sich mal keine Sorgen, denken Sie ruhig an sich selbst.«

»Das tue ich. Auf Wiedersehen.« Sie ging zum Bus und drängelte sich ein wenig vor in der Reihe.

»Auf Wiedersehen. Frohe Weihnachten!« Maisie schaute zu, wie sie einstieg und der Bus wegfuhr. Dann machte sie sich, die

Päckchen bequemer verteilend, mit zufriedener Miene auf den Heimweg.

Als Mrs Fingal an Weihnachten beim Nachmittagstee ihr Päckchen von Lena aufmachte und feststellte, dass sich darin nur eine Weihnachtskarte und zwei nicht sonderlich schöne Taschentücher befanden, fing sie an zu weinen. Leise Tränen, Tränen, die sie schon viele Male zuvor geweint zu haben schien, die sich ihren Weg bahnten von ihren wässrigen Augen, die vertrauten Runzeln ihres Gesichts hinunter. An ihren Mundwinkeln verharrten sie kurz und tropften dann auf ihre Brust.

Es war ein schwieriger Tag gewesen, der Höhepunkt einer schwierigen Woche. Plötzlich war ihr bewusst geworden, dass Weihnachten vor der Tür stand, und sie hatte sich in schreckliche Ängste hineingesteigert wegen der Geschenke. Inzwischen hatte sie den Versuch aufgegeben, selbst zu The Shops zu gehen; Mrs Evans ließ sich nicht erweichen, wenn Mrs Fingal den Wunsch äußerte, das Haus zu verlassen. Die einzige Ausnahme waren die ein oder zwei milden Tage, die es gegeben hatte, und da durfte sie auch nur bis zum Ende der Straße und auch nur zusammen mit Josh. Selbst das kurze Stück hatte sie sehr angestrengt – genau wie Mrs Evans es ihr wieder und wieder prophezeit hatte. Sie musste sich schwer an Joshs Arm hängen, und als sie dann wieder zum Haus zurückkehrten, zitterten ihr die Knie – sie fügte sich ohne Widerrede, legte sich hin, döste ein wenig weg und lauschte auf ihren eigenen Herzschlag und die hin und wieder durch die Wände dringenden Stimmen der Evans' und den Klang des Fernsehers. Lediglich die Stimmen von nebenan und die Tatsache, dass sie noch immer ihr Kleid trug, halfen ihr bei der Orientierung; der düstere, dunkle Himmel, trübe-hell in Richtung der London Road, blieb immer gleich.

Sie verbrachte viel Zeit im Bett, unter der Tagesdecke liegend, denn, wie Mrs Evans sagte: Das war wärmer, als aufzubleiben, es sei denn, sie schaffte es, direkt neben dem elektrischen Kamin im Wohnzimmer zu sitzen, was sie natürlich nicht oft tun konnte, weil das Wohnzimmer schließlich den Evans' gehörte und sie nur eine Stunde vor dem Mittagessen oder zu besonderen Gelegenheiten hineinkonnte, von denen es bisher noch keine gegeben hatte. Das war nur verständlich. Immerhin waren sie Mann und Frau und wollten nicht die ganze Zeit einen Dritten um sich haben – obgleich sie sicher war, dass *er* nichts gegen ihre Gesellschaft gehabt hätte. Ganz am Anfang war alles anders gewesen. Sie war im Sommer nach Evanmie gekommen, man hatte in den Garten gehen können, die Abende waren länger gewesen, und sie hatte sich darüber gefreut, sich nicht mehr mit Lenas Herrschsucht und Geschrei auseinandersetzen zu müssen. Vielleicht war es auch gar nicht anders gewesen, und sie brachte ihre Erinnerungen nur durcheinander. Zum Beispiel an die Zeit, als sie zu ihrer Schwester gezogen war, an das hübsche kleine Haus in der Nähe von Basingstoke, wo der Sommer so viel länger gedauert hatte, oder sogar an Italien, an die Sonnenschirme am Strand – wie hässlich ordentlich eingepflanzte Blumen, Zinnien, Geranien, Begonien, alle in einförmigen Reihen – und an Josh, der in seiner leichten Sommerkleidung auf der Bank neben ihr saß und allem, was sie zu sagen hatte, so verständnisvoll lauschte. Sie fühlte sich sicher im Bett, denn dort waren ihre Verwirrung und die Tageszeit nebensächlich; und solange sie sich nicht selbst verriet, würde Mrs Evans auch nicht merken, wie verwirrt sie war. Seit ihrer albernen Eskapade und der daraus resultierenden Krankheit (die in Mrs Evans' Schilderungen dramatischere Dimensionen annahm, als sie selbst in Erinnerung hatte) war sie auch nicht mehr in der Lage, so viel wie früher zu tun. Ihre Beine waren eindeutig schwächer als noch vor ein paar Monaten; sie hatte Angst hinzufallen und, wie Mrs Evans sagte, sich möglicherweise die Hüfte zu brechen. Wenn sie ganz still dalag, konnte sie nun immer ihr langsam pumpendes Herz hören. Wie sollte sie da Weihnachtsgeschenke kaufen? Das Geschenk für Lena machte keine Probleme, denn als sie Mrs Evans fragte, sagte diese: »Geld. Schließlich interessiert sie sich doch dafür am meisten, oder? Stecken Sie einen Fünfer in einen Umschlag, dann ist sie schon zufrieden.«

»Meinen Sie wirklich? Natürlich ist sie geldgierig, erzählt mir die ganze Zeit, wie viel alles kostet, aber zu Weihnachten – ein Geschenk ist doch viel persönlicher, wenn man selbst etwas aussucht, glauben Sie nicht auch? Selbst wenn man damit vielleicht danebenliegt. Aber es ist doch einfach persönlicher, nicht wahr?«

»Tja, natürlich, schließlich ist sie Ihre Nichte.«

»Nur eine angeheiratete Nichte.«

»... und vielleicht wissen Sie ja, was sie mag. Aber so, wie ich sie einschätze, würde ich sagen, der jungen Dame könnte man noch am ehesten mit ein paar Scheinen eine Freude machen. Dann kann sie sich etwas Schickes kaufen und sich einen Mann angeln.«

»Sich einen Mann angeln? Das hat sie mittlerweile doch sicher aufgegeben …?«

»Glauben Sie das nicht, meine Liebe. In ihrem Alter, und so, wie sie strukturiert ist, denkt sie nur noch daran.«

»Sie wird nie einen bekommen. Sie ist einfach zu sehr auf sich selbst fixiert. Und hart. Sie bekommt nie einen.«

Mrs Evans lächelte. »Was glauben Sie wohl, warum sie so versessen darauf war, Sie loszuwerden?«

»Nein, nein. Sicher nicht. Sie ist so hart und egoistisch, völlig ungeeignet für die Ehe …«

»Wer hat denn etwas vom Heiraten gesagt?«

»Sie meinen …?« Hektische Flecken traten auf ihre Wangen und ihren Nacken, ihr Kopf begann zu zittern und ihr Herz zu hämmern. »Wie widerwärtig! Dieses hässliche, gewöhnliche Mädchen …«

Sie war zu aufgeregt, um noch etwas sagen zu können, so dass Mrs Evans ihr zur Beruhigung eine Schlaftablette geben musste. Am nächsten Tag hatte sie dann die Einzelheiten vergessen, erinnerte sich jedoch noch an ihr Gefühl der Missbilligung, also gab sie Josh drei Pfund, um eine Postanweisung zu besorgen und diese in eine hübsche Weihnachtskarte zu legen. Doch bei Lena kam nur eines davon an.

Ein Geschenk für Mrs Evans zu finden war vergleichsweise einfach; sie musste lediglich Josh befragen, wenn er sich an ihr Bett setzte und ihr die Hände rieb, falls sie kalt waren, oder sogar ihre Beine, wenn sie einen Krampf hatte. Sie hatte keine Ahnung, ob seine Frau davon wusste – was die Berührung seiner Finger, die ihre alten Knochen unter der Decke streichelten und drückten, umso erregender machte, die Nerven wohlig warm und die verspannten Muskeln locker, obwohl er immer ein Auge auf die Tür hatte, falls seine Frau unvermutet hereinkäme. Josh sagte, Maisie wünsche sich einen abgesteppten Morgenmantel, den er für sie besorgen könnte. Und das tat er auch, fuhr deswegen nach London und zeigte ihn, zusammen mit der Rechnung, insgeheim Mrs Fingal – achteinhalb Guineas, ein hübsches, blutrotes Seidenstück, mit Pink paspeliert.

Was, so fragte sie sich, hatte er wohl für sie gekauft? Wahrscheinlich etwas ähnlich Schönes, wenn auch eine Spur weiblicher, etwas Hübsches, das er selbst ausgesucht hatte. Innerlich bebend, hielt sie sich mit der Frage zurück, die sie eigentlich stellen wollte, begnügte sich damit, ihm die Hand zu streicheln und sie zu drücken, und dabei wurden ihre Augen ein wenig feucht.

Für Josh hingegen war es schwierig, ein Geschenk zu finden. Sie würde seine Frau deswegen nicht befragen. Ihr Geschenk musste etwas ganz Besonderes sein, etwas Persönliches, wie ihre Beziehung zueinander. Wie konnte es aussehen, wie konnte sie es bekommen? Die Lippen stumm bewegend und nervös mit den Fingern hin und her tastend, lag sie in der Nacht wach (oder war es Tag?) und machte sich Gedanken. Manchmal dachte sie daran, sich einfach aus dem Haus zu schleichen und ein Taxi bis zu Derry & Toms zu nehmen oder den Postboten zu bitten, ihr etwas zur Ansicht zu bringen, oder daran, Lena ein Telegramm zu schicken, damit sie gleich käme und ihr ein paar Vorschläge machte. Doch jeder Plan, das wurde ihr schon bald klar, hatte einen Haken. Und plötzlich löste sich das Problem wie von selbst:

Stanleys Manschettenknöpfe. Sie waren aus achtzehnkarätigem Gold, und sie hatten jeder in der Mitte einen kleinen Saphir. Sie hatte sie die ganze Zeit zusammen mit seiner Krawattennadel, seiner Uhr, dem Zigarettenetui, dem Zigarrenanschneider, den Krawattenknöpfen und den Haarbürsten aus Schildpatt in Schachteln in dem Koffer oben auf dem Schrank aufbewahrt. Es fiel ihr schwer, ohne Hilfe an sie heranzukommen; und sie würde mit Sicherheit nicht um Hilfe bitten, denn dann würden sie ihr Fragen stellen. Sie stand mitten in der Nacht auf (es war tatsächlich Nacht, denn draußen war es ziemlich dunkel, und sie hörte einen der Evans' von jenseits des Flures schnarchen), zog ihren Morgenmantel und ihre Hausschuhe an, rückte einen Stuhl an den Schrank heran, leise, ganz leise, und zog sich hoch. Ihr Herz klopfte wie wild, vor Furcht wie vor Anstrengung gleichermaßen, und sie musste sich ein paar Augenblicke oben am Schrank festhalten, bevor das leichte Schwindelgefühl sich legte und sie wieder richtig Luft bekam. Sie war nicht groß genug, um in den Koffer zu schauen, aber sie suchte darin herum, mit tastenden, verwerfenden, wieder tastenden, erkennenden Fingern. Endlich fand sie die Manschettenknöpfe, kletterte mit triumphierendem Lächeln hinunter auf den Boden und nahm sie mit, um sie im Bett genauer zu betrachten. Sie schlief ein, die Manschettenknöpfe unter dem Kopfkissen, und versteckte sie am nächsten Tag in der Schachtel mit ihrem Gebiss. Sie hatte vergessen, ihren Morgenmantel wieder auszuziehen, und war darin eingeschlafen. Am nächsten Morgen musste sie dann so tun, als sei ihr in der Nacht zu kalt geworden. Außerdem hatte sie auch vergessen, den Stuhl wieder vom Schrank wegzurücken, aber das merkte sie nicht, und Mrs Evans sprach sie nicht darauf an. Es war wirklich ein richtiges Abenteuer für sie gewesen. Sie hatte keinerlei Schaden davongetragen, was bewies, dass sie immer noch aktiv sein konnte, wenn man sie nur ließ. Sie polierte die Manschettenknöpfe jede Nacht und strich darüber, und dabei verbanden sich Erinnerungen an Stanley mit Erwartungen an Josh; sie packte die Knöpfe immer wieder neu ein und verschnürte das Päckchen mit einem Stück Band, das sie aus einer ihrer Westen gezogen hatte. Etwas Großartiges war dieses Geschenk nicht, aber schließlich zählte der Gedanke. Sie wartete ungeduldig auf Weihnachten und bemerkte kaum, dass Lena sich nicht zu einem Besuch angekündigt hatte.

Mrs Evans hatte sie am Weihnachtsabend früher als gewöhnlich ins Bett gesteckt, und sie hatte dagelegen und auf das Gelächter und die Musik aus ihrem Fernseher gelauscht, auf das Hämmern, als Josh die Papiergirlanden aufhängte, auf die Kinder, die vor jeder Haustür eine Strophe von »King Wenceslas« herunterleierten, und auf die schroffe Abweisung durch Mrs Evans, auf die vorbeifahrenden Autos, gelegentliche fröhliche Stimmen auf der Straße und auf das geschäftige Treiben, das sich draußen vor ihrer Tür abspielte. Sie döste vor sich hin und träumte von Geschenken; sie wachte in der stillen Dunkelheit des frühen Morgens auf in dem Wissen, noch mehrere lange Stunden warten zu müssen. Als Kind hatte sie die Geschenke immer in der Zeit zwischen der Rückkehr aus der Kirche und dem Mittagessen aufgemacht. Sie und Stanley hatten die Bescherung aufs Frühstück vorverlegt, denn bis zum Tod seiner Mutter hatten sie an Weihnachten immer zusammen mit ihr zu Mittag gegessen.

Sie hatten auch in den zehn Jahren von Alices kurzem Leben die Geschenke zur Frühstückszeit ausgetauscht, und danach hatte sich diese Sitte gehalten, obwohl die Freude nun natürlich nicht mehr so groß war. Wie das hier gehandhabt wurde, wusste sie nicht, und sie wagte auch nicht zu fragen. Die große Schachtel für Mrs Evans und die kleine für Josh lagen auf dem Stuhl, wo sie sie immer im Blickfeld hatte. Vor ihrem geistigen Auge malte sie sich sein Gesicht aus, wenn er die Manschettenknöpfe das erste Mal sah und das erste Mal anlegte – vielleicht würde er sie auch bitten, das für ihn zu tun –, und im Geiste hörte sie auch, wie er sich freundlich und bedächtig, wie es seine Art war, bei ihr bedankte. Möglicherweise gab er ihr sogar einen Kuss … Als Mrs Evans das Frühstückstablett hereinbrachte, war Mrs Fingal bereits sehr nervös, weil sie sofort aufstehen wollte. »Fröhliche Weihnachten, fröhliche Weihnachten! Die Geschenke liegen da drüben.«

»Vorsicht, meine Liebe, bleiben Sie ganz ruhig sitzen. Wir tauschen die Geschenke erst beim Tee aus, ich habe einfach zu viel zu tun.«

Das hatte die ersten Tränen dieses Weihnachtsfestes zur Folge gehabt, jedoch erst, als Mrs Evans aus der Tür war. Und der Tag war immer schlimmer geworden. Josh hatte das Haus am Morgen verlassen, angeblich, um in die Kirche zu gehen. Mrs Fingal hatte ihn begleiten wollen, aber natürlich war der Weg für sie zu weit. »Könnten wir nicht ein Taxi rufen? Ich würde natürlich dafür bezahlen, das wäre ein kleines Weihnachtsgeschenk …«

»Am Weihnachtstag bekommen Sie doch kein Taxi. Da ist niemand unterwegs.«

»Wir hätten schon früher eines bestellen sollen.« Er lächelte sie an, während er sich seinen Schal um den Hals band. »Das machen wir ein andermal.« Aber das half ihr jetzt wenig, und so weinte sie noch ein bisschen mehr, ganz allein im Wohnzimmer unter den Papiergirlanden und dem Weihnachtsbaum aus Plastik, der, mit bunten Lichtern geschmückt, in einer Ecke stand, während Mrs Evans in der Küche herumhantierte. Josh kam mit rosigen Wangen und in guter Stimmung wieder, und sie tranken alle zusammen einen Portwein, bevor das wirklich hervorragende Mittagessen aufgetragen wurde – Mrs Evans war nämlich eine ausgezeichnete Köchin, wenn sie nur wollte. Obwohl Mrs Fingal sich danach artig ins Bett legte, um sich auszuruhen, blieb sie nicht liegen. Sie bekam plötzlich Panik, dass jemand die Manschettenknöpfe versehentlich zusammen mit dem Geschenkpapier weggeworfen haben könnte, und sie öffnete die Verpackung wieder, um nachzusehen, ob sie noch da waren. Dann fand sie die Karte nicht, die dazugehörte, und musste Mrs Evans' Päckchen ebenfalls aufmachen und den Morgenmantel ausschütteln, doch ohne die Karte zu finden, die hatte nämlich die ganze Zeit auf dem Nachttischchen gelegen. Danach gelang es ihr nicht, den Morgenmantel wieder ordentlich zusammenzulegen; sie musste ihn ziemlich zerdrückt und zerknittert wieder einpacken, und der Deckel der Schachtel ging nicht mehr zu, und das Geschenkpapier schien nun irgendwie zu klein zu sein, und sie hatte das Band verloren. Als Mrs Evans sie endlich holte, war sie völlig erschöpft und musste daran erinnert werden, ihr Gebiss in den Mund zu stecken (das irgendwie oben auf ihren Büchern gelandet war).

Es gab nicht allzu viele Geschenke für jeden, denn die Evans' schienen keine Freunde zu haben – eine Tatsache, die Mrs Fingal inzwischen verdrängt hatte, denn bisher war ein Tag voll mit kleinen Tätigkeiten und erzwungener Routine auf den nächsten gefolgt. Oben auf dem Fernseher standen nur einige Karten aufgereiht; aber immerhin waren das fünf mehr, als Mrs Fingal bekommen hatte. Lediglich der Pfarrer der Kirche in Reading, in die sie hin und wieder gegangen war, hatte sich an sie erinnert. Auf der Innenseite seiner Karte waren die Zeiten der Weihnachtsgottesdienste zu lesen, aber der Gedanke allein zählte; die Karte war an Lenas Adresse geschickt worden, mit der Bitte, sie nachzusenden. Ihre alten Freunde waren inzwischen alle gestorben; nach Pegs Tod hatte sie den Kontakt zu den Bekannten ihrer Schwester verloren und auch bei Lena keine neuen Bekanntschaften geschlossen. Lena – und natürlich die Evans' – waren jetzt die einzigen Menschen, die sie noch hatte.

Weshalb auch der Schmerz über Lenas gedankenloses Geschenk so tief war. Zwei Taschentücher, und noch nicht einmal gute! Zwei Taschentücher von Woolworth und eine Karte für Sixpence von ihrer einzigen Verwandten – und das nach den drei Pfund, die sie selbst geschickt hatte. Wieder begannen die Tränen zu fließen, und auch die Bettsocken, die Mrs Evans ihr gestrickt hatte, oder die Packung Seife von Josh konnten sie nicht trösten. Wie ein Kind sah sie nicht über die zerplatzte Seifenblase hinaus, die sie schillernd umgeben hatte mit einem Versprechen leuchtend bunter Schals, Parfüms, feiner Strümpfe, Kosmetika, Armreifen, schöner dicker Jacken, rüschen- und spitzenbesetzter Unterröcke. Seifenstücke, Bettsocken und zwei

Taschentücher – das waren die Geschenke, die vom Alter kündeten.

Sie konnte sich nicht einmal über die positive Reaktion der Evans' auf ihre Geschenke freuen. Sie sah und hörte kaum zu, zog sich völlig in ihr Schneckenhaus zurück. Ihre Pläne und ihre Vorfreude hatten zu abweisendem Verhalten geführt – von ihr und gegen sie. Sie saß weinend da inmitten der Fröhlichkeit der Evans', unter den Papiergirlanden, vor dem Plastikbaum, eingefallen und verstockt, bis Mrs Evans sie dazu brachte, das Zimmer zu verlassen und sich hinzulegen; und dann machte sie ins Bett.

Weihnachtskarte mit zwei Highlandterriern, die einen gefüllten Gabenstrumpf anschauen.

*Schöne Tage, Gracie!*

*Frohe Weihnachten*
*und*
*die besten Wünsche*
*von*
*J. Evans*

*Wann kommen Sie denn, um uns zu besuchen?!*

Kingfisher Road,
Reading.

*Liebe Tante,*

*Danke für Deine Weihnachtskarte und die beiliegende Geldanweisung. Es tut mir leid, dass ich Dich bisher nicht besucht habe, aber zweifelsohne kommen die Evans' und Du auch ohne mich zurecht. Die Ruhe nach den Feiertagen hat mir gut getan; ich habe ein paar Freunde eingeladen. Nach Neujahr werde ich sicher zu viel zu tun haben, um zu Dir zu fahren, doch ich glaube, Du wirst mir ohnehin schreiben, wenn Du etwas brauchst. Grüße die Evans' von mir.*

*Deine Lena*

Weihnachtskarte mit dem Weihnachtsstern und den Heiligen Drei Königen, die vor der Krippe knien.

I migliore auguri di
Buon Natale
e Felice Anno Nuovo

*Die besten Wünsche für ein gutes Jahr – Graziella. Entschuldigung, dass ich nicht viele Dankeschön für schöne* fotografías *geschickt habe. Sie wecken schöne Erinnerungen an Sie und Signora Evans. Albergo Garibaldi ist Schluss am 15. September, und ich arbeite in Rimini in Geschäft. Ich denke immer an England. Mit besten Grüßen.*

## 5

Josh war in der Abstellkammer und arbeitete an seinen Alben. Er saß auf einem Klappstuhl beim Fenster, hinter dem der durchweichte Februarschnee zu sehen war, zwei Stapel Zeitschriften auf dem Tisch vor ihm, die Wärme des Paraffinofens im Rücken. Er saß inmitten des ordentlich verstauten Gerümpels, zwischen dem Sofa mit den darauf gestapelten Kartons, den verschiedenen Besitztümern von Mrs Fingal und dem Schrankkoffer, der ihrer Vorgängerin gehört hatte.

Offen, aber ein wenig zur Seite geschoben, lag das Album für das Altenheim auf dem Tisch. Er gestaltete pro Jahr zwei davon mit großer Sorgfalt, wählte Bilder aus Maisies Zeitschriften aus, wenn sie ihre Strick- und Stickmuster herausgetrennt hatte. Am liebsten gruppierte er um ein großes Bild – zum Beispiel um ein farbiges Blumenarrangement oder ein putziges Kind oder Tier – kleinere Illustrationen zum gleichen Thema und verzierte alles mit Scherzen und kurzen Sinnsprüchen, die den Betrachter aufheitern sollten. Graziellas Weihnachtskarte hätte sich gut als mittleres Bild geeignet, doch er hatte sie bereits mit Reißzwecken an die Fensterbank geheftet, direkt neben den Schnappschuss, auf dem sie zusammen mit Francesca zu sehen war und der sich inzwischen schon ein bisschen aufwarf. Daneben hing noch ein vergilbteres Bild von der kleinen Eisverkäuferin, mit der er vor drei – oder waren es schon vier? – Jahren immer gescherzt hatte. Den Urlaub hatten sie sich damals gegönnt, nachdem die alte Miss Kenyon von ihnen geschieden war, bevor sie hierhergezogen und die arme alte Tante Flo bei sich aufgenommen hatten. Das war ein schöner Urlaub gewesen; damals war er noch um einige Jahre jünger gewesen.

Das Album, an dem er gerade arbeitete, war sein Geheimnis. Er holte es nur einmal im Monat, wenn Maisie zu den Handarbeitsgeschäften ging, die sie belieferte, heraus. Ansonsten war es hinter der Couch versteckt, hinter einer Rolle Matten.

Die Tatsache, dass das Album Joshs Geheimnis war, machte die Arbeit umso interessanter. Er kaufte die entsprechenden Hefte hier und da, immer nur eines, bei Zeitungshändlern, die ihn nicht kannten, schmuggelte sie unter seinem Pullover in die Abstellkammer und versteckte sie unter der Couch, bis Maisie aus dem Haus war und er sich an die Arbeit machen konnte. Später stellte sich dann das bedeutend schwierigere Problem, die Reste der Zeitschriften loszuwerden. Im Sommer verbrannte er sie im Garten, aber im Winter musste er einen Spaziergang machen, bevor Maisie zurückkam, oder er musste sie wieder einzeln hinausschmuggeln und sie auf einen der Müllabladeplätze werfen.

Jetzt saß er da, lutschte an einem Fruchtbonbon und pfiff leise durch die Zähne. Es war warm und behaglich in der Abstellkammer, die alte Cynthia war im Bett wie üblich, Maisie war aus dem Haus, und nichts lenkte ihn ab von seinen behaglichen Gedanken, während er sorgfältig die Rundungen aus dem Papier schnitt. Er legte das Bild der Frau auf das Löschpapier, strich genussvoll mit dem Kleber über die Rückseite, hob sie, feucht und formbar, hoch und legte sie flach auf die Albumseite. Mit einem sauberen Taschentuch glättete er ihre Titten und ihre hochhackigen schwarzen Schuhe, strich die Luftblasen darunter heraus. Sie sah ihn herausfordernd an unter ihren gesenkten Augenlidern. Er strich noch ein letztes Mal langsam und sanft über ihren Körper.

Während er darauf wartete, dass sie trocknete, blätterte er ein wenig in dem Album herum. Die meisten Frauen darin waren Kunststudien, und dazu kamen noch ein oder zwei Filmschauspielerinnen, deren üppige Formen fast ihre Leibchen sprengten. Außerdem hatte er noch eine Serie unanständiger Postkarten, die er vor Jahren bei einem Zeitungshändler in Soho gekauft hatte; eigentlich waren sie enttäuschend, wenn man bedachte, was er dafür bezahlt hatte. Schließlich waren das nur nackte Frauen mit Spitzenstrümpfen und hin und wieder einer Schürze und einem Staubwedel – obwohl ihm das Anschauen natürlich trotzdem Spaß machte. In einem abgegriffenen Umschlag ganz hinten steckten zwei Postkarten, die er während des Krieges von einem Soldaten aus dem Pay Corps gekauft hatte. Der Mann war in Übersee gewesen und hatte die Karten aus Alexandria mitgebracht. Er hatte Josh einige davon für ein paar Pfund überlassen, damit er ein Mädchen von der NAAFI ausführen und – wie er es ausdrückte – »ordentlich einen draufmachen« konnte. Die Bilder waren wirklich heiß, zu heiß sogar, um sie aus dem Umschlag herauszunehmen. Josh war nicht immer in der Lage, die gymnastischen Verrenkungen darauf halbwegs gelassen zu betrachten, auch wenn ihn der Gedanke beruhigte, dass er sie überhaupt besaß. Eigentlich hätte er gern viel mehr davon in dem Umschlag gehabt; er wäre gern in der Welt herumgereist – Paris, Alexandria, Neapel, Orte, an denen man wirklich heiße Bilder bekommen konnte. In Pompeji, so hatte ihm der Mann erzählt, gab es ein ganzes Haus, wo alle Wände mit schmutzigen Bildern bemalt waren; man gab dem Führer eine Kleinigkeit, und er zeigte einem die Gemälde, und wenn man ihm genug gab, ließ er einen sogar ein Mädchen mit hineinnehmen, dem man alles zeigen konnte – wenn das nicht anregend war! Das würde er gerne sehen. Er würde gerne reisen. In Salvione hatte er nichts Ähnliches entdecken können; und außerdem hütete Maisie immer die Reisekasse.

Er blätterte weiter und fand eine Blondine, die sich hinter einem wagenradgroßen Hut versteckte. Solche Hüte gab es in Salvione – und es gab auch die dazugehörenden Mädchen, oder jedenfalls in Rimini. Er lehnte sich in seinem Stuhl zurück, die Augen halb geschlossen, um ein wenig nachzusinnen … die Mädchen mit ihren Bikinis, die neckenden Jungen am Strand und das lustvolle Kreischen, und Francesca mit ihren Knutschflecken und ihrem feuchten Hinterteil. Und Graziella, die süße kleine Gracie, mit dem kleinen Goldkreuz, das unter ihrem Kleid hing; sie wirkte neben Francesca eher wie ein Kind, aber auch sie war süß, wie sie so neben ihr stand auf dem Foto von der Terrasse des Albergo Garibaldi. Den nächsten Urlaub würde er gern wieder in Italien verbringen, ein bisschen weiter südlich, vielleicht in Neapel … Das hing davon ab, was Maisie mit der alten Cynthia im Sinn hatte.

Der kurze Nachmittag neigte sich seinem Ende zu. Er schnitt noch zwei weitere Frauen aus und klebte sie ein, dann gestaltete er eine neue Seite des Albums für die alten Leute und ließ es auf dem Tisch liegen, damit Maisie es sah. Er kniete gerade auf dem Boden, um sein eigenes Album hinten unter der Couch zu verstauen, als es an der Haustür klingelte.

Er erstarrte, als habe ihn das Auge Gottes überrascht, und erhob sich dann schwerfällig. Eigentlich wollte er sich jetzt nicht stören lassen, aber wenn es noch einmal klingelte, wachte möglicherweise die alte Dame auf, und dann würde sie nach ihm rufen, und er müsste zu ihr, und vielleicht würde sie ihn dann bitten, dass er ihr die Beine massierte, oder sie würde nur einfach daliegen und seine Hand halten wollen, wie sie es so oft tat, die arme Alte. Doch er wollte heute Nachmittag, wo Maisie endlich einmal aus dem Haus war und er sich ungestört seinem Album widmen konnte, seine Ruhe vor ihr haben.

Also ging er den Flur entlang zur Haustür.

Ihm stand der Mund offen vor Erstaunen. Sie sah zierlich und kindlich aus, wie sie so vor ihm auf dem Weg vor dem Haus stand, mit ihrem süßen schiefen Lächeln und den ängstlichen Augen.

»Signor Evans. Ich bin da – Graziella.«

»Mein liebes Kind.« Er trat mit ausgestreckten Armen auf sie zu, nahm ihre Hände in die seinen und zog sie herein. »Mein liebes Kind!«

»Ist alles in Ordnung? Ich schreiben wollte, aber ganz schnell hier …«

»Mein liebes Mädchen, meine liebe kleine Gracie, natürlich, natürlich ist alles in Ordnung! Was für eine Überraschung – scht, schnell, kommen Sie doch ins Wohnzimmer …«

»Mein Gepäck …«

»Natürlich, natürlich.« Er holte ihren Koffer herein und schloss die Haustür. »Wer hätte das gedacht – die kleine Gracie!« Er legte ihr den Arm um die Schultern und führte sie ins Wohnzimmer, wo er den Ofen anschaltete, die Vorhänge zuzog und, während sie mit gefalteten Händen dastand und ihn lächelnd und mit ängstlichem Blick musterte, ausrief: »Nun setzen Sie sich doch, setzen Sie sich … Ich kann's noch gar nicht glauben! Wie lange – wo …? Setzen Sie sich, wärmen Sie sich ein bisschen auf …«

Sie setzte sich auf die äußerste Kante eines Stuhles. »Die Signora?«

»Sie ist nicht da; sie kommt erst in ein oder zwei Stunden wieder. Lassen Sie sich anschauen – mein Gott, die kleine Gracie!«

Er setzte sich ihr gegenüber hin, die Knie ein wenig gespreizt, damit er sich bequem zu ihr vorbeugen konnte. Und sie sah ihn an, ordentlich eingepackt in ihren Mantel, die Füße ordentlich nebeneinander gestellt, die Hände ebenso ordentlich im Schoß gefaltet.

»Das ist aber eine Überraschung. Ich kann es einfach noch nicht glauben. Gerade habe ich an Sie gedacht.«

»Nein, wirklich!«

»Doch, ich schwöre es Ihnen. Ich habe mir gerade das Bild von Ihnen und dem anderen Mädchen angeschaut und an Sie gedacht. Und jetzt sind Sie tatsächlich da!«

»Sie sind nicht wütend?«

»Sehe ich denn wütend aus?«

Sie lächelte, die Angst war aus ihrem Blick gewichen. »Nein. Sie sehen gut aus.«

»Und Sie? Sie sind blass. Ihnen fehlt die italienische Sonne – und der *vino*, was?«

»Ja, mir fehlt …«

»Möchten Sie einen Tee? Oder vielleicht einen Kaffee? Ich mache uns einen Kaffee.«

»Bitte, keine Umstände …«

»Ich mache nichts Besonderes. Wir haben sowieso nur Instantkaffee im Haus, nicht wie im guten alten Garibaldi, was?« Er war bereits auf den Füßen, doch sie streckte die Hand aus und legte sie ihm auf den Arm.

»Machen Sie sich keine Umstände. Vielleicht später …«

»Na schön – dann erzählen Sie erst mal, welche Neuigkeiten es gibt.« Er setzte sich wieder. »Wer hätte denn das gedacht, die kleine Gracie in meinem Sessel!«

»Ich nicht sicher, wie Sie finden. Ich nehme Zug und dann Bus. Kein Telefon, aber ich versuche einfach.«

»Es ist immer jemand im Haus. Aber es hätte mir sehr leid getan, wenn ich Ihnen die Tür nicht selbst hätte aufmachen können. Wirklich!«

»Ich freue mich.«

»Wie geht es Ihnen denn, Gracie? Wie lange sind Sie schon in England?«

Sie sah ihre Hände an. »Ich sechs Wochen in England.«

»So lange schon, und Sie haben sich bis jetzt nicht gemeldet?«

»Ich arbeite hart als Au-pair-Mädchen – in Westminster.«

»Was Sie nicht sagen! Wo denn, bei einem Abgeordneten oder so was?«

»Abgeordneten?«

»Im Parlament – Sie wissen schon, in der Regierung.«

»Nein, nein. Ich glaube, Geschäftsmann. Großes Haus, Frau, Kinder – alte Kinder. Viel Arbeit.«

»Haben Sie sich also gedacht, jetzt ist es an der Zeit, mal in Aylesbury vorbeizuschauen, was?«

Sie sah ihn mit einem strahlenden Lächeln an. »Habe gedacht, muss vorbeischauen, ja.«

»Wir fahren zusammen hin. Da machen wir uns einen schönen Tag. Wenn das Wetter ein bisschen besser ist, machen wir einen richtig schönen Ausflug, Sie und ich, an Ihrem freien Tag. Sie haben doch einen freien Tag, oder?«

»Ja – nein. Deswegen bin ich hier. Die Arbeit ist sehr hart, viele Stunden, Leute nicht gut. Heute gehe ich.«

»Sie gehen? Wohin gehen Sie denn?«

»Weg.« Die Röte stieg ihr ins Gesicht, als sie zuerst ihn und dann ihre Hände ansah.

»Tja …« Er lehnte sich zurück. »Darüber sollten Sie aber schon ein bisschen nachdenken. Sie können doch nicht einfach so Ihren Job aufgeben. Haben sie Ihnen Ihr Geld gegeben?«

»Ich habe Geld.«

»Das ist wenigstens etwas. Solange Sie ein bisschen Geld haben, ist es nicht so schlimm. Es ist nicht schwierig, eine neue Arbeit zu finden, denke ich mir. In den Zeitungen liest man doch ständig Anzeigen, in denen nach Au-pair-Mädchen gesucht wird. Es geht nur darum, möglichst schnell unterzukommen.«

»Genau. Ich bin nirgendwo.«

»Was meinen Sie mit ›nirgendwo‹?«

»Nirgendwo. Deswegen bin ich hier.«

Er starrte sie wieder voller Erstaunen an, die Arme auf den Stuhllehnen, den Bauch vorgereckt. »Sie wollen damit sagen, Sie haben keine Unterkunft?« Die kleinen Goldringe glitzerten in ihren Ohren, als sie den Kopf schüttelte. »Aber mein liebes Mädchen, Sie können doch nicht einfach so ohne Bleibe in London herumziehen.«

»Ich weiß nicht, wo ich finden kann.«

»Irgendwo – überall. Ein einfaches Hotel oder eine Jugendherberge oder so etwas Ähnliches. Es muss doch solche Einrichtungen von der Kirche oder so geben …«

»Aber ich weiß nicht, wo.«

»Meine Frau weiß das sicher. Sobald sie wieder da ist, sorgt sie dafür, dass Sie irgendwo unterkommen.«

»Ich kann nicht hier bleiben?«

»Hier?«

»Sie sagen immer ›komm‹ …«

»Ja, ich weiß, aber …«

»Nur kurz. Zwei – drei Tage. Ich arbeite.«

»Wir haben kein großes Haus …«

»Ich könnte helfen der Signora. Ich bin gute Köchin.«

»Wir haben keinen Platz …«

»Ich könnte schlafen auf dem Boden …«

Sie hatte den Alabasterschimmer verloren, den er noch so gut in Erinnerung hatte; ihre Haut war fahl und teigig, unter den Augen lagen dunkle Ringe, und die feine Nase und das Kinn wirkten nicht mehr zerbrechlich, sondern niedergeschlagen. Es ließ sich nicht sagen, ob sie eher wie fünfzehn oder eher wie fünfzig aussah. Er sagte mit sanfter Stimme: »Sie sehen ausgelaugt aus – richtig ausgelaugt. Sie haben einfach viel zu viel gearbeitet.«

Sie zuckte mit den Achseln. »Zu viel – was ist zu viel? Glück ist nie zu viel. Aber Glück habe ich nicht. Seit Albergo Garibaldi ist Leben nicht gut für mich. Überall in Salvione machen die Leute Winterpause. Meine Mutter findet Arbeit in *fabbrica*, machen Keramik für Touristen. Mein Bruder in Milano hat auch Arbeit, meine Schwester verheiratet. Ich gehe Rimini für Arbeit in großem Geschäft, sehr großem Geschäft, wenig Preise, sehr billig, verstehen Sie? Dann denke ich, ich versuche England.«

»Sie sprechen schon wunderbar Englisch jetzt.«

»Den ganzen Sommer in Salvione spreche ich und auch in Rimini. Ich lese immer englische Bücher, und ich habe Lehrer.«

»Einen jungen Mann, denke ich mir.«

»Nein, eine Dame. Ich nähe Kleider für sie. Ich könnte auch für Signora Evans nähen.«

»Sie näht selbst. Man könnte sagen, das Nähen ist ihr Hobby.«

»Ich mache alles. Ich habe Angst allein mit Fremden.«

Sie saß noch immer auf der Kante des Stuhles, den Mantel nach wie vor zugeknöpft, die Hände gefaltet, ängstlich und wachsam wie eine Katze, die vor dem Regen ins Haus flüchten möchte. Ein anderes Mädchen hätte vielleicht geweint, aber Graziella saß nur da und sah ihn, mit jeder Faser ihres Körpers flehend, an.

Sein Gehirn arbeitete fieberhaft. »Tja nun, darüber muss man schon ein bisschen nachdenken. Wir haben hier eigentlich keinen Platz. Das Haus ist klein – wir haben nur drei Zimmer; aber es gibt noch die Abstellkammer.« Seine Stimme war kaum noch zu vernehmen, seine Gedanken nahmen allmählich Gestalt an. »Sie ist bis oben hin vollgestopft, aber es steht ein Bett darin. Ich sehe eigentlich keinen Grund, warum Sie nicht darin übernachten könnten, ein oder zwei Nächte. Das wäre vielleicht gar nicht so ungemütlich. Ich zeige Ihnen die Abstellkammer mal.«

Er erhob sich von seinem Stuhl, und auch sie stand mit einer schnellen Bewegung auf, die einen leichten Glanz in ihre Augen brachte. Er dirigierte sie an Mrs Fingals geschlossener Tür vorbei und schaltete das Licht in der Abstellkammer an. Er hatte vergessen, den Ofen abzustellen, deshalb war es warm in dem Raum. Auf dem Tisch lag das Album mit den alten Leutchen, dazu Schere, Kleber und der Stapel Zeitschriften. »Es ist nicht sonderlich groß hier, aber vielleicht genügt es Ihnen ja, bis Sie etwas Besseres finden.«

»*È bellissima!*«

»Es gibt hier kein Waschbecken. Wir müssen auch alle dieselbe Toilette benutzen, sie ist gleich nebenan – und Sie würden ein paar Vorhänge brauchen.«

»Ich ziehe mich im Dunkeln aus.«

»Sie könnten es sich hier drin wirklich gemütlich einrichten …« Er stellte sich schon vor, wie es sein würde – das Zimmer lediglich von dem Ofen erhellt, ein dunkler, warmer Raum, in dem ein Mädchen mit Spitzenstrümpfen und einem Staubwedel auf der Couch lag, nicht versteckt in einem Album darunter; aber er war zu sehr damit beschäftigt, alles in Gedanken für Graziella zu arrangieren, als dass er sich allzu lange bei diesen Fantasien aufgehalten hätte. Er drückte ihre schmalen Schultern. »Glauben Sie, Sie würden hier zurechtkommen?«

»*Ah, sì! È una camera molto simpatica.*« Sie wand sich schnell aus seinem Griff, betrat das Zimmer und entdeckte die Schnappschüsse, die an den Fenstersims geheftet waren. »Ah, Sie haben mein Bild! Ich und Francesca ...« Sie bückte sich ein wenig, um das Foto genauer zu betrachten, und berührte es sanft. »Wie mein Zuhause!«

»Wissen Sie, ich bin gerade hier gewesen – für mich ist das hier so etwas wie ein Arbeitszimmer. Hier habe ich meine Sachen um mich, ich muss meine Frau nicht damit belästigen. Sehen Sie, zum Beispiel dieses Album ...« Er schlug es auf. »Wir schicken sie den alten Leuten.«

»Ah – so! Sie sind wirklich nett.«

»Nein, nein. Das ist nur so etwas wie eine Beschäftigungstherapie für mich.«

»Nein. Sie sind nett. Das weiß ich.« Sie sah ihn mit ernstem Blick an, mit einem unverwandten, süßen Blick, der ihn aus der Fassung brachte. Er fing an, die Schachteln von der Couch zu entfernen.

»Wir nehmen die besser weg – und suchen die Bettwäsche.«

»Signora Evans ...?«

»Nein, nein. Es ist besser, wenn wir alles herrichten, bevor sie wiederkommt.«

Während er sich bückte und die Schachteln aufeinander stapelte, langsam und behäbig neben den geschickten Bewegungen von Graziella, und allmählich ein wenig außer Atem kam, bemerkte er plötzlich ein Rufen, zuerst noch zaghaft, doch dann kräftiger, aus Mrs Fingals Zimmer. Graziella hielt inne. »Da ruft jemand?«

»Das ist die alte Dame – Mrs Fingal. Sie erinnern sich noch, die alte Dame, die einmal im Albergo gewesen ist?«

»Sie wohnt hier?«

»Sie ist so eine Art zahlender Gast. Meine Frau und ich, wir tun alles, damit sie sich hier wohl fühlt. Wissen Sie, sie ist ganz allein, also haben wir sie bei uns aufgenommen.«

Graziella sah ihn mit sanftem Blick au. »Wie ich sage – Sie sind nett.«

»Ach was! Wir wollen ihr nur ein bisschen helfen.«

In Mrs Fingals Stimme schwang jetzt Panik mit, weil sie schon so lange rief, ohne dass jemand reagierte.

»Sie ist krank?«

»Nun ja – ich würde eher sagen, gebrechlich. Sie verbringt die meiste Zeit im Bett.«

»*Poverina!* Kann ich zu ihr gehen?«

»Sie hat ihren Tee schon gehabt – ich habe Ihnen auch Ihren Kaffee noch gar nicht gemacht, stimmt's?« Er streckte den Kopf zur Tür hinaus. »Ist ja schon gut, Cynthia, nun hab dich mal nicht so. Sie wird ungeduldig, Sie wissen ja, wie alte Leute sind. Ich weiß schon, wo wir noch Bettzeug herbekommen ...« Oben auf dem Schrankkoffer der verstorbenen Tante Flo lagen Mrs Fingals zwei große Koffer. Josh öffnete einen davon und nahm ein paar Laken und Bezüge heraus. »Das hätten wir – genau das Richtige. Wir haben nicht so viele Decken, aber hier ist es ziemlich warm …«

Als sie fertig waren und er alle Sachen vom Tisch abgeräumt hatte, so dass sie ihn als Frisierkommode benutzen konnte, ging er in die Küche und stellte das Teewasser auf. Seine Bewegungen waren schnell, sein Schritt beschwingt, und er pfiff vor sich hin. Auf dem Weg zu Mrs Fingal blieb er einen Augenblick stehen, um sich die Haare im Flurspiegel glatt zu streichen, die Krawatte zurechtzuziehen und die Zähne zu entblößen, um festzustellen, wie sein Lächeln wohl auf Gracie gewirkt hatte.

»Hier ist es ja ganz dunkel.« Er schaltete das Licht an und durchquerte mit liebenswürdiger Miene das Zimmer, um die Vorhänge zurückzuziehen.

»Ich habe solche Angst gehabt.«

»Warum denn, Sie albernes Mädchen? Sie hätten doch einfach Ihre Lampe anschalten können.«

»Ich habe gedacht, Sie hätten mich allein gelassen.«

»Wo sollte ich denn hin? So etwas würde ich doch nicht tun, oder?«

»Ich habe die Lampe nicht finden können.«

»So sonderlich viel Sinn hat die Lampe nicht, wenn Sie alles umstoßen, sobald Sie sie anmachen wollen, meinen Sie nicht auch?« Er holte ein Handtuch, wischte das Wasser weg und putzte die Bilderrahmen ab. »Wollen wir doch hoffen, dass der Tisch jetzt keine Wasserflecken bekommen hat.«

»Ist es schon Nacht?«

»Nein, es ist kaum fünf vorbei. Ich bringe Ihnen gleich Ihren Tee.«

»Ich dachte, ich hätte meinen Tee schon gehabt. Als Sie nicht gekommen sind, habe ich gedacht, es muss Nacht sein, aber dann habe ich Stimmen gehört, und ich habe gedacht, das sind Fremde …«

»Sie denken aber ziemlich viel, meine Liebe. Kommen Sie, setzten Sie sich ein bisschen auf.« Rau, aber herzlich schob er ihr die Hände unter die Achseln und zog sie im Bett hoch, drückte ihren Oberkörper nach vorn und schüttelte ihre Kissen auf. Dabei schenkte er der Sammlung von Raritäten, die sie darunter versteckt hatte, keine Beachtung. »Machen Sie sich lieber ein bisschen fein, Cynthia. Ich habe eine Überraschung für Sie.«

Sie schrak zurück. »Ich mag keine Überraschungen.«

»Aber es ist eine nette Überraschung.«

»Überraschungen sind nie nett.«

»Diese aber schon. Sehen Sie doch nur, wie sie mir Freude macht.« Er lächelte sie von oben herab an und schob ihr die Bettjacke über die fleckigen Handgelenke. »Kommen Sie, Cynthia. Nehmen Sie sich zusammen. Sie wollen doch hübsch aussehen für Ihre junge Besucherin, oder?«

Sie hielt die Jacke fest. »Ich will sie nicht sehen.«

»Natürlich wollen Sie sie sehen.«

»Ich will sie nicht sehen! Nicht einmal, wenn sie auf Knien zu mir hereingerutscht kommt. Sie ist gewöhnlich, sie hat einfach keine Manieren. Sie gehört nicht zu unserer Familie. Sie braucht gar nicht meinen, sie hätte nach all der Zeit noch einen Anspruch auf mich …«

»Was reden Sie denn da?«

»Sie ist immer schon egoistisch gewesen, ganz und gar auf sich selbst fixiert ...«

»Es ist nicht Lena; die Betreffende ist hundertmal besser als Lena.«

»Es ist doch nicht dieser Arzt, oder?«

»Natürlich nicht. Ich habe Ihnen doch gesagt, dass es eine Überraschung ist. Kommen Sie, ziehen Sie sich etwas über.« Er knöpfte ihr die Jacke über der eingefallenen Brust zu. »Wollen Sie nicht doch gehen?«

»Nein.« Seine Finger strichen an ihrer Kehle vorbei, als er den obersten Knopf zumachte. »Bürsten Sie mir die Haare, Josh.«

»Das können Sie doch selbst machen.«

»Ich möchte aber, dass Sie es tun.«

»Tja, aber nur, weil ich möchte, dass Sie für Ihren Besuch hübsch aussehen.« Er nahm die Haarbürste in die Hand, und sie beugte den Kopf nach vorn, damit er die dünnen Haare glätten konnte, durch die die Kopfhaut schimmerte. »Das wär's dann.«

»Sehe ich einigermaßen aus?«

»Ja, schon.«

»Dann geben Sie mir einen Kuss. Sie haben mir noch keinen Kuss gegeben.«

»Ihren Tee habe ich Ihnen auch noch nicht gegeben.« Er ging zur Tür. »Bleiben Sie noch einen Augenblick liegen, und seien Sie brav.« Sie lag da, ohne sich zu rühren, und starrte die Tür an.

Graziella hatte inzwischen ihren Mantel ausgezogen. Darunter trug sie einen schwarzen Pullover, aus dem blass ihr zarter Hals ragte. Sie trat einen Schritt vor, Josh mit strahlender Miene hinter ihr, und nahm Mrs Fingals Hand.

»*Buona sera, signora.*«

»Das ist Gracie – die kleine Graziella aus Salvione, erinnern Sie sich noch? Wir haben uns ein paar Mal nett unterhalten im alten Albergo, stimmt's? Und jetzt ist sie hier in London, was für eine Überraschung.«

»Ihnen geht es nicht gut, Signora?«

»Natürlich geht es ihr gut – sie ist nur einfach nicht mehr die Jüngste. Sagen Sie ihr guten Tag, Gracie. Sie ist nur überrascht, das ist alles. Wir bekommen nicht oft Besuch, deshalb ist sie so erstaunt. Hat es Ihnen die Sprache verschlagen, Cynthia?«

»Ich will meinen Tee.«

»Ich bringe ihn gleich, Signora.«

»Nein, nein, das muss Josh machen. Ich will nicht, dass sie es macht.«

»Wissen Sie, sie ist manchmal ein bisschen eigenwillig. Na schön, altes Mädchen, ich mache Ihnen Ihren Tee. Das geht ganz schnell.«

Graziella stand schweigend neben dem Bett und ließ sich von Mrs Fingal mustern. Einige Minuten lang herrschte, abgesehen vom Ticken der Uhr und Mrs Fingals pfeifendem Atem, Stille, während Josh in der Küche herumhantierte.

»Wo, haben Sie gesagt, kommen Sie her?«

»Aus Salvione, Signora – aus Italien.«

»Nicht aus Mailand?«

»Nein, Signora.«

»Ich bin vor vielen Jahren in Mailand gewesen – nach dem Weltkrieg. Mit meinem Mann. Wir haben mehrere Wochen dort verbracht, geschäftlich. Wir sind immer am Meer gewesen und haben Eis gegessen.«

»Nicht am Meer, Signora, das Meer ist in Salvione.«

»Tatsächlich? Wir sind immer am Meer gesessen und haben uns über die Mosaiken unterhalten. So schöne Mosaiken, mit kleinen Lämmern und Blumen und Vögeln, wirklich hübsch. Wir haben sie beide hübsch gefunden.«

»Ich kenne sie, Signora. Sie sind schön.«

»Tatsächlich. Sie kennen sie? Dann waren Sie also auch schon in Mailand. Natürlich ist das viele Jahre her, gleich nach dem Weltkrieg, aber ich werde sie nie vergessen. Ich habe Postkarten davon, auf dem Kamin …« Sie beugte sich ein wenig vor, um zum Kaminsims hinüberzudeuten, und Graziella ging zu den Karten hinüber. Sie waren mittlerweile gewellt und staubig.

»*Ah, sì*, ich kenne sie – die kleinen Schafe und die Kaiserin mit ihren Damen. Und unser Herr auf der grünen Wiese.«

»Ja, ja, und die Tauben. Das sind alles kleine Stückchen Stein, wissen Sie, nicht größer als Briefmarken – stellen Sie sich das einmal vor! –, die werden zusammengesetzt zu so wundervollen Bildern.«

»In Salvione wir machen immer noch Mosaiken. Nicht mehr so schön, nur für Touristen. Und viel *ceramiche*, Teller, Bilder und viele Sachen.«

»Wie heißen Sie gleich noch mal?«

»Graziella. Graziella Torroni. Ich bin aus Salvione, in der Nähe von Rimini.«

»Ich bin schon mal in Rimini gewesen. Da habe ich Mr Evans kennengelernt.«

»Ich auch. Ich arbeite im Hotel.«

»Welches Hotel?«

»In Salvione.«

»Warum sind Sie dann hier?«

»Zum Arbeiten.«

Sie sahen einander einen Augenblick lang an. Dann beugte sich die alte Dame nach vorn, zog dabei ihre schäbige Bettjacke um ihren Hals hoch, einen schnellen Blick zur Tür werfend, und flüsterte: »Von ihr bekommen Sie keinen Shilling. Wirklich keinen Shilling. An Ihrer Stelle würde ich woandershin gehen. Sie ist hart. Stahlhart. Sie war früher Krankenschwester, wissen Sie, sie ist fürchterlich herrschsüchtig. Er muss natürlich zu ihr halten, und er beschwert sich nie. Aber ich merke ja, was los ist. Er ist sensibel, die ganze Angelegenheit muss sehr enttäuschend für ihn sein. An Ihrer Stelle würde ich woandershin gehen. Pst!« Sie sank in die Kissen zurück und zog die Bettdecke bis unters Kinn hoch, als sie draußen das Klappern des Geschirrs hörte, doch sobald Josh hereinkam, entspannte sie sich wieder.

»Da wären wir also. Da ist Ihr Tee, Cynthia – aber passen Sie auf, dass Sie ihn nicht wieder verschütten.« Er stellte ihr eine volle Tasse auf den Tisch neben dem Bett. »Gracie und ich trinken den unseren draußen im Wohnzimmer.«

Mrs Fingal rappelte sich hoch, den Blick auf einen Teller mit belegten Broten gerichtet, der auf dem Tablett blieb. Graziella half ihr, sich bequem hinzusetzen, und gab ihr die Tasse.

»Sie haben belegte Brote gemacht.«

»Ich habe mir gedacht, Gracie hat sicher Hunger.«

»Signora?«

»Geben Sie ihr nichts, Gracie. Die Brote sind mit Käse, da bekommt sie nur Bauchweh.«

»Ich habe kein Mittagessen gehabt.«

»Natürlich haben Sie Ihr Mittagessen gehabt! Maisie hat es Ihnen gegeben, bevor sie gegangen ist. Jetzt vergessen Sie wahrscheinlich auch noch Ihren Namen!« Er sah Graziella an und verdrehte dabei die Augen.

»Ich möchte gern ein belegtes Brot.«

»Na ja …« Graziella warf ihm einen Blick zu. »Na schön – aber das werden Sie mit Sicherheit noch bereuen. Machen Sie mir dann bitte keine Vorwürfe.«

Mrs Fingal nahm sich mit zittrigen Fingern ein Sandwich. Der Tee schwappte in die Untertasse, die Graziella ihr abnahm und auf den Tisch stellte.

»Sie machen sich noch ganz schmutzig. Überlassen Sie das ruhig ihr, Gracie.«

»Sollen wir nicht bleiben?«

»Sie kommt am besten allein zurecht. Und im Wohnzimmer ist es gemütlicher.«

»Lassen Sie uns bloß zum Tee bleiben.«

»Na schön, dieses eine Mal. Dann machen wir aber lieber die Heizung an.« Er setzte das Tablett ab und schaltete den elektrischen Kamin an. Graziella rückte die beiden Rohrstühle ans Bett und setzte sich. Sie lächelte den beiden alten Leuten zu. »*Ecco!* Jetzt ist gut.«

Josh trödelte an jenem Abend länger als üblich herum, bevor er sich zu seiner Frau ins Schlafzimmer gesellte. Er hatte es vermieden, seit ihrer Rückkehr zum Abendessen mit ihr allein zu sein oder auch nur den geringsten Hinweis darauf zu geben, dass irgendetwas nicht in Ordnung sein könnte. Er hatte sich Graziellas Anwesenheit zunutze gemacht, um ein paar Höflichkeiten von sich zu geben; die Abruptheit, mit der Maisie auf Fragen antwortete, und die Kälte ihrer Blicke hatte er einfach ignoriert. Doch jetzt wartete sie auf ihn. Er überprüfte, ob die Riegel an allen Fenstern und Türen vorgeschoben waren, außerdem, ob Fernsehen und Kamin ausgeschaltet waren; er zog Teppiche glatt, schüttelte Kissen auf und ging den Flur entlang zur Toilette. Sonst war nichts mehr zu erledigen. Der ungewohnte Lichtschimmer unter der Tür der Abstellkammer bereitete ihm Freude. Er konnte sich vorstellen, wie Gracie sich in dem engen Raum bewegte, und er blieb einen Augenblick stehen, um auf das Knistern ausgezogener Kleidung zu lauschen, vielleicht auch auf das Quietschen einer Bettfeder. Doch er hörte nichts. Widerwillig ging er weiter.

Maisie hatte sich bereits ausgezogen und wickelte gerade ihre grauen Locken vor dem Spiegel. In dem wattierten Morgenmantel, den Maisie von Mrs Fingal zu Weihnachten bekommen hatte, wirkte ihr Rücken ziemlich breit. Sie sagte nichts. Josh ging leichtfüßig zu seiner Hälfte des Raumes hinüber und begann, leise durch die Zähne pfeifend, seine Kleider auszuziehen. Obwohl er seine Frau dabei nicht aus den Augen ließ, wanderten seine Gedanken durch die Gipswände hinüber in die Abstellkammer.

Er hatte inzwischen das Pyjamaoberteil angezogen und drehte sich züchtig zur Wand um, um aus seiner Hose zu schlüpfen, als Maisie sagte: »Ich bin ja neugierig, was du dir dabei gedacht hast.«

»Hm? Was?«

»Was du dir dabei gedacht hast.«

»Gedacht?« Als er über die Schulter blickte, sah er nur ihr Spiegelbild. Ihre Hände waren immer noch mit den Lockenwicklern beschäftigt.

»Du musst dir doch etwas dabei gedacht haben. Nicht einmal du wärst so dumm, das Mädchen hierher zu uns einzuladen.«

»Ach, du meinst Gracie. Ja. Das eine muss ich dir sagen: Das war wirklich eine Überraschung, als sie plötzlich hier vor der Tür gestanden ist.«

»Du hast sie nicht zufällig eingeladen?«

»Ich? Ach, Maisie. Das würde ich doch nie tun.«

Sie nahm diese Mitteilung mit ungerührtem Blick hin. »Warum ist sie dann da?«

»Tja, Maisie – wir können sie doch nicht einfach wegschicken, wenn sie nicht weiß, wohin, oder? Das arme Mädchen, sie hat kein Zimmer, und die Sprache kann sie auch nicht richtig …«

»Ihr Englisch ist gar nicht schlecht.«

»Ja, sie hat es ziemlich schnell gelernt, nicht wahr? Sie ist gescheit, das habe ich schon in Italien gemerkt. Stell dir mal vor, dass sie sich unsere Adresse gemerkt hat. Rührend, findest du nicht auch?«

Maisie drehte sich vom Spiegel weg, öffnete ihren Morgenmantel und setzte sich aufs Bett. Die Kissen im Rücken, die Hände über dem Bauch gefaltet, sah sie nach wie vor so aus, als sei sie vollständig bekleidet. »Ich warte immer noch darauf, dass du mir sagst, was du dir dabei gedacht hast.«

»Gedacht? Na ja, so richtig gedacht …« Er zog die Hose herunter und setzte sich schnell aufs Bett, mit dem Rücken zu ihr, um die Hose ganz aus- und das Pyjamaunterteil anzuziehen.

Sie sagte mit ruhiger Stimme: »Hier bleibt sie mir nicht, das kann ich dir sagen.«

»Aber Maisie …«

»Morgen, spätestens am Samstag, ist sie weg.«

»Warte mal, Maisie, das arme Mädchen …«

»Sie hat genügend Möglichkeiten – Jugendherbergen oder so etwas Ähnliches, vermutlich ist sie doch katholisch, oder? Dann kann ihr die Kirche was besorgen.«

»Das ist nicht so einfach auf die Schnelle. Ich meine, sie hat eine schwere Zeit hinter sich. Schließlich ist sie gerade erst hier angekommen und sofort bei Sklaventreibern gelandet. Sie hat schlechte Erfahrungen gemacht.«

»Das weißt du nur aus ihren Erzählungen. Aber du fällst doch auf jede Geschichte von so einem Mädchen herein.«

»Maisie, das ist nicht fair.« Er sah sie vorwurfsvoll an und schlang dabei den Gürtel seines Pyjamas um den Bauch. »Sie ist ein nettes Mädchen, das hast du in Italien selbst gesagt. Sie hat immer ein Lächeln auf den Lippen und hält nicht gleich die Hand hin wie das andere Gesindel.«

»Sie bleibt mir nicht im Haus.«

»Bloß, bis sie wieder festen Boden unter den Füßen hat …«

Maisies Hände und Mund verkrampften sich. Als sie dann schließlich etwas sagte, klang ihre Stimme kühler denn je. »Manchmal frage ich mich, wie du es nur machst. Du hast nur Stroh im Kopf, mein Lieber, wirklich nur Stroh. Hin und wieder denke ich mir, deine Großmutter hat dich bewusst dumm gehalten. Du wärst besser dran gewesen in einem Waisenhaus, glaube ich, statt dich ständig an die Schürzenzipfel der Alten zu hängen. Wenigstens hättest du im Waisenhaus das Denken lernen müssen, und zwar ein bisschen weiter als nur für die nächsten fünf Minuten.« Er wandte sich schmollend ab und fing an, seine Uhr aufzuziehen, während sie in gleichmäßig scharfem Tonfall fortfuhr. »Denk doch mal ein bisschen nach, mein Junge. Versuch's mal. Überlass das Denken nicht immer mir. Was wird sie sich wohl zusammenreimen wegen der alten Cynthia? Glaubst du wirklich, wir können jetzt noch jemanden hier brauchen?«

»Ich weiß nicht, was du meinst.«

»O doch, das weißt du wohl. So dumm bist du auch wieder nicht. Und glaube nur nicht, dass ich so blöde bin. Du bist ein offenes Buch für mich.«

Sein Gesicht war inzwischen noch tiefer rosafarben geworden als sonst, und er drehte sich noch weiter weg, faltete seine Hose und hängte seine Jacke über die Lehne des Stuhles. Einen Augenblick später sagte er: »Ich habe gedacht, sie ist jetzt genau das Richtige für uns.«

»Weshalb?«

»Jemand im Haus. Eine Fremde, eine Außenstehende. Sie muss ja nicht lange bleiben, nur ein paar Wochen. Die Leute sehen, dass wir nichts zu verbergen haben.«

Das graue Eis in Maisies Augen schien sich zu bewegen und zu neuen Mustern zu ordnen. Sie erwiderte nichts.

»Schließlich hat Tante Flo damals keiner zu Gesicht bekommen. Ich meine, wir haben nie Besuch gehabt, keine Zeugen, nur einen Arzt, der ein paar Mal gekommen ist. Das hat einmal sehr gut geklappt, aber als Gracie hier aufgetaucht ist, habe ich mir gedacht, hoppla, das ist ja gar nicht so schlecht. Ich meine, wir haben jetzt auch nie Besuch, und man kann ja nicht wissen, was die Leute so denken. Es sieht vielleicht ein bisschen komisch aus, wenn wir das Mädchen vor die Tür setzen, als ob wir etwas zu verbergen hätten.«

»Und wer sollte davon erfahren?«

»Tja, wie du schon gesagt hast: Sie ist katholisch. Ich weiß ja nicht, aber da gibt es Priester und die Beichte und so. Sie würde ja irgendwohin müssen, nicht wahr, und es könnte vielleicht komisch klingen, wenn sie sagt, wir haben sie in aller Eile vor die Tür gesetzt. Aber wenn wir sie noch ein bisschen bleiben lassen, ist alles ganz normal. Wenn irgendjemand fragt, könnte sie sagen, wie gut wir uns um die alte Dame kümmern. Und außerdem ist sie Ausländerin. Sie kennt sich nicht so aus mit Renten und so, sie würde also keine Fragen stellen. Sie könnte dir auch ein bisschen Arbeit abnehmen, beim Kochen zum Beispiel.«

Plötzlich blitzte so etwas wie ein Sonnenstrahl in dem grauen Eis von Maisies Augen auf. »Und ich könnte mich dann intensiver um Cynthia kümmern.«

»Genau. Sie muss überhaupt nichts mit Cynthia zu tun haben. Sie braucht ihr eigentlich nur das Essen zu bringen, vielleicht vom Flur aus. Aber sie wäre eine Außenstehende, wenn jemals jemand nachfragen sollte. Man kann ja nie wissen.«

Maisie strahlte plötzlich. »Joshie, mein junge, vielleicht hast du recht. Jedenfalls glaube ich das jetzt. Nur eine Woche oder zwei, bis sie einen Job findet. Sie kann bei uns wohnen, und dafür spült sie ab und kauft ein – sie kann auch Cynthias Medizin aus der Apotheke holen, das wäre gar nicht so dumm. Du bist ein guter Junge, Joshie.«

Sie strahlte ihn an, und er kam mit rotem Kopf zum Bett, schlug die Decke zurück und legte sich neben sie. Sie zog ihren Morgenmantel aus, kniff ihn leicht ins Ohr und legte sich ebenfalls hin. Er schaltete das Licht aus.

»Aber mach dir keine Hoffnungen, es ist nicht für lange. Wenn ich sage, dass sie gehen muss, dann geht sie.«

»Ja, Maisie. So ist es doch immer gewesen.«

»Guter Junge.« Sie kicherte vor sich hin, drehte ihm den Rücken zu und schwieg.

Josh drehte sich ebenfalls von ihr weg, die eine Hand unter dem Kopf, die andere zwischen den Oberschenkeln. Rücken an Rücken lagen sie, jeder versunken in seinem eigenen Labyrinth aus Gedanken, die ihren kalt und gleichförmig wie ein Uhrwerk, die seinen warm und einfach wie die eines Schuljungen.

Am nächsten Morgen hatte Mrs Evans beste Laune; und im Verlauf des Tages fand Graziella sehr schnell heraus, wie sie ihr alles recht machen konnte. Am Nachmittag ging sie zu The Shops, wo Mrs Evans durch ihr Verhalten zeigte, dass das Mädchen zum Haushalt gehörte. Josh blieb zu Hause, nutzte Graziellas Abwesenheit jedoch, um ihre Habe durchzuwühlen, die ohnehin nicht sehr umfangreich war, und um sein Album sicherheitshalber unter dem Teppich zu verstecken.

Graziella spülte das Geschirr ab und trug die Tabletts für Mrs Fingal hin und her; Mrs Evans erlaubte ihr, ihnen eine Tasse Tee ans Bett zu bringen, bevor sie selbst aufstand und das Frühstück zubereitete. Sie war am nächsten Morgen bereits wach, als das Mädchen den Tee hereinbrachte, saß mit einigen Kissen im Rücken im Bett, den Morgenmantel bis oben hin zugeknöpft, als könne man sie nie überraschen. Doch Josh schlief noch und schreckte hoch, sein Gesicht rosafarben, zog das Pyjamaoberteil bis fast zur Nase hoch und strich sein silbergraues Haar glatt. »Mm – was? Oh – Gracie. Danke, Gracie – *grazie*, das ist sehr nett. *Buon giorno*, Gracie.«

»*Prego.*« Sie lächelte, doch sie schien keinen von ihnen dabei anzusehen – wie sie es im Albergo Garibaldi gelernt hatte, sie setzte das Tablett ab und ging wieder. Nach fünf Minuten stand Mrs Evans auf, tappte ins Bad, betrat dann vollständig bekleidet die Küche, als habe kein neuer Tag begonnen, und fing an, das Frühstück zuzubereiten. Er stand nach seiner Frau auf, ließ sich länger Zeit im Bad, aß das Frühstück, mit Hose, Weste und Morgenmantel bekleidet, die Bartstoppeln wie Raureif auf seinem rosafarbenen Kinn.

Bevor Graziella aus dem Schlafzimmer ging, schenkte sie Mrs Fingal noch eine Tasse Tee ein. Die alte Dame lag auf dem Rücken, den Mund ein wenig geöffnet und eingefallen. Ihr Gesicht war bleich, und ihr Kopf lag klein auf dem Kissen, wie der Kopf einer Bauchrednerpuppe. Sie schrak hoch, als Graziella die Untertasse abstellte.

»Was ist los? Wer sind Sie? Gehen Sie weg«, kreischte sie unter der Decke hervor.

»Ich bin's, Graziella.«

»Was wollen Sie? Ich habe nichts.«

»Ich habe Ihnen Tee gebracht. Sie mögen Tee?«

Sie beruhigte sich ein bisschen. »Wer sind Sie? Sie sind nicht Lena.«

»Ich bin Graziella. Erinnern Sie sich, ich bin vor zwei Tagen angekommen.«

»Wo ist Josh? Weiß Josh davon?«

»*Sì, sì,* Signor Josh ist noch im Bett, er trinkt Tee, genau wie Sie. Kommen Sie, ich helfe.« Mit argwöhnischem Blick ließ Mrs Fingal sich ein paar Kissen hinter den Rücken schieben, die Bettjacke anziehen und zuknöpfen. Sie roch muffig. »Trinken Sie, solange noch heiß ist.«

Graziella nahm Tasse und Untertasse und hielt sie ihr direkt unters Kinn.

»Sie wohnen nicht hier«, stellte Mrs Fingal fest.

»Ein bisschen lebe ich hier. Und Sie?«

»O ja, ich lebe hier. Ich bin ein zahlender Gast. Ich habe ein Recht, hier zu sein.« Sie weigerte sich, noch mehr zu sagen, und schaute Graziella argwöhnisch nach, bis sie aus der Tür war. Dann wartete sie darauf, dass Mrs Evans ihr das Frühstück brachte und Josh, gesättigt, rasiert, den Darm entleert und fröhlich, zu ihr hereinschaute, sie ein wenig neckte, ihr vielleicht sogar die Haare bürstete oder einen Kuss gab.

Nach dem Frühstück schrubbte Mrs Evans den Flur und saugte das Wohnzimmer, bevor sie zu Mrs Fingal ins Zimmer ging, um ihr beim Waschen und Anziehen zu helfen und sie in den Schaukelstuhl zu setzen, der mittlerweile im Wohnzimmer stand. Von dort aus konnte sie aus dem Fenster schauen und darauf warten, dass Josh von seinem Spaziergang zurückkam, oder mit ihm reden, wenn er da war, während Mrs Evans das Mittagessen kochte. Alle ruhten sich aus, Josh in dem Sessel im Wohnzimmer, bis es Tee gab. Manchmal ging Mrs Evans einkaufen. Für Fourpence fuhr sie mit dem Bus die London Road entlang bis zu der Haltestelle, die dem Ortszentrum am nächsten lag, um Seidenstoffe oder Wolle oder kleine Leckereien zu kaufen, die sie und Josh mochten, die The Shops jedoch nicht vorrätig hatten. Für sie war das so etwas wie ein kleiner Ausflug. Nach dem Tee sah man fern, was Mrs Fingal durch die Wand hörte, und später bereitete man das Abendessen vor und aß. Danach richtete man Mrs Fingal zum Schlafen her, sah noch ein bisschen fern, trank etwas Heißes und ging zu Bett. Das war der Tagesablauf.

Graziella gab sich größte Mühe, sich so nahtlos wie möglich in diesen Tagesablauf einzufügen. Sie merkte schon bald, welche Aufgaben Mrs Evans gern abgab und welche sie selbst erledigen wollte. Sie behielt die Kontrolle über die alte Dame und erlaubte Graziella lediglich, sie am Morgen zu wecken, die Vorhänge zurückzuziehen, Mrs Fingal ein paar Kissen unter den Rücken zu schieben und sie sanft in den neuen Tag hineingleiten zu lassen; sie durfte die Tabletts hin und her tragen und ihren Nachttopf ausleeren. Mrs Evans kochte, Graziella musste abspülen, das Gemüse putzen, die Böden wischen und den Ofen sauber machen. Außerdem durfte sie die Wäsche machen, die Josh bis dahin einmal pro Woche in die Wäscherei gebracht hatte. Der größte Teil davon war Mrs Fingals Bettwäsche.

Graziella erledigte das alles mit einem Lächeln. In Salvione hatte sie oft genug Laken gewaschen und sie oben auf dem Dach des Albergo aufgehängt, damit sich die klare Luft darin fing, oder sie hatte sie mittels einer Rolle über die enge Gasse bei ihrem Haus gezogen. Sie hätte gerne gekocht, aber sie sah andererseits auch ein, dass diese Aufgabe der Hausfrau zustand. Sie merkte schon bald, wo sie aneckte, und zog sich nach der Arbeit lieber in die Abstellkammer zurück, als sich Mrs Evans' Zorn zuzuziehen, weil Josh ihr Komplimente machte. Oft ging sie am Nachmittag, wenn die anderen sich ausruhten, hinaus in die Einöden von Meadow Road, Flowerfield Avenue, The Shops und London Road. Die Landschaft hier war der in der Gegend von Salvione gar nicht so unähnlich; sie war flach und monoton, die Felder halb bebaut und halb industrialisiert, dazu die Wucherungen von Zweckbauten und die Hauptverkehrsstraße mit ihrem dröhnenden, stinkenden Verkehr. Doch jenseits davon lag nicht das Meer, das geduldig an Sand und kleinen Krabben leckte; und jenseits der Kohlfelder und Zementfabriken lag auch nicht das Gebirge, auf dessen Rücken stolze Städte residierten. Soweit Graziella das beurteilen konnte, erstreckte sich diese Einöde endlos, über ganz England. Und darüber lag ein Himmel, den immer wieder Flugzeuge durchschnitten, der keine zwei Stunden gleich aussah, trotzdem immer trübe und grau blieb, sich nie strahlend zeigte. In Salvione ergoss sich der Regen üppig aus purpurroten Wolken, wie in einer Oper von Verdi. Hier tröpfelte er von einer geschlossenen Wolkendecke herunter, um die Menschen zu ärgern. Die Häuser und Fabriken schienen geschlossen zu sein, als würden sie nicht benutzt werden. Selbst die Unordnung war noch ordentlich, nirgends gab es etwas Unnützes. Der einzige Luxus waren die Blumen – Krokusschneisen in den ordentlichen Vorgärten, und eine Ahnung von Forsythien. Graziella schlenderte die sauberen Gehsteige entlang, wo es keine Pfützen gab und wo auch die Bordsteinkanten nicht abbröckelten. Sie schaute in die Schaufenster, die nicht nur besser dekoriert, sondern auch besser beleuchtet waren als die zu Hause, und sie betrachtete die Menschen, deren Wesen sie nicht erahnen konnte hinter ihren unverbindlichen Gesichtern. Sie schienen ihr immer nur zu lächeln, nie richtig zu lachen, zwar missbilligend dreinzuschauen, aber nie richtig wütend zu werden. Abgesehen von den kreischenden Jugendlichen erhob hier nie jemand die Stimme. Man hörte lediglich die Flugzeuge und den Verkehr, und in den ruhigeren Straßen die eigenen Schritte, und, je später es wurde im Jahr, auch zunehmend Vögel, die sich in den niedrigen, auch hier frühlingshaft saftigen Bäumen versteckt hielten.

Wenn sie wieder nach Hause kam, trat sie leise durch die hintere Tür, denn sie wollte Mrs Evans nicht stören oder Josh zu ihr herauslocken. In ihrem Zimmer war es kalt, denn sie wollte den Paraffinofen nicht zu oft anmachen. Sie zog Mantel und Schal aus und legte sich aufs Bett, die rauen, langfingrigen Hände über dem Bauch verschränkt. Eine Weile döste sie vor sich hin; wenn sie dann wieder aufstand, kniete sie sich neben das Bett und stützte die Stirn in die Hände, durch die sie den

Rosenkranz Perle für Perle zog. Sie versuchte, nicht zu weinen; aber es fiel ihr schwer.

In einem so kleinen Haus wollte jede Bewegung, die den anderen verborgen bleiben sollte, wohl bedacht sein. In der Küche herrschte Mrs Evans. Im Wohnzimmer lauerte Josh hinter seinem Bauch, seinen ausdruckslosen blauen Augen und seiner Zeitung. In der Abstellkammer versteckte sich Graziella wie ein flatterhafter Vogel. Sie hatte kaum eigene Sachen in dem Raum, nur ein paar Kleidungsstücke, ein Kruzifix sowie ein Bild von der Madonna Raphaels und von ihrer Mutter. Einmal hatte Josh in der Woche, nachdem Graziella zu ihnen gekommen war und Mrs Evans sich zum Postschalter begeben hatte, an die Tür geklopft, weil er das Album mit den alten Leuten holen wollte. Er hatte sich bewusst Zeit gelassen, denn es war nicht viel Platz in dem kleinen Raum. So hatte sich ausreichend Gelegenheit für ihn ergeben, den scherzhaften Körperkontakt mit ihr zu suchen. Graziella hatte sich lächelnd entschuldigt und war hinüber zu Mrs Fingal gegangen, die sich, genau wie die anderen beiden, versteckte und wartete. Wartete, dass Josh sie besuchte, oder manchmal lehnte sie einfach nur dösend gegen die Kissen gelehnt. Sie wachte auf und sah Graziella in der Dämmerung neben dem Bett sitzen. »Wer ist denn das? Ist das Alice?«

»Ich bin's, Graziella.«

»Graziella. Ich habe Sie für Alice gehalten. Natürlich sind Sie nicht Alice, wie dumm von mir. Aber einen Augenblick …«

»Wer ist Alice, Signora?«

»Niemand. Natürlich nicht. Sie war ja noch ein Kind. Wie alt sind Sie?«

»Zwanzig Jahre, Signora.«

»Das habe ich mir gedacht. Natürlich nicht. Außerdem sind Sie dunkelhäutig.«

»In Italien gibt es viele dunkelhäutige Menschen.«

»Natürlich. Das ist die römische Herkunft. Römer sind immer dunkel. Alice war hell.«

»Sie war aus Ihrer Familie?«

»Sie war erst zehn – so ein hübsches, intelligentes Kind. Bauchfellentzündung – und sie haben es nicht gemerkt. Sie war zehn.«

»*Ai*, wie schlimm, ein Kind verlieren! Gott vergisst das nicht.«

»Gott? Sie gehören sicher zu den Katholiken, oder?«

»Ja, Signora.« Graziella erhob sich, schaltete die Lampe ein und zog die Vorhänge zu. Die alte Dame beobachtete sie mit argwöhnischem Blick, nahm jedoch den Kamm und den Spiegel, den Graziella ihr hinhielt, entgegen.

»Sie sind überhaupt nicht so wie sie. Wie alt, haben Sie gesagt, sind Sie?«

»Zwanzig Jahre.«

»Sehen Sie? Alice war erst zehn.«

»Das ist lange her?«

»Ja, ja, lange. Mein Gott, ja. Vielleicht glauben Sie das nicht, aber ich bin schon fast achtzig.«

»Achtzig? *Ai, Signora!*«

»Ja.« Sie nickte selbstgefällig. »Schon fast achtzig. Und bis vor ein paar Monaten habe ich noch ganz gut laufen können – oh, ich konnte einen ganzen Kilometer gehen und habe es kaum gespürt. Mein Mann und ich sind immer viel zu Fuß gegangen. Komm, hat er gesagt, gehen wir wandern, und schon waren wir unterwegs. Damals war alles natürlich noch viel ländlicher – Hendon, Golders Green, Mill Hill, das war alles Ackerland. Wir haben Alice immer zum Picknick mitgenommen. Sie hat so gerne Brombeeren gepflückt, ihr kleiner Mund war dann immer ganz dunkelrot. In Italien gibt es keine Brombeeren, oder?«

»Ich glaube, nein, Signora.«

Mrs Fingal rappelte sich mit leuchtenden Augen hoch. »Wenn Sie mir den kleinen Koffer oben vom Schrank herunterholen, zeige ich Ihnen ein Foto von Alice. Ich habe es schon einmal aus dem Koffer geholt, aber sie hat es weggeräumt, weil sie es abstauben wollte. Dann sehen Sie, dass Sie sich wirklich nicht ähnlich sind.« Graziella ging zum Schrank hinüber. »Er liegt ganz oben, ein dunkelblauer Koffer mit meinen Initialen. Darin sind alle meine persönlichen Dokumente verstaut.«

»Ich kann nichts sehen hier.«

»Unsinn, natürlich ist der Koffer da. Ein kleiner, blauer Lederkoffer mit den Buchstaben C. M. F. unter dem Griff.« Graziella holte einen Stuhl und stieg darauf. »Hier ist nichts, Signora.«

»Aber er muss doch da sein. Der Koffer ist immer dort oben gewesen. Mr Evans hat ihn dort hinaufgelegt, als ich hierher gekommen bin. Meine Papiere und kleinen Schätze sind darin. Ich habe die Manschettenknöpfe herausgeholt, da war der Koffer noch da …«

Graziella stieg wieder von dem Stuhl herunter und stellte ihn weg. Dabei wischte sie sich die Hände ab. »Da ist jetzt nichts, aber es sind viele Schachteln und Gepäck in meinem Zimmer. Vielleicht ist der Koffer dort?«

»Aber warum sollte sie das tun? Es sind doch nur meine persönlichen Papiere darin. Ich habe immer hinaufgeschaut, wenn ich im Bett war …«

»Vielleicht wegen Sicherheit. Vielleicht auch wegen – *pasticcio*, zu viele Sachen in Zimmer.«

»Aber warum sollte sie den Koffer wegnehmen? Es sind meine persönlichen Papiere darin, Familienpapiere und Erinnerungsstücke. Der Koffer geht nur mich etwas an …« Sie zitterte am ganzen Körper, und ihre Hände wanderten nervös über die Bettdecke. Graziella trat ans Bett heran und nahm die Hände der alten Frau in die ihren.

»Beruhigen Sie sich, Signora. Kommen Sie, ruhig, lehnen Sie sich zurück, atmen Sie durch. Niemand tut Ihren Schachteln etwas. Ich gehe in mein Zimmer und schaue, ob sie dort sind. Warten Sie einen Moment ganz ruhig, bis ich komme zurück. Ja?« Sie drückte Mrs Fingal sanft in die Kissen. »Warten Sie ganz ruhig.«

Kurze Zeit später war sie wieder da, den Koffer in der Hand. »*Ecco!* Ist das der richtige?« Sie legte den Koffer mit einem Lächeln auf das Bett, und Mrs Fingal riss ihn sofort an sich. »Wie ich denke, es sind viele, und der da ist auch dabei. Ist jetzt alles gut? Sind Sie zufrieden?«

»Das ist sehr nett von Ihnen. Danke.« Ihre knotigen Finger tasteten an den Schlössern und dem Griff herum.

»Sie wollen aufmachen?«

»Nein. Nein, ich glaube nicht, dass ich ihn aufmachen werde, nicht heute.«

»Sie wollen mir nicht das Bild zeigen?«

»Nein, nicht heute.« Ihre Aufmerksamkeit galt nicht mehr länger Graziella und auch kaum noch dem Koffer; sie hatte sich an einen Ort des Zweifels zurückgezogen, und dieser Zweifel spiegelte sich auf ihrem Gesicht wider. Wieder begann ihr Kopf, ein wenig zu wackeln.

»*Va bene, Signora.* Ich lege auf Schrank, wenn Sie wollen.« Sie wollte den Koffer nehmen, doch Mrs Fingal hielt ihn fest.

»Nein. Nein, Sie müssen ihn zurückbringen. Bringen Sie ihn wieder dorthin zurück, wo Sie ihn gefunden haben.«

»Aber Sie wollen doch hierhaben.«

»Nein, nein, machen Sie sich da mal keine Gedanken. Sie müssen ihn dorthin zurückbringen, wo Sie ihn gefunden haben.«

»Aber warum?«

»Ich muss Ihnen das nicht erklären. Machen Sie einfach nur, was ich Ihnen sage. Ich bin niemandem eine Erklärung schuldig. Ich bin völlig unabhängig, ich kann machen, was ich will. Bitte bringen Sie ihn sofort wieder zurück.«

»Aber er gehört doch Ihnen, Signora!«

»Ich weiß schon, dass er mir gehört. Natürlich gehört er mir, schließlich sind meine persönlichen Papiere darin. Bringen Sie ihn jetzt schnell wieder zurück, bevor sie es merkt.«

»Was merkt?«

»Dass wir ihn angefasst haben, natürlich!« Sie schob den

Koffer das Bett hinunter, mit zittrigen Händen und hektischem Atem. »Gehen Sie, gehen Sie. Bringen Sie ihn zurück. Bringen Sie ihn schnell zurück.«

Graziella nahm den Koffer. »Gut, wenn Sie das wollen. Sie müssen ruhig sein. Ich nehme den Koffer jetzt …«

»Sofort, hören Sie, sofort.«

»*Sì, sì, pronto.*«

Mrs Fingal sank zurück, schwer atmend, mit grauen Lippen. Ihr Herz schlug wie wild, es schien ihren ganzen Körper auszufüllen. »Ich brauche – eine Pille.«

»*Poverina* – wo?«

»Frisierkommode.«

Graziella stellte den Koffer ab, ging hastig zur Frisierkommode hinüber, fand das Schächtelchen mit den Pillen, goss Wasser in ein Glas und half Mrs Fingal beim Schlucken. Dann hielt sie ihre trockene alte Hand zwischen den ihren, um sie zu beruhigen. »Jetzt – sehen Sie – besser jetzt, ja? Sie müssen nicht so aufregen. Ich mache, was Sie wollen. Das ist das Beste, ja? Kommen Sie, beruhigen Sie sich.«

»Ja – ja.« Sie schloss die Augen.

»Die Pillen sollten gleich hier liegen, wo Sie sie finden können.«

»Das mag sie nicht.«

»Sie sollten Wasser haben.«

»Das verschütte ich immer.«

»So.« Sie ließ ihre Hand los, legte das Pillenschächtelchen wieder auf die Frisierkommode und schüttete das übrige Wasser in den Nachttopf. »*Allora*, jetzt bringe ich zurück Ihren Koffer.«

Als Graziella wieder zurück war, ließ Mrs Fingal die Tür nicht mehr aus den Augen.

»Sehen Sie, alles in Ordnung. Koffer ist wieder in meinem Zimmer bei den anderen. Und ist abgesperrt, Signora, ich drücke, um nachzuschauen. Und Sie haben Schlüssel?«

»In meiner Handtasche.«

»Also ist alles sicher. Möchten Sie Handtasche, damit Sie ganz sicher sind?«

»Nein, das mag sie nicht. Ich bringe die Dinge darin durcheinander und verstreue alles auf dem Bett. Aber ich weiß, wo sie ist, sie ist im Schrank. Oder in einer von den Schubladen. Irgendwo. Ich brauche sie nicht, jetzt, wo ich nicht mehr ausgehe. Wissen Sie, ich mache nur Unordnung.«

Graziella setzte sich wieder und faltete die Hände im Schoß. »Vielleicht Sie gehen ein bisschen hinaus, wenn die Sonne scheint? Ich führe Sie, ganz langsam, ganz sanft?«

»Es ist zu kalt.«

»Wenn der Sommer kommt …«

»Zuerst muss der Frühling kommen.«

Die Tür ging auf, und Mrs Evans kam herein. »Ach, was für eine Idylle. Sie unterhalten sich wohl ein bisschen, was?« Sie entdeckte sofort die zurückgezogenen Vorhänge, den Kamm und den Spiegel auf dem Nachttischchen, »Legen Sie die wieder dorthin zurück, wo Sie sie herhaben, Gracie, und dann laufen Sie, und setzen Sie das Teewasser auf, seien Sie ein gutes Mädchen.« Sie trat ans Bett und schob die Decke zurück. »Und vermutlich müssen wir auch hinaus, bevor es ein kleines Missgeschick gibt, nicht wahr?«

In den vergangenen Monaten waren Mrs Fingals Beine ziemlich schwach geworden. Sie konnte sich nur vom Bett zum Stuhl bewegen, wenn sie sich an den Möbeln festhielt. »Passen Sie auf, meine Liebe«, sagte Mrs Evans dann, schüttelte die Kissen auf und räumte alle Kleinigkeiten weg, die darunter versteckt waren, »Sie wollen doch nicht hinfallen und sich ein Bein brechen.« Zitternd sank Mrs Fingal dann auf einen Stuhl, den Morgenrock um ihren Körper gehüllt. Zur Toilette musste man sie begleiten. Sie schleifte die Füße nach auf dem polierten Linoleum, und ihr heftig pochendes Herz machte sie so hilflos, dass sie sich an jeden Menschen klammerte, der ihr half, als habe sie tatsächlich jede eigene Kraft verloren. Mrs Evans führte sie schnell, schneller, als die alte Dame eigentlich gehen konnte; sie schwang sie hastig herum, hob ihr das Nachthemd von ihrem zusammengedrückten Hinterteil hoch und ließ sie auf den Sitz plumpsen, die Tür zur Toilette nur hastig mit dem Ellenbogen halb zugedrückt. Der Ausflug war so aufregend für Mrs Fingal und machte sie so nervös, dass sie ihn immer so lange wie möglich hinauszögerte, oft mit verheerendem Ergebnis. »Sie sind schon ein schlimmes Mädchen, meine Liebe«, sagte Mrs Evans dann, riss das Gummilaken herunter und ließ es auf den Boden fallen. »Sie sollten nicht so lange warten. Wir wollen doch keine Bettpfanne, oder? Eine Bettpfanne bedeutet in Ihrem Alter doch das endgültige Aus.«

Mrs Fingal anzuziehen, das war Schwerstarbeit, doch dabei durfte Graziella helfen, nachdem sie ein paar Tage bei ihnen war. Aber das galt nur für die Schuhe und die äußeren Kleidungsstücke; bei allen anderen Dingen blieb Mrs Fingal prüde. Graziella schob die steifen Arme in die Ärmel, machte Verschlüsse zu, glättete Krägen und Röcke, brachte Bürste und Kamm, kniete nieder und schob die steifen Füße in die Schuhe. Wenn sie dann wieder stand, streckte sie die Hände nach Mrs Fingal aus, die sie zitternd ergriff, zog sie auf die Beine, ihren schmalen Körper dagegenstemmend, legte den Arm um Mrs Fingals gekrümmten Rücken, fing ihr Gewicht mit der Schulter und der anderen Hand auf, und führte sie langsam und gleichmäßigen Schrittes bis zum Wohnzimmer hinüber, wo Josh hastig hinter seiner Zeitung hervorkam, um ihr zu helfen. Er kam zwar immer ein bisschen zu spät, aber wenigstens hatte er so Gelegenheit, seinen Arm kurz um Graziella zu legen, ihre Schulter zu streicheln, ihre Hand zu drücken, seinen Bauch an ihrer Hüfte zu reiben, während sie die alte Dame in den Schaukelstuhl verfrachteten. Bei solchen Ausflügen bekam Mrs Fingal leuchtende Augen, und ihr Herz schlug wieder schneller, doch auch das war nicht sonderlich angenehm für sie. Sie hatte ein bisschen Puder aufgelegt und ihr Gebiss in den Mund geschoben; und einmal, als Josh nicht da war, wie sie eigentlich erwartet hatte, ging sie ganz allein zum Fenster hinüber, um nach ihm Ausschau zu halten. Aber als Josh merkte, dass Mrs Fingal immer von Graziella hereingeführt wurde, war er jedes Mal zur Stelle.

Während Graziella es Mrs Fingal so behaglich wie möglich einzurichten versuchte, ging diese nicht immer sehr freundlich mit ihr um. Sie vergaß sehr schnell, was das Mädchen für sie tat, und sie konnte es oft kaum erwarten, bis Graziella endlich hinausgegangen war, damit sie mit Josh allein sein konnte. Was er immer mit einigem Seufzen und Lächeln und ein paar dummen

Scherzen hinter sich brachte, ohne wirklich bei der Sache zu sein. Wenn das Mittagessen fertig war, hatte er Mrs Fingal bisher immer zum Küchentisch geführt, wo sie alle aßen. Nun erbot Graziella sich, das zu tun, und Mrs Evans sagte: »Tja, meine Liebe, warum eigentlich nicht. Das würde mir und Mr Evans ein bisschen Arbeit abnehmen. Natürlich wird das der alten Dame nicht gefallen. Schließlich lebt sie richtig auf, wenn sie Mr Evans berühren kann.«

»Mr Evans?«

Mrs Evans lachte herzlich beim Servieren. »Sie hat einen Narren an ihm gefressen, die arme Alte. Eigentlich ist das ziemlich albern in ihrem Alter. Aber manchmal werden alte Menschen eben so.«

»Sie hat keine Familie?«

»Keine Menschenseele. Sie hat niemanden auf der Welt gehabt, bevor wir sie bei uns aufgenommen haben. Wissen Sie, ich bin einfach der Meinung, dass man helfen muss, wo man kann.«

»Ist sie richtig krank?«

»Sie ist gebrechlich. Außerdem ist ihr Herz nicht gerade das Beste, sie könnte jeden Augenblick ihren letzten Atemzug tun. In den letzten sechs Monaten ist es mit ihr ziemlich bergab gegangen.«

»Es ist der – *spirito* –, der schwach wird, wenn man die ganze Zeit im Bett ist. Wenn Sie erlauben, versuche ich jeden Tag ein bisschen mit ihr zu gehen. Vielleicht ihre Beine dann wieder kräftiger werden.«

»Natürlich könnten Sie das versuchen – aber ich glaube nicht, dass Sie damit allzu weit kommen. Das bringt sie nur durcheinander, wenn man zu viel von ihr verlangt. Und wir wollen doch nicht, dass sie verwirrt ist, denn dann bekommt sie nur wieder einen von ihren Anfällen.«

»Aber immer im Bett, wenn draußen Sonne ist, und sie nicht wirklich krank – das ist traurig.«

»So ist das Leben eben, meine Liebe. Ich meine, wir werden alle einmal alt.«

Als sie die alte Dame holte, dachte Graziella an ihre Mutter und Großmutter, die beide zehn Jahre älter aussahen, als sie wirklich waren in ihrem Witwenschwarz, doch beide waren noch stark – körperlich und geistig. Sie zog Mrs Fingals Stuhl näher an den Tisch heran und steckte ihr sanft die Serviette unter dem Kinn fest.

Danach, wenn sie wieder allein waren, sprach Graziella ihr Mut zu. »Kommen Sie, Signora, nur einen kleinen Schritt. Haben Sie keine Angst, ich lasse Sie nicht fallen. Noch einen – sehen Sie, Sie sind stark! Hier, meine Hand – *allora, avanti!* Gut, gut. Ist das Bett, das macht Ihre Beine schwach. Zusammen machen wir sie wieder stark, ja?« Keuchend und ächzend schob sich Mrs Fingal auf das Wohnzimmer zu, mit der einen Hand stützte sie sich an der Wand ab, mit der anderen hielt sie sich an Graziella fest. »Sehen Sie, jeden Tag einen Schritt mehr. Da erzählen Sie mir, Sie gehen viel. Wenn *la primavera* kommt, gehen Sie wirklich wieder viel.«

»Was für ein hübsches Wort.« Sie blieb stehen, hob plötzlich den Blick und nahm Graziella zum ersten Mal wirklich wahr. »*Primavera* …«

»*Sì – la primavera*, wenn alle Blumen und die Sonne und die kleinen Tiere kommen …«

»*Primavera* …« Mit verträumtem Gesichtsausdruck machte sie noch einen weiteren Schritt, aber sie war nicht mehr so konzentriert, und Graziella musste sie wieder stützen.

»Hallo! Da seid ihr ja endlich! Habe ich mir's doch gedacht, dass ich euch gehört habe.« Josh rappelte sich hinter seiner Zeitung hoch, die zu Boden fiel, und kam auf sie zugetrottet, um ihnen zu helfen. »Lassen Sie mich – genau – ganz ruhig …« Dabei legte er seine Hand über die Graziellas und tat so, als wolle er der alten Dame helfen. Seine Nüstern waren gebläht, um Graziellas Duft und Wärme aufzusaugen, und seine Augen huschten von ihrem Nacken zu ihren Brüsten, als sie sich nach vorn beugte, das kleine Goldkreuz schwang hinter dem Stoff ihres Kleides verborgen hin und her. »Das wär's dann also – wieder ganz ruhig, ja? Sie sehen ja wirklich fröhlich aus heute Morgen, Gracie kümmert sich ordentlich um Sie, stimmt's? Gracie ist schon ein tolles Mädchen, habe ich nicht recht?« Dabei legte er ihr väterlich die Hand auf die Schulter, und sein Körper begann zu kribbeln.

»*Prego.*« Lächelnd ging sie auf die andere Seite des Stuhls, um ein Kissen zurechtzurücken. »Ich gehe jetzt.«

»Meine Hände sind kalt, Josh. Reiben Sie mir die Hände.« Seine Augen waren immer noch auf die Tür geheftet, als Graziella sie schon längst hinter sich geschlossen hatte. »Mm? Was meinen Sie?«

»Meine Hände sind kalt, Josh. Reiben Sie sie für mich.« Sie streckte sie ihm entgegen. Sie waren sehnig und zitterten ein wenig.

»Mm? Ach so, ja. Kalt sind sie? Arme alte Cynthia.« Geistesabwesend zog er sich einen Stuhl heran und setzte sich neben sie. Dabei nahm er eine ihrer Hände in die seinen. »Sie sind immer kalt. Immer schon gewesen. Mein Mann hat mich deswegen immer aufgezogen – kalte Hände, warmes Herz, hat er gesagt, und dann hat er sie mir immer gerieben, wie Sie das jetzt machen. Seine Hände waren immer warm, wie die Ihren. Warm wie Toast.« Ihre Finger lagen krumm zwischen seinen breiten Handflächen, aber seine Wärme stieg ihr den Arm hinauf, bis zu den Gelenken. Und schon wurde ihr das Atmen leichter, und ihre Lippen verzogen sich zu einem Lächeln. »So ist es besser. Das ist schön. Kalte Hände, warmes Herz – das ist ein altes Sprichwort, nicht wahr? Man muss natürlich das Beste draus machen. Das ist schön. Männer haben immer so warme Hände. Ich habe nie eine Wärmflasche gebraucht, als mein Mann noch am Leben war. Warm wie Toast.«

Er riss sich zusammen. »Geben Sie mir die andere auch noch. Genau, so ist's gut. Sie können doch hier nicht frieren, oder?«

»Ich friere nie, wenn Sie da sind. Josh, wenn es warm wird, gehen Sie dann wieder ein bisschen mit mir spazieren?«

»Das werden wir sehen, wenn es soweit ist.«

»Wenn es warm wird – *la primavera*, so sagen sie dazu. Ist das nicht ein wundervolles Wort? Es gibt ein berühmtes Bild von einem großen alten Meister mit dem Titel *Primavera*. Hier hat es einen anderen Namen, aber der eigentliche Titel ist *Primavera*. Es hängt in Mailand. Die Sonne macht alles anders. Wir gehen wieder ein bisschen zusammen spazieren, ja, Josh?«

»Wenn Sie das schaffen.«

»Ich werde es schaffen. Ich bin immer gut zu Fuß gewesen. Wir haben lange Wanderungen unternommen, mein Mann und ich, in den Downs und auf dem flachen Lande.« Sie senkte die Stimme. »Aber das müssen Sie *ihr* nicht erzählen. Vielleicht hört sie das nicht so gerne.«

»Was, die kleine Gracie?«

»Nein, nein – nicht die. Manche Frauen sind nun einmal ziemlich besitzergreifend.«

»Da täuschen Sie sich aber gewaltig, wenn Sie von Maisie sprechen.«

»Mein lieber Josh, Sie stehen immer zu ihr. Aber ich habe da so meinen eigenen Eindruck.«

Er ließ ihre Hand los und tätschelte ihr Knie, bevor er mit seinem Stuhl zurückrückte. »Und mit dem liegen Sie ganz schön falsch, altes Mädchen.«

Das brachte sie sofort durcheinander. »Glauben Sie das wirklich? Sie sind doch jetzt nicht böse mit mir, oder? Natürlich ist sie eine wundervolle Frau, und da sie ja eine ausgebildete Krankenschwester ist ...«

»Sie weiß, was sie tut, Maisie weiß das ganz genau, machen Sie sich da mal keine Sorgen.«

»Da haben Sie sicher recht. Männer kennen sich bei solchen Sachen immer am besten aus. Reiben Sie mir doch bitte auch noch die andere Hand, die ist kalt.«

Und er ließ sich tatsächlich dazu überreden.

Gegen Ende der zweiten Woche sagte Mrs Evans zu Graziella: »Ich will Sie ja nicht drängen, meine Liebe, aber wie kommen Sie denn voran mit der Arbeitssuche?« Sie rollte gerade mit forschen, geübten Bewegungen Teig aus, und Graziella schälte Kartoffeln über dem Waschbecken.

Einen Augenblick verharrte das Messer über dem Schmutzwasser, doch dann schälte Graziella weiter. »Ich schaue jeden Tag.«

»Sie haben doch auch auf Anzeigen geantwortet, oder?«

»Ja, viele.«

»Es ist schon eine Schande, dass die Leute nicht zurückschreiben. Ich meine, Sie bekommen nie Post, höchstens einmal einen Brief von Ihrer Familie. Waren Sie schon beim Arbeitsamt oder bei der Agentur, die Ihnen Ihre erste Anstellung vermittelt hat?«

»Nein.«

»Tja, bei uns sagt man: ›Wer arm ist, kann nicht wählerisch sein.‹ An Ihrer Stelle würde ich zum Arbeitsamt gehen. Die haben sicher irgendetwas. Das Amt liegt gleich beim Broadway, die Busfahrt die London Road hinauf kostet Sixpence.«

»Das mache ich.«

»Ich will Sie nicht loswerden, meine Liebe, bitte verstehen Sie das nicht falsch. Aber das Haus hier ist einfach ziemlich klein, und wir treten uns ohnehin gegenseitig auf die Zehen. Das wird auf Dauer doch ein bisschen viel für uns alle, meinen Sie nicht auch?«

»Sie waren sehr freundlich.«

»Ach, ich erwarte keine Dankbarkeit. Schließlich muss man doch helfen, wo man kann, meinen Sie nicht auch? Aber unser Geld reicht auch nicht ewig. Und noch eines: Ich glaube, die alte

Dame verwirrt es nur, wenn so viele Menschen hier herumlaufen.«

»Sie mag mich nicht?«

»Darum geht es nicht, meine Liebe. Alte Leute können ein bisschen komisch sein. Wissen Sie, in ihrem Alter lebt sie sozusagen nur noch auf Pump. Die kleinste Aufregung, ein Sturz oder etwas Ähnliches – und schon kann ihr Lebenslicht verlöschen. Der Arzt hat uns gewarnt.«

»Es tut mir leid. Aber ich glaube, sie hat Angst.«

»Angst?« Ihre mehligen Hände und Unterarme hielten inne, und sie musterte argwöhnisch Graziellas gebeugten Rücken. »Was meinen Sie mit Angst?«

»Angst vor dem Alter – vor Stürzen, vor allem. Wenn ich ihr helfe, kann sie etwas tun. Ich glaube, ist nicht gut, so viel im Bett.«

Frisches Mehl wurde gesiebt, der Teig hochgehoben und gewendet, und das Nudelholz rollte immer wieder darüber hinweg. »Ich bin seit zweiundvierzig Jahren ausgebildete Krankenschwester. Sie erzählen mir also nichts Neues. Natürlich hat Bettruhe auch gewisse Nachteile, meine Liebe, aber was hat man mit einem schwachen Herzen schon für eine Wahl? Dazu kommen noch die Gefahr eines Sturzes und einer gebrochenen Rippe und weiß Gott was alles in ihrem Alter. Die unqualifizierten jungen Leute von heute reden leicht daher, aber sie besitzen einfach nicht genügend Kenntnisse. Wenn ein Mensch so wackelig auf den Beinen ist wie diese arme Alte, ist das eine Vollzeitbeschäftigung, sie ohne Zwischenfälle zu Hause zu versorgen.«

Graziella hatte sich mit aufgeregtem Gesichtsausdruck

umgewandt. »*Sì, sì* – das weiß ich. Verzeihen Sie, Signora, ich möchte nicht, dass Sie zornig sind. Aber ist traurig, alt und einsam, wenn man nicht gehen kann. Ist sicher besser, ein bisschen probieren, ein bisschen hoffen? Ich glaube, sie ist schon wieder mehr stark.«

»Wie meinen Sie das, meine Liebe?«

»Ich hake sie, wenn sie geht. Ich sage ihr, sie kann das. Ich sitze mit ihr, und sie redet, wir sind Freunde.«

»Tja, das ist sehr nett von Ihnen, Gracie.« Klack, klack, klack sauste der Teigschneider in der starken, mehligen Hand herunter und schnitt flache Scheiben ab. »Aber ich weiß nicht so genau, ob dies so gut für sie ist. Abgesehen davon, dass sie sich vielleicht überanstrengt, kommt auch noch das psychologische Problem dazu. Wissen Sie, das regt sie zu sehr auf, wenn man sie ermutigt, mehr zu tun, als sie eigentlich tun kann. Mir ist das in den letzten Tagen mehr als einmal aufgefallen. Sie war durcheinander, aufgeregt. Ich habe ihr am Abend eine Tablette geben müssen, damit sie einschläft. Das hat doch keinen Sinn, oder?«

»Es tut mir leid …«

»Ja, meine Liebe, das glaube ich Ihnen gerne. Das wollten Sie sicher nicht. Aber genau das passiert, wenn Leute ohne Pflegeausbildung zu helfen versuchen. Überlassen Sie alles mir. Ich bin eine ausgebildete Schwester und habe jahrelange Erfahrung mit alten Leuten. Ich habe Mr Evans kennengelernt, als ich in einem Altenheim gearbeitet habe – eine von den alten Damen war seine Großmutter. Sie hat ihn zu sich genommen und aufgezogen, als er noch ziemlich jung war. Unter uns gesagt: Sein Vater ist einfach verschwunden und hat sie nach dem Ersten

Weltkrieg allein gelassen. Sie haben nie wieder von ihm gehört. Und seine Mutter ist an der Grippe gestorben. Also hat seine Großmutter ihn aufgezogen, sie waren ein Herz und eine Seele, die beiden, aber am Ende ist sie senil geworden, wissen Sie, und so haben wir uns kennengelernt. Deshalb«, dabei legte sie die Teigkringel in die eingefettete Form und gab einen Löffel voll Marmelade auf jeden davon, »wissen wir eine Menge über alte Menschen, Mr Evans und ich. Sie überlassen lieber uns die Sorgen und suchen sich selbst eine Arbeit, meine Liebe.«

An jenem Nachmittag nahm Graziella den Bus die London Road hinauf, wie Mrs Evans es ihr gesagt hatte, aber sie ging nicht zum Arbeitsamt. Das hätte keinen Sinn gehabt, denn sie hatte keine Arbeitserlaubnis und hatte auch nie für eine Familie in Westminster gearbeitet. Zwei Stunden lang bummelte sie durch die Geschäfte und beneidete die Mädchen um ihre Arbeitsstellen; ihr Gesicht wurde dabei immer blasser, die Ringe unter den Augen immer tiefer, und der Gürtel ihres Rockes schien sie nach einer Weile in zwei Hälften zu zerschneiden. Sie suchte sich ein Café, wo sie sich erleichtert eine Tasse – Tee oder Kaffee, so genau ließ sich das nicht sagen – bestellte, und löste unter ihrem Mantel den Haken an ihrem Rockbund. Es waren mittlerweile kaum mehr als drei Monate, und viel war noch nicht zu sehen; nur sie selbst bemerkte die versteckte Rundung an ihrem Bauch. Sie hatte ohnehin Glück, dass ihr nicht die ganze Zeit übel war, Tante Gina war es jeden Morgen bis zum vierten Monat übel gewesen; sie war immer mit grünlichem Gesicht zum *gabinetto* geschlichen, die Haare strähnig herunterhängend, während ihr Mann, der jüngste Bruder von

Graziellas Mutter, noch schlief. Sie hatte Glück, dass ihr es nicht so schlecht ging, wo doch das Haus so klein war und alle sie mit Luchsaugen beobachteten. Sie spürte, wie ihr die Tränen in die Augen traten, und faltete hastig die Hände unter dem Tisch … Gegrüßet seist du Maria …

»Nein«, sagte sie, als sie wieder bei den Evans' war. »Sie haben nichts für mich. Sie schreiben mir.«

Sie legte sich aufs Bett, dachte an Mario und schlief ein, die schmalen Hände über der kleinen Rundung ihres Bauches. Am nächsten Morgen arbeitete sie härter denn je, um Mrs Evans zufrieden zu stellen, und ging nach dem Mittagessen aus dem Haus, nicht zum Arbeitsamt, wie sie sagte, sondern um die Straßen entlangzuschlendern und sich eine Weile auf einen Kinderspielplatz zu setzen. Die Hoffnung, doch noch eine katholische Kirche zu finden, hatte sie inzwischen aufgegeben. Dass sie die Messe nicht besuchen konnte, belastete sie schwerer als Marios Kind in ihrem Bauch, doch in diesen Straßen befanden sich nur die geschlossenen, sterilen Kirchen der Protestanten; sie hatte noch nirgends eine Nonne entdecken können, und sie wagte auch nicht, einen Polizisten zu fragen und diesen damit auf sich aufmerksam zu machen. Gott wusste, dass sie vieles zu beichten hatte, und weil Er das wusste, würde Er ihr doch sicher verzeihen? Am Sonntag blieb sie in ihrem Zimmer, wenn sie ihre Arbeiten erledigt hatte, um Mrs Evans nicht auf sich aufmerksam zu machen; aber am Montagmorgen sagte Mrs Evans: »Sie brauchen mir nicht beim Abspülen zu helfen, Gracie, fahren Sie lieber gleich zum Arbeitsamt, solange dort noch nicht so viel los ist. Da bekommt man die besten Jobs.« Also verließ sie das

Haus, nahm den Bus und bummelte wieder durch Woolworth und die größeren Läden, und erneut wusste sie nicht, was sie tun oder wohin sie gehen sollte. Mit stoischer Miene lief sie den Weg, den sie gekommen war, zu Fuß zurück: Der Verkehr der London Road dröhnte an ihr vorbei, als sie das Einkaufszentrum verließ; die größeren Gebäude machten allmählich Reihenhäusern Platz, Büros und kleinen Läden, die die unteren Stockwerke der viktorianischen Cottages einnahmen, Telefonzellen und überdachten Bushaltestellen. Sie war zäh, aber Verzweiflung und Erschöpfung machten sie schwindelig. Sie betrat ein Lokal mit dem Namen Daisy's Snack Bar und bestellte einen Kaffee, der aus einer Espressomaschine brodelte. »Noch etwas dazu?«

»Nein. Doch.« Sie warf einen Blick in den Glaskasten mit den Kuchen und Torten. »Das da.«

Dann zog sie eine Münze aus der Tasche und trug das Essen zu einem Tisch. Sie war der einzige Gast. Sie schüttete Zucker in den Kaffee und stützte den Kopf in die Hand, rührte geistesabwesend in der Flüssigkeit herum, unfähig, das Gebräu zu trinken. Es war noch nicht Mittag. Bis zum Nachmittag konnte sie nicht wieder zum Haus zurück, denn sonst würde Mrs Evans zornig werden. Wenn sie zornig wäre, würde sie Graziella zwingen zu gehen; selbst der alte Signor Josh wäre nicht in der Lage, das zu verhindern. Und wenn Graziella gehen musste, wo sollte sie sich dann hinwenden, so ganz ohne Freunde, ohne Arbeitserlaubnis, mit einer begrenzten Summe Geldes in der Handtasche, Marios Kind im Bauch, und im Kopf ihre Pläne für eine gemeinsame Zukunft, die sich mittlerweile als albern und falsch erwiesen hatten. Eine Lösung gab es immer. Gott ließ es nicht zu, dass man verzweifelte. Nonna hatte schließlich nicht umsonst fünf Kinder in den kargen Hügeln Apuliens aufgezogen, Papa den Krieg in Äthiopien und Ägypten überlebt, Mamma die Familie zusammengehalten, während die grauen und dann später die khakifarbenen Armeen über ihr Land hinwegfegten. Als sie Mario erzählt hatte, sie sei schwanger, hatte sich sein Gesicht erhellt wie bei einem Feuerwerk; er hatte ihre Hände und dann ihr Gesicht und ihren Nacken mit Küssen bedeckt, bevor er merkte, welche Schande und wie viele Probleme die Situation mit sich brachte. Sie hatten ihre Pläne nicht aus Verzweiflung, sondern mit Hoffnung geschmiedet: um ihren Familien die Schande zu ersparen und um einer wirtschaftlichen Situation zu entgehen, die in ihrem eigenen Land nicht für alle reiche Ernte abwarf. In England gab es Arbeit. Sie sollte zuerst gehen, bevor ihre Familie etwas von ihrem Zustand erfuhr, sie sollte die Einladung des alten Signor Josh ausnutzen, ohne vorher eine Arbeitserlaubnis zu beantragen; sie sollte so lange wie möglich bleiben, bis es gelang, eine Arbeitserlaubnis für Mario zu bekommen, damit er ihr nachreisen und sie heiraten konnte. Sie würden einander haben, ihre Arbeit und ihr Kind. Verzweiflung durfte es nicht geben. Aber im Augenblick konnte sie nicht genügend Kraft für die Hoffnung aufbringen.

»*Ah, gra–* danke.«

Er sah sie von oben herab an. »*Italiana, no?*«

»*Sì.*«

»*Io egualmente.*«

»*No! Vero?*«

»*Sì, vero. Carraro, Giuseppe Carraro.*«

»Graziella Torroni.« Sie gaben einander die Hand, und Carraro setzte sich auf den Platz gegenüber von ihr. Er war klein und bleich, hatte wache Augen, abgekaute Fingernägel, trug einen schmuddeligen weißen Kittel und bequeme Schuhe. Sein Italienisch klang schon ein wenig englisch.

»Wo kommen Sie her?«

»Aus Salvione, in der Nähe von Rimini. Und Sie?«

»Das ist so viele Jahre her, dass ich es schon fast vergessen habe. Aber ganz doch noch nicht. Aus Urbino sind wir – nicht weit von Rimini, was für ein Zufall. Die Welt steckt voller Zufälle. Damals in den Dreißigerjahren hat mein Papa immer gesagt: ›Hier ist kein Platz für kleine Frösche, wenn überall diese großen schwarzen Frösche herumquaken‹, also hat er uns alle nach England gebracht, Mamma, meine drei Brüder und mich. Da war ich erst fünf oder sechs, ich weiß es nicht mehr so genau. Und was passiert? Plötzlich bricht ein Krieg aus, und wir sind britische Staatsbürger. Also lande ich beim Militär, als der Krieg bereits fast vorbei ist, und sie schicken mich nach Italien – komisch, finden Sie nicht auch? Und was mache ich da? Ich lerne ein dickes italienisches Mädchen kennen, bringe sie später mit hierher und mache ihr drei Kinder – im Juni kommt schon wieder eines. Und wo lerne ich sie kennen?« Er schlug sich mit der flachen Hand gegen die Stirn. »In Urbino. Sie ist eine Kusine oder so etwas Ähnliches. Ist das nicht merkwürdig? Nach all den Jahren muss ich wieder dorthin zurück, wo ich eigentlich herkomme, um eine Frau zu finden.«

»Urbino ist schön.«

»Pah, was gibt's schon in Urbino? Alte Mauern, fette Touristen, leere Bäuche. Hier geht es uns nicht schlecht. Jeder hat hier Geld – und Geld will schließlich zu Geld, heißt es doch, oder? Haben Sie einen Verlobten?«

»Ja, in Rimini.«

»Warum lässt er Sie allein nach London fahren? Ist er denn kein Mann? Das soll natürlich ein Kompliment für Sie sein.«

»Natürlich. Es gibt Probleme. Arbeit findet man nicht so leicht dort, es sei denn, man ist Techniker oder in der Touristikbranche – und selbst da gibt es Probleme. Alle haben uns gesagt, in England gibt es genügend Arbeit. Also haben wir ausgemacht, hierher zu kommen, hier zu heiraten und genug zu sparen, damit wir wieder nach Hause und uns ein kleines Geschäft kaufen können, mit Artikeln für die Touristen, Postkarten, Strohhüten, Sandalen. Für den Anfang Kleinigkeiten, aber mit ein bisschen Glück später schickere Sachen, Strandkleidung, Pullover – genau weiß ich es auch nicht, aber ich habe ein Gespür dafür. Vielleicht könnte man so sagen: Ich habe den Sinn fürs Geschäft, und er hat den Geschmack. Wir würden das schon schaffen.«

»Und bis dahin?«

»Bis dahin …« Sie nippte an ihrem Kaffee. »Um eine Arbeitsgenehmigung zu bekommen, muss man erst eine Stelle nachweisen. Für Mario ist das schwierig, denn der kennt hier niemanden, er hat keine richtige Ausbildung, ist nur angestellt im Büro. Also haben wir beschlossen, dass ich zuerst hierher komme.«

»Und Sie arbeiten?«

Sie zögerte ein wenig, »Ich bin bei Freunden.«

»Für Frauen gibt es immer Arbeit. Zum Beispiel im Krankenhaus, da sucht man händeringend nach Leuten, die kochen und putzen.«

»Ich weiß. Aber das kann ich nicht.«

»Warum nicht? Sie sind doch schließlich Italienerin, oder? Sie können schuften wie ein Pferd.«

»Ich habe keine Papiere.«

»Keine Papiere? Sie meinen, keine Arbeitserlaubnis?«

»Nein. Ich bin einfach hierher gekommen, weil ich geglaubt habe, ich kann meinen Freunden zur Hand gehen, und sie freuen sich. Aber das ist nicht so.« Langsam kullerten ihr nun die lange zurückgehaltenen Tränen die Wangen hinunter.

»*Ai, mamma mia*, Sie sind doch verrückt! Warum haben Sie sich die Papiere nicht besorgt? Was haben Sie denn geglaubt, wie Sie hier leben wollen? Meinen Sie denn, die Engländer geben jedem dahergelaufenen Ausländer eine Arbeitsgenehmigung? Pillen, falsche Zähne und Operationen kann man hier kriegen, aber mit der Arbeit ist das eine andere Sache.« Ganz in der Nähe heulte eine Fabriksirene auf. Carraro erhob sich. »Bleiben Sie hier, gehen Sie nicht weg.« Er öffnete die Tür hinter der Theke und brüllte: »Clara!« Im oberen Stockwerk rührte sich etwas, und eine Stimme antwortete ihm: »*Sì, sì,* ich höre.« Carraro hantierte an Kaffeemaschine und Ofen herum. »Gleich wird hier die Hölle los sein, da kommen die Leute aus der Fabrik am anderen Ende der Straße. Damit verdiene ich mir meinen Lebensunterhalt. Bleiben Sie sitzen, wir unterhalten uns später weiter.«

Schon öffnete der erste Gast die Tür, und nach kurzer Zeit herrschte in dem Lokal das absolute Chaos. Die Gäste drückten sich hinter die schmalen, im Boden verankerten Tische auf die schmalen, im Boden verankerten Bänke, schlangen die Toasts in sich hinein, dazu Pommes, glänzende Brötchen mit Fett- oder Käserändern, tranken hastig den hellen Kaffee und den dunklen Tee oder schlürften aus den Limonadeflaschen. Sobald sich einer hinausquetschte, nahm ein anderer aus der Wartereihe bei der Tür oder vor der Theke seinen Platz ein; manche aßen an der Theke, wieder andere nahmen ihre Brötchen und Doughnuts mit, um sie anderswo zu verzehren. Die meisten von ihnen waren junge Leute, unterhielten sich lautstark, die Jungen mit Haaren, die ihnen bis über die Ohren reichten, und großen Füßen am Ende ihrer spindeldürren Beine, die Mädchen mit wallenden Haaren oder dichten Stirnfransen. Die Geschlechter blieben fein säuberlich voneinander getrennt, auch wenn die jungen Männer manchmal bewundernde Pfiffe ausstießen oder eine Einladung herüberriefen, die die Mädchen ablehnten. Sie alle kamen wegen des Essens und auf eine Zigarette in Daisy's Snack Bar, zu einem kleinen Gespräch und auf ein wenig Ruhe, bevor die Sirene sie wieder an die Arbeit rief.

Hinter dem Tresen arbeitete Carraro mit geübten Bewegungen, bediente, schenkte Getränke ein, gab Wechselgeld zurück, während seine Frau Clara in der Nische hinter ihm in einem Dunst aus heißem Fett briet und toastete. Das Einzige, was Graziella von ihr sah, war eine prall gespannte Schürze und dunkles, brennscherengewelltes Haar, das der Frau bis zur Schulter reichte. Die beiden Eheleute sprachen nicht miteinander, nur hin und wieder gab er ihr eine Anweisung, doch abgesehen davon arbeiteten sie völlig konzentriert in ihren jeweiligen Bereichen. Von Jugendlichen gegen die Wand gedrückt, die sie mit neugierigem Blick musterten, erinnerte Graziella sich an das Albergo Garibaldi und an die Signora, die sich jedes Tablett einzeln ansah, damit auch keine Portion zu groß ausfiel; daran, wie die Engländer immer wieder Lob wegen des Essens aussprachen, wenn auch vermutlich nur deshalb, weil sie es nicht kannten. Auch Signor Josh hatte das getan und dabei der Kellnerin, wann immer es ging, das Hinterteil getätschelt; Signor Ziegenbock hatte Francesca ihn insgeheim genannt. Sie sah den Carraros bei der Arbeit zu, und als sich der Andrang ein bisschen gelegt hatte und niemand mehr neben ihr saß, schlüpfte Graziella hinter ihrem Tisch hervor und fing an, die Tische abzuräumen; sie trug die schmutzigen Tassen und Teller hinter die Theke zu der bereits vollen Spüle. Carraro spülte schnell das Geschirr, das er für neue Bestellungen benötigte; mehr Zeit war nicht.

Schließlich ertönte erneut die Sirene, und die letzten Kunden drängten lärmend aus dem Lokal. Auf den Tischen und auf dem Boden hinterließen sie Strohhalme und Flaschenverschlüsse, Kekstüten, Zigarettenstummel und leere Verpackungen, Krümel, verschütteten Zucker und Saucenpfützen. Die Fenster waren beschlagen, die Spüle stank nach Fett und Zigaretten. Hinter der Theke breitete sich eine Landschaft aus Fett, Krümeln, schmutzigem Wasser und Geschirr aus. Clara drehte sich um und sank auf einen Hocker. Auch ohne ihren Siebenmonatsbauch war sie füllig, eine massige, traurige Frau mit mattem Händedruck. Sie starrte Graziella mit ausdruckslosem Blick an, als Carraro ihr erklärte, wer sie war; ein schwaches Lächeln huschte über ihr grobflächiges Gesicht, als sie das Wort Salvione hörte. Sie hievte ihren schweren Körper aus dem Stuhl und ging hinüber zur Spüle.

»Nein«, sagte Graziella, »das mache ich schon.«

»Sie sind hier Gast. Clara ist daran gewöhnt.«

»Lassen Sie mich ruhig. Als kleinen Dank dafür, dass wir uns kennengelernt haben.«

»Nun ja …«

»Ich bin an diese Arbeit gewöhnt.« Sie nahm ein Tuch und steckte es in ihren Rockbund wie eine Schürze. »Es macht mir Spaß, wieder so viele Sachen spülen zu können wie daheim. Setzen Sie sich, Signora, ruhen Sie sich aus. Sie sind schon lange auf den Beinen.«

Clara sah ihren Mann an, der nach einer Weile nickte. Claras Blick wurde sanft, und sie streckte Graziella noch einmal die Hand hin. »Danke, Signorina.« Mit leisem Seufzen ließ sie sie allein.

Carraro fing an, den Abfall in einen Eimer zu schütten. »Wie ich Ihnen gesagt habe: Ein großes, dickes italienisches Mädchen, spricht nicht einmal Englisch, immer noch nicht nach all den Jahren – aber sie ist gut, eine gute Frau und eine gute Mutter. Die Kinder sind in der Schule, der Jüngste hat gerade erst angefangen; er ist fünf, und ich hatte gedacht, er ist der Letzte. Ich hätte es besser wissen sollen! Nichts als Kinder, sie fressen einem die Haare vom Kopf.« Er versuchte, den Lärm des Wassers zu übertönen, das in die Spüle lief, wischte die Theke ab und dann die Tische. »Als wir angefangen haben, war mein Bruder noch bei mir. Wir sind gut zurechtgekommen, es hat alles geklappt wie am Schnürchen. Dann wollte seine

Frau umziehen, ans andere Ende von London, eine Tagesreise weg. Was sollte ich da machen? Er hat eine Engländerin geheiratet, da habe ich schon mehr Verstand gehabt, finden Sie nicht auch? Und jetzt ist er in einer Fabrik, wie die ganze Horde, die wir gerade gesehen haben, steckt Drähte in kleine Kisten. Ist das denn ein Leben für einen Mann? Wir vermissen ihn nicht allzu sehr, Clara und ich; wenn die Kinder in der Schule sind, schafft sie das alles ganz gut. Aber jetzt ist es schwierig – sie muss eine Menge Gewicht mit sich herumschleppen, und ihre Beine schwellen an, die arme kleine Clara. Ich weiß nicht, was nächste Woche ist. Ich muss wohl jemanden finden für das Lokal, was?«

Es war schon fast sechs Uhr, als Graziella wieder zu den Evans' zurückkehrte. Josh hörte ihre Schritte und war bereits vor ihr an der Haustür. »Wir haben uns schon gefragt, wo Sie geblieben sind.«

»Es tut mir leid.« Sie trat ein.

»Ist alles in Ordnung?« Er legte ihr den Arm in echter Sorge um die Schultern. Sie lächelte ihn von unten herauf an, bevor sie sich aus seiner Umarmung befreite.

»Natürlich. Ich habe Arbeit.«

»Was?«, rief Mrs Evans vom Wohnzimmer, worauf Graziella an die Tür trat. Umgeben von all ihren gestickten Sachen, saß Mrs Evans in Mrs Fingals Schaukelstuhl vor dem Fernseher.

»Ich habe Arbeit, Signora. In einem Café an der London Road, bei Italienern.«

»Bei Italienern? Das ist schön.«

»Ja. Den ganzen Tag spreche ich kein Wort Englisch, nur Italienisch. Ist wie zu Hause!«

»Sie sehen auch wirklich fröhlich aus. Das hat Ihnen das Arbeitsamt vermittelt, oder?«

»Das Arbeitsamt? *Ah sì*, die haben mich geschickt.«

»Ich habe Ihnen doch gesagt, dass sie etwas für Sie finden würden, oder?«

»Wir haben uns gefragt, wohin Sie verschwunden sind, Gracie.«

»Tut mir leid. Ich fange Arbeit sofort an.«

»Also haben Sie jetzt erst einmal ausgesorgt?«

»Oh ja. Jeden Tag, von halb neun. Aber ich kann immer noch helfen, Signora.«

»Das heißt, Sie wollen bleiben?«

»Natürlich bleibt sie, Maisie.«

»Ich meine, wenn es Ihnen recht ist? Wenigstens noch ein bisschen. Ich kann jetzt zahlen. Sie sind so gute Freunde.«

»Natürlich bleibt sie. Wir könnten doch nicht ohne unsere Gracie auskommen, oder?« Er tätschelte ihre Taille mit der Hand.

Einen Augenblick herrschte Schweigen; die beiden Eheleute sahen einander über Graziellas Kopf hinweg an. Dann nahm Mrs Evans ihren Stickrahmen wieder in die Hand. »Ich bin froh, dass Sie etwas gefunden haben. Jetzt müssen wir mal sehen, wie alles klappt, nicht wahr?«

Mit einem Lächeln schlüpfte Graziella an Josh vorbei in ihr Zimmer. Sie nahm sich nicht einmal die Zeit, ihren Mantel auszuziehen, kniete neben dem Bett nieder und sprach ein Dankgebet für die Carraros. Sie hatten ihr sogar gesagt, wo eine katholische Kirche war; morgen würde sie früh aus dem Haus gehen und sich noch vor der Arbeit die Beichte abnehmen lassen.

Im Wohnzimmer rieb Josh sich die Hände. »Tja, das sind gute Nachrichten, findest du nicht auch? Ein italienisches Café – stell dir das einmal vor.«

»Ich will sie hier weghaben, bevor der Sommer kommt.«

»Aber Maisie, jetzt ist sie doch sowieso den ganzen Tag nicht da.«

»Ich will sie überhaupt nicht mehr im Haus haben.«

»Du hast doch selbst gesagt, dass sie sich nützlich machen kann. Du hast außerdem gesagt, das macht nach außen hin einen guten Eindruck.«

»Das hat bisher auch gestimmt. Aber das, was wir erreichen wollten, haben wir erreicht. Wir wollen uns doch an unseren Plan halten, oder? Jetzt, wo der Sommer kommt und die Abende länger werden, wird sie die alte Dame ein bisschen hinausführen wollen, damit sie wieder mobiler wird. Dann wird sie wieder kräftiger. Möglicherweise bietet sie ihr sogar an, sie bis zum Postschalter zu begleiten, so dass sie ihre Rente selbst abholen kann. Das würde mich jedenfalls nicht wundern.« Sie warf Josh einen süffisanten Blick zu, der auch ein wenig unsicher wirkte. »Denk erst mal nicht so weit, mein Junge. Das hast du bis jetzt auch nie gemacht. Du wüsstest doch überhaupt nicht, was du tun sollst, wenn du mich nicht hättest.«

»Du bist eine wundervolle Frau, Maisie. Das weiß ich.«

»Hilf dir selbst, dann hilft dir Gott. Das Mädchen kann uns nur noch bei ein oder zwei Dingen helfen, und dann verschwindet sie hier. Wir können Cynthia schließlich nicht auf ewig hier behalten.«

Josh sagte nichts mehr. Als Graziella schließlich hereinkam, um zu fragen, ob sie mit dem Abendessen anfangen solle, gab er vor, ins Fernsehprogramm vertieft zu sein, und wandte nicht einmal den Kopf.

Auf Italienisch:

Rimini

*Graziella, mein Schatz,*

*mit großer Freude habe ich Deinen Brief erhalten, in dem Du mir schreibst, dass Du nicht nur Arbeit, sondern auch Freunde gefunden hast – denn Freunde sind vielleicht sogar noch wichtiger für Dich als die Arbeit, meine tapfere Kleine. Du schreibst nichts darüber, wie es Dir gesundheitlich geht – fühlst Du Dich wohl, schläfst du gut, und isst Du auch genug, damit der kleine Kerl groß und stark wird, auf den Du für mich aufpasst? Ich mache mir Sorgen, weil Du in der Kälte und in dem Nebel in England bist. Wie sehr würde ich mir doch wünschen …*

*… Schön, dass Du gute Nachrichten hast, denn ich habe keine. Mach Dir keine Sorgen, mein Liebling, es wird alles gut, aber im Augenblick stehen die Dinge nicht gerade zum Besten. Ich habe noch einmal mit meinem Cousin gesprochen, aber ohne Bürgen kann nicht einmal er mir eine Arbeitsgenehmigung verschaffen. Der Mann, der dachte, er könne mir helfen, sagt jetzt, es ginge doch nicht (er wohnt in einem Ort namens Bradford, und der ist, glaube ich, ziemlich weit weg von London, also ist das vielleicht ohnehin ein Fingerzeig des Schicksals). Die Zeit vergeht, und ich (und der nette kleine Kerl) können es gar nicht erwarten, zu Dir zu kommen, also muss ich vielleicht einfach mit einem Touristenvisum zu Dir fahren und dann versuchen, etwas zu arrangieren – möglicherweise könn-*

*ten ja die Carraros helfen? Aber im Augenblick fehlt mir das Geld für die Reise. Meine Schwägerin hat sich operieren lassen müssen. Deswegen habe ich Ricardo ein bisschen Geld geliehen, nicht so sehr fürs Krankenhaus, sondern eher für hinterher, wenn wir sie pflegen müssen. Das Geld ist auch für die Kinder. Also wird es noch ein bisschen dauern, bis ich mir die Reise leisten kann. Sei bitte nicht böse, schließlich hättest Du auch gewollt, dass ich das tue. Die Saison hat gerade angefangen – die erste Busladung deutscher Touristen ist am Wochenende hier eingetroffen –, und ich werde wohl am Abend, wenn ich vom Büro heimkomme, in einem der Cafés arbeiten können, vielleicht auch am Samstag und Sonntag. Dann habe ich bald genug Geld, damit ich zu Dir kommen kann. Ich verbringe die Tage wie im Traum, in einem Traum von Dir, von Deinen sanften Augen, Deinem Mund …*

*Auf ewig,*
*Dein Mario*

## 6

Mrs Fingal war sich nicht so ganz klar darüber, wohin Graziella verschwunden war. Sie hatte einige Tage gebraucht, um sich an ihre Anwesenheit zu gewöhnen (sie hatte nie so ganz verstanden, wer sie war), und nun musste sie mit ihrer Abwesenheit zurechtkommen. Während Graziella die Vorhänge zurückzog und Mrs Fingal dabei half, sich aufzusetzen, murmelte diese: »Sie kommen mich jetzt gar nicht mehr besuchen.«

»Liebe Signora, ich komme am Morgen, und ich komme am Abend. Und jetzt bin ich auch hier, oder?«

»Am Tag kommen Sie nie.«

»Am Tag arbeite ich. Erinnern Sie sich nicht? Ich erzähle Ihnen, ich arbeite jeden Tag mit Leuten aus Italien.«

»Wir sind nicht in Italien.«

»Nein, Signora – kommen Sie, lassen Sie mich kämmen Ihre Haare –, wir sind in England, aber die Leute, für die ich arbeite, sie sind aus Italien.« Geduldig erklärte sie ihr alles noch einmal, und für kurze Zeit wusste Mrs Fingal, wie alles war. Doch im Verlauf ihres einsamen Tages wurde sie wieder unsicher. Als Graziella von der Arbeit nach Hause kam und ihr das Abendessen auf einem Tablett brachte, saß Mrs Fingal in Tränen aufgelöst da. »Sie kommen jetzt gar nicht mehr, um mit mir spazieren zu gehen. Sie helfen mir überhaupt nicht mehr beim Gehen.«

»Signora, ich bin nicht hier. Ich bin den ganzen Tag in der Arbeit, wissen Sie noch?«

»Ja, das haben Sie mir gesagt, das haben Sie mir gesagt.«

»Jemand anders hilft Ihnen doch beim Gehen, oder – Signor Josh vielleicht? Oder die Signora?«

»Nein, nein. Niemand kommt. Sie hält ihn ständig auf Trab.«

»Kommen Sie, setzen Sie sich auf, essen Sie etwas.«

»Ich habe Hunger.«

»Dann essen Sie etwas – schauen Sie, die Butterbrote sind ganz dünn geschnitten.«

»Ich habe diese ewigen Butterbrote satt. Und die Ovomaltine macht sie mit Wasser. Ich hätte Lust auf Käse. Auf Käse oder auf gegrillte Scholle.«

»Signora, dann Sie können nicht schlafen. Sie bekommen viel Schmerzen im Bauch. Das ist am besten für Sie, sagt Signora Evans.«

»Ich kann nicht schlafen, wenn ich Hunger habe.«

»Aber Sie haben doch Ihre Pillen. Die lassen Sie schlafen, nicht der volle Magen.«

»Ja, das sagen Sie, das sagen Sie.«

»Kommen Sie, essen Sie.« Sie schnitt das Brot in schmale Streifen und hielt Mrs Fingal einen davon mit einem Lächeln direkt vor den Mund. Widerwillig biss die alte Dame ein Stück ab. »Da – ist doch gut, oder? Am Sonntag machen wir wieder kleinen Spaziergang. Wir gehen im Zimmer herum – dreimal, ja? –, und dann gehen wir hinaus und den Flur entlang und zum *salotto.* Und wenn schöner Tag ist, gehen wir hinaus, ein bisschen den Weg hinunter, ja?«

Mrs Fingal schreckte zurück. »Das würde ihr nicht passen.«

»Warum nicht? Ist gut, Gehen und frische Luft. Vielleicht hilft Signor Josh Ihnen.«

»Nein, nein.« Tränen traten ihr in die wässrigen Augen. »Sie lässt ihn nicht.«

»Signora.« Sie legte ihr die Hand auf die knotigen Finger. »Das dürfen Sie nicht denken. Ich habe gesehen, wie er Ihnen hilft.«

»Nein, nein. Nie lange. Sie ist eifersüchtig.«

»Signora – sie ist Krankenschwester.«

»Sie macht es wegen dem Geld. Ich habe viele Schecks unterschrieben – ich bin unabhängig, ich brauche keine Almosen. Wir haben so viele Gemeinsamkeiten, wir sind früher immer beisammengesessen und haben uns unterhalten. Männer sind so anders, sie wissen einfach viel mehr. Das fehlt mir schon – die Gespräche und wenn ein Mann das Taxi herbeiwinkt, den Wein bestellt, das kann ein Mann einfach besser, und dann die kleinen Aufmerksamkeiten. Er kommt jetzt kaum noch zu mir.«

»Aber Sie gehen doch zum *salotto,* oder?«

»Nein, Sie bringen mich ja nicht hin.«

»Aber irgendjemand bringt Sie doch hin, oder?«

»Nein, nein. Ich gehe jetzt nicht mehr. Ich sitze nur noch auf dem harten Stuhl, während sie das Bett macht, laut und aufdringlich, wie ein Wirbelsturm. Die Toilette, natürlich – aber das macht natürlich nicht er. Manchmal reibt sie mir den Rücken ein, aber mir tun die Fersen weh.«

»Am Sonntag gehen wir spazieren.«

Und das taten sie. Aber nicht in den Garten, denn es war

einer jener chaotischen Apriltage, wo der Regen gegen die Fenster peitscht und die frühen Blüten bricht. Stattdessen führte Graziella Mrs Fingal in die Abstellkammer. Sie setzte sie aufs Bett und zeigte ihr die Bilder von ihrer Mutter und der heiligen Jungfrau Maria sowie Josh' Schnappschuss von ihr selbst und Francesca, der noch immer an den Fenstersims geheftet war. Mrs Fingal zitterte und nickte mit dem Kopf, schaute sich in dem kleinen Raum um, mit weichen Knien. In der einen Woche von Graziellas Abwesenheit waren ihre Beine wieder schwächer geworden, so dass es für beide nicht leicht gewesen war, sie aus dem Bett zu bekommen, den Gang entlang und bis ins Wohnzimmer, wo Josh gerade THE PEOPLE las.

»Ja, hallo – na, Sie statten uns wohl einen kleinen Besuch ab, was?«

»Ist schon lange, seit die Signora in *salotto* war?«

»Na ja, vielleicht einen oder zwei Tage. Die Beine machen nicht mehr so mit, was, Cynthia?«

»Mit mir geht sie.«

»Ja, aber Sie sind ja auch etwas Besonderes.«

Graziella zupfte Mrs Fingals Rock zurecht und schüttelte ihr das Kissen auf. »*Ecco*. Jetzt redet Signor Josh mit Ihnen, bis Mittagessen fertig ist.«

Graziella lächelte, und Josh führte Mrs Fingal zum Tisch und half ihr dann später auch ins Schlafzimmer zurück. Mrs Evans sagte nichts, sie schaute nur ein wenig befremdet zu. Mrs Fingal plapperte lange aufgeregt vor sich hin, bis sie so erschöpft war, dass man sie zum Tee kaum noch aufwecken konnte.

»Sie haben sich zu viel zugemutet«, sagte Mrs Evans am

Abend, kurz vor dem Schlafengehen. »Ich würde mich ja nicht wundern, wenn Sie wieder Fieber bekommen. Wissen Sie, in Ihrem Alter können Sie keinen solchen Raubbau mehr mit Ihrer Gesundheit treiben. Geben Sie mir doch erst mal Ihr Gebiss. Wissen Sie, morgen werden Sie es wieder büßen müssen. Morgen werden wir wieder nichts mit Ihnen anfangen können. Ich glaube. Sie nehmen heute lieber zwei Schlaftabletten. Kommen Sie, schlucken Sie sie, seien Sie brav, schließlich habe ich nicht die ganze Nacht Zeit.«

Am nächsten Morgen vereinbarte Graziella mit Carraro, am Donnerstag einen halben Tag freizunehmen, dem gleichen Tag, an dem Mrs Evans ihre monatliche Runde in den Handarbeitsgeschäften machte. Sie war bereits aus dem Haus, als Graziella zurückkam; Mrs Fingal lag im Bett, und Josh saß schlafend in seinem Sessel im Wohnzimmer. Graziella wusch sich und machte sich ein wenig frisch, zog ihre Arbeitskleidung aus, die nach Bratfett roch, und Rock und Pullover an. Der Gürtel ließ sich nicht mehr schließen; sie musste ihn mit einer Sicherheitsnadel zusammenhalten, aber der Pullover kaschierte das. Sie betrachtete sich im Spiegel. Noch war sie blass, aber nicht mehr so aufgequollen, und sie hatte auch keine dunklen Ringe mehr unter den Augen. Ihr Gesicht wirkte jetzt weicher und voller. In der letzten Woche hatte sie Clara ein- oder zweimal dabei ertappt, wie sie sie mit mildem Blick beobachtete. Wie lange würde es wohl noch dauern, bis auch die Signora, die ja schließlich ausgebildete Krankenschwester war, etwas merkte?

Graziella ging ins Wohnzimmer. Den Bauch wie ein rosiges altes Baby vor sich, schlummerte Josh friedlich in seinem

Sessel. Sonnenlicht fiel auf seine Schultern und glitzerte in den Bartstoppeln auf seinem Kinn. Sie begann, die Zeitungen aufzuräumen, die um ihn herumlagen, und machte dabei mehr Lärm, als eigentlich nötig war, damit er aufwachte. »Was? Wie bitte? Wer? Gracie?« Er rappelte sich hoch. »Gracie? Was machen Sie denn hier?«

»Heute ist mein halber freier Tag.«

»Das haben Sie uns ja gar nicht gesagt.«

Sie faltete die Zeitungen ordentlich zusammen und legte sie auf den Tisch. »Tut mir leid, wenn ich Sie geweckt habe.«

»Nein, nein – ich bin nur einen Augenblick eingenickt. Ich habe gedacht, ich träume, als ich Sie hier gesehen habe.« Er zupfte seine Weste zurecht, versuchte schnell den obersten Knopf seiner Hose zuzumachen, strich sich die Haare glatt und beeilte sich, wieder halbwegs salonfähig auszusehen. »Na, das ist aber eine nette Überraschung. Nur wir zwei, was?«

»Die Signora ist nicht da?«

»Doch, doch, aber sie ist kurz nach zwei Uhr weg. Sie geht gern so früh wie möglich aus dem Haus an ihren – wie ich immer sage – freien Tagen. Wissen Sie, sie hat jedes Mal eine ganze Menge zu erledigen. Sie geht in drei oder vier Handarbeitsgeschäfte, lädt dort ihre Teewärmer und Spitzendeckchen und ich weiß nicht, was noch alles, ab, rechnet ab, plaudert ein wenig mit den Geschäftsinhabern und nimmt ein paar neue Aufträge an, dann macht sie sich gleich wieder auf den Weg zum nächsten Geschäft. Meist muss sie mit dem Bus fahren, um von dem einen Geschäft zum anderen zu kommen, aber irgendwie verbindet sie das alles miteinander, vorausgesetzt, die Läden sind in derselben Gegend. Im nächsten Monat macht sie sich dann in eine andere Richtung auf den Weg und grast ein anderes Gebiet ab. Sie hat alles wunderbar im Griff.«

»Sie näht sehr schön.«

»Ja, da haben Sie recht. Sie hat immer neue Ideen, meine Maisie, sie hält es einfach nicht aus, wenn sie nichts zu tun hat. Wissen Sie, das ist ihr Hobby, und diese Fähigkeit macht sie sich zunutze. Aber setzen Sie sich doch, meine Liebe – Sie sind doch sicher müde, wo Sie den ganzen Tag im Café herumstehen müssen. Wie sagen Sie auf Italienisch dazu – *stanco*, genau, so heißt das. *Stanco*, müde, stimmt's?«

»*Sì, vero.*«

»*Stanco.* Wissen Sie, das Wort ist mir im Gedächtnis geblieben, denn bei uns sagt man, dass jemand stinkig faul ist, da könnte man direkt ein Wortspiel wagen. Sie sind *stanco*, und ich bin stinkig, stimmt's?« Sie stimmte in sein Lachen ein, saß auf Mrs Fingals Schaukelstuhl ihm gegenüber. »Genau, entspannen Sie sich ein bisschen, ruhen Sie sich auch mal aus. Wissen Sie, Sie arbeiten einfach zu viel. Wir haben ein Sprichwort hier, das heißt: ›Erst die Arbeit, und dann das Vergnügen.‹ Das scheint auf Sie zuzutreffen, Gracie. Sie sehen wirklich fröhlich aus.«

»*Grazie, Signore.*«

»*Prego.*«

»*Prego.* Das ist doch die richtige Antwort, oder? *Prego, Signorina.* Ach, Italienisch ist schon eine wundervolle Sprache. Und Sie sind ein wundervolles Mädchen.«

»Ich bin nichts Besonderes.«

»Doch, doch. Sie täuschen sich.« Es gelang ihm, sich weit

genug nach vorn zu beugen, um ihr das Knie zu tätscheln. »Als ich Sie damals in dem alten Albergo gesehen habe, habe ich mir sofort gesagt: ›Das ist ein ganz besonderes, ein nettes Mädchen.‹ Irgendwie haben Sie etwas. Und jeden Tag werden Sie hübscher.«

»Und jeden Tag werden Sie netter, Sie und die Signora. Jetzt, wo ich den ganzen Tag arbeite, kann ich nicht mehr der Signora helfen.«

»Nein, nein, meine Liebe, das macht nichts. Alles klappt bestens.«

»Aber manches wird nicht erledigt. Die alte Signora …«

»Machen Sie sich wegen ihr mal keine Sorgen.«

»Aber Signor Josh …« Sie sah ihn an, die Hände im Schoß gefaltet, und er lächelte sie ein wenig dümmlich an, ohne ihr richtig zuzuhören. »Ich mache mir Sorgen um die alte Signora. Sie kann nicht mehr gehen jetzt, nur noch ein bisschen. Jeden Tag liegt sie im Bett. Keiner geht mit ihr spazieren. Als ich komme, gehe ich mit ihr, langsam, langsam, jeden Tag ein bisschen mehr. Ist gut. Aber jetzt, wo ich ganzen Tag im Café bin, geht niemand mit ihr.«

»Sie wird eben alt, Gracie.«

»Wir werden alle alt – und einsam, oder nicht?«

»Nun ja, nun denken Sie mal nicht an solche Sachen.« Er rückte seinen Stuhl näher an sie heran, so dass er ihre Hand nehmen konnte. Sie entzog sie ihm nicht, als er anfing, sie zu streicheln. »Hübsche junge Mädchen wie Sie sollten an schöne Dinge denken, meinen Sie nicht auch? Jungen, Liebe, solche Sachen. Alle jungen Leute sollten an so etwas denken, Gracie. Damit meine ich auch die Junggebliebenen. Wir können nicht mehr alle so jung und hübsch sein wie Sie, aber wir können wenigstens versuchen, im Herzen jung zu bleiben.«

»Das Herz kann auch jung bleiben, wenn der Körper alt ist. Die alte Signora ...«

»Genau das ist es, Gracie. Sie haben den Nagel auf den Kopf getroffen. Das Herz kann noch jung sein, auch wenn der Körper nicht mehr ganz so jung ist wie früher.« Die Knochen ihrer Hand schienen prickelnde Energie in jeden Teil seines Körpers zu schicken. »Natürlich ist Maisie einige Jahre älter als ich. Wir haben uns erst ziemlich spät im Leben kennengelernt, wissen Sie, und ihr hat das alles auch nie so viel bedeutet, wenn Sie wissen, was ich meine. Ich spüre das manchmal, Gracie. Manchmal habe ich einfach das Gefühl, meine Ehe ist nicht das für mich gewesen, was sie eigentlich für einen kräftigen, leidenschaftlichen Mann hätte sein können. Ein Mann braucht schließlich auch ein bisschen Wärme, jemanden, an den er sich kuscheln kann, oder?«

Sie legte ihre andere Hand auf seine noch immer heftig streichelnden Finger, um sie zur Ruhe zu bringen. »Alle Menschen brauchen Liebe«, sagte sie mit sanfter Stimme. »Nicht nur der Geist, sondern auch der Körper. Die alte Signora liebt.«

Er starrte sie an, denn plötzlich wurde ihm klar, was sie meinte. »Die alle Signora? Cynthia?«

»*Sì*. Sie liebt Sie.«

Er zog ihr die Hände weg und lehnte sich in seinem Stuhl zurück. »Sie ist achtzig.«

Graziella faltete ihre Hände. »In Italien haben wir viele Kinder. Alle sagen, wir haben zu viele, wir müssen dies tun und das, so viele Kinder sind nicht gut. Na schön, vielleicht haben sie recht. Viele Leute sind arm, wir haben nicht viel Geld für Kleider und Fleisch. Aber wenn Italiener sterben, sie sind nicht einsam. Sie haben Kinder. Signor Josh, die alte Signora hat Angst vor Alleinsein. Allein hat man Angst – ich weiß das auch.« Sie schaute unwillkürlich auf ihren kleinen, runden Bauch hinunter. »Bitte, Signor Josh, Sie müssen nett sein zu alter Signora.«

»Nett? Nett? Natürlich bin ich nett.«

»Ich weiß. Deshalb ich rede mit Ihnen. Ist nicht, weil Sie glauben, ich bin hübsch, dass wir Freunde sind in Albergo Garibaldi. Deshalb holen Sie mich auch her. Weil Sie nett sind – nett und einsam.«

»Ach, Gracie, Sie verstehen mich – einsam. Maisie ist einfach älter als ich – wissen Sie ...«

»Sie sollten Kinder haben, Josh. Ich weiß, Sie sind glücklich mit vielen Kindern, vielleicht mit einer Tochter zum Lachen.«

»Ja, ich würde wirklich gern Kinder haben.«

»Damit sich jemand um Sie kümmert und Ihnen Ruhe gibt, wenn Sie nicht mehr so jung sind. Genau wie die alte Signora. Ihre Tochter ist vor vielen Jahren gestorben. Dann ihr Mann. Alle. Jetzt liebt sie Sie.«

»Wissen Sie was, Gracie? Sie sind wirklich ein nettes kleines Mädchen.«

Jetzt streckte sie die Hand aus und griff nach der seinen. »Signor Josh, ich weiß, dass Sie nett sind. Deswegen ich rede mit Ihnen. Jetzt, wo ich den ganzen Tag nicht da bin, glaube ich, hilft niemand der alten Signora. Sie ist viel allein, viel im Bett, da werden ihre Beine schwach und ihr Kopf, ja? Sie ist alt, verschüttet alles, lässt alles fallen, sie ist manchmal ein bisschen dumm, aber im Herzen ist sie jung. Alles ist weg – Menschen, Besitz, sogar Fotos sind weg jetzt wegen Schmutz. Sie hat nichts. Niemand kommt, Signora Evans hat viel zu tun, sie kann nicht immer reden und helfen. Aber Sie könnten das machen. Ein bisschen Zeit hier, ein bisschen Zeit da, das ist alles. Ihr Arm, von diesem Zimmer zum nächsten. Sie könnten bei ihr sitzen. Sie müssen nicht zuhören, ist genug für sie, wenn Sie da sind.«

Er presste ihre Hand auf seinen Oberschenkel. »Sie ist senil. Sie ist gebrechlich.«

»Jetzt ja, aber bald nicht mehr. Wenn ich komme, sie ist schwach, aber jeden Tag sage ich: ›Sie können gehen.‹ Ich helfe ihr, höre ihr zu, und ihr geht es besser, oder nicht? Jetzt bin ich nicht mehr da, und sie ist wieder schwach, noch schwächer, weil sie allein ist. Niemand kommt. Aber Sie werden jetzt immer kommen.«

Er wand sich unter ihrem beharrlichen Blick. »Tja, ich weiß nicht so recht. Sie machen zu viel Aufhebens um die ganze Sache. Maisie glaubt nicht …«

»Die Signora kennt Körper, aber wir kennen Herz. Machen Sie also?«

»Maisie …«

»Sie wird froh sein. Und Sie auch.«

»Und Sie – was ist mit Ihnen?«

»Ich auch.«

Er begann wieder, ihre Hand zu streicheln, zog sie noch ein Stück seinen Oberschenkel herauf. »Wissen Sie, was Sie sind, Gracie? Sie sind ein richtiges Biest. Ein richtiges kleines Biest, ja, das sind Sie. Sie können mich um den kleinen Finger wickeln, hab ich nicht recht? Einfach um den kleinen Finger. Ich kann Ihnen ja nichts abschlagen, oder? Ich kann Ihnen einfach nichts abschlagen. Sie wissen schon, wie Sie mich nehmen müssen, Sie kleines Biest, Sie. Jawohl, das sind Sie: ein richtiges kleines Biest.«

Seine Finger machten sich weiter an den ihren zu schaffen, und sein Gesicht wurde allmählich rot. Sie stand auf, versuchte, ihm die Hand wegzuziehen, doch er hielt sie fest und brachte sie aus dem Gleichgewicht, so dass sie auf seinen Schoß fiel. »Kommen Sie doch, und machen Sie es sich bequem, Gracie. Kommen Sie, und sagen Sie schön danke zu dem guten alten Josh, dafür, dass er sich von Ihnen um den Finger wickeln lässt. Was sagen Sie denn zu dem guten alten Josh? Sagen Sie danke! Nehmen Sie ihn schön in den Arm und sagen danke!«

»Signor Josh!« Um sich von ihm zu befreien, zappelte sie heftig, und er sank noch tiefer in seinen Sessel, presste sie mit glasigem Blick an sich. »Signor Josh, bitte! Das habe ich nicht gemeint …«

»Sei lieb zu mir, Liebling, ja, Liebling? Nur ein bisschen kuscheln, Liebling …«

Sie wand sich in seinen Armen, und er sank immer tiefer in den Sessel, so dass er schon fast lag, während sie, zerzaust, den Rock hochgerutscht, versuchte, sich zu befreien. Plötzlich ging die Tür auf, und Mrs Fingal stand da, sich an den Rahmen klammernd, ohne Zähne, in einem verblichenen Flanellnachthemd, die unförmigen Füße nackt. Sie starrte sie an, der zahnlose Mund auf- und zuschnappend. Als sie sich abmühten, sich hochzurappeln, verzog sie das Gesicht. Sie machte den Mund auf, aus dem nur ein tonloses Jammern drang, und fing an zu weinen. Dabei ließ sie den Türrahmen los, um das Gesicht mit beiden Händen zu bedecken. Ihre Beine gaben unter ihr nach, und sie sank schwerfällig zu Boden.

Sie trugen sie in ihr Zimmer zurück und legten sie ins Bett. Dann holten sie Wärmflaschen und den Brandy, und Josh rieb ihr die Hände und neckte sie so, wie sie es immer so gern gemocht hatte. Aber Mrs Fingal reagierte nicht. Schlaff, leicht, mucksmäuschenstill, abgesehen von ihren anfänglichen Jammerlauten, ließ sie alles mit sich geschehen. Sie hatte die Augen offen, aber sie sah durch Graziella und Josh hindurch. Sie hatte sich an einen Punkt zurückgezogen, an dem sie sie nicht mehr erreichen konnten.

Graziella war völlig aufgelöst. »Was müssen wir tun? Wir müssen Doktor holen.«

»Nein, nein. Sie wird schon wieder. Kommen Sie, Cynthia, altes Mädchen, reißen Sie sich zusammen. Lächeln Sie den alten Josh doch mal an, nun machen Sie schon …« Lose wie ein Haufen Knochen lag ihre Hand in der seinen. Die Lippen hatte sie so fest aufeinander gepresst, dass sie sich nach innen über ihren Gaumen zu spannen schienen.

»Signora, bitte, sagen Sie doch etwas. Signora …« Doch die wässrigen Augen schweiften in die entlegenen Winkel der Decke, über das obere Ende des Schrankes, auf dem kein Koffer mehr lag, über das Fenster, vor dem der blaugelblich ausgewaschene Himmel darauf hindeutete, dass der Regen nun endgültig aufgehört hatte.

»Sie kommt schon wieder in Ordnung. Sie hat sich einfach

übernommen, das ist alles. Sie sind schon ein schlimmes Mädchen, Cynthia, dass Sie ganz allein aus dem Bett aufstehen. Versuchen Sie, ihr ein bisschen Brandy einzuflößen.«

»Der Doktor …«

»Nein, nein. Maisie würde das nicht gefallen. Wir müssen warten, bis Maisie zurückkommt. Maisie weiß, was zu tun ist.« Er starrte mit leerem Blick auf das Bett. »Das wird ihr nicht gefallen. Das alte Mädchen hätte einfach nicht versuchen dürfen, allein aufzustehen, meinen Sie nicht auch?«

»Ja.«

»Das schafft sie nicht. Und das hat sie ihr doch auch schon Dutzende von Malen gesagt, oder?«

»*Sì.*« Sie wischte sich die Augen ab.

»Wir müssen ihr auch nicht sagen, dass sie bis zum Wohnzimmer gekommen ist, oder? Das muss Maisie doch nicht erfahren, nicht wahr?«

»Nein.« Sie wandte sich ab. »Wann kommt sie zurück?«

»Irgendwann nach fünf.«

»Ich mache Tee.« Sie ging aus dem Zimmer, und er rieb noch immer Mrs Fingals Hand, die nicht reagierte.

Josh hatte recht. Maisie gefiel die Angelegenheit tatsächlich nicht. Sie stand im Flur, zog die Handschuhe aus und knöpfte den Mantel auf, während Josh stockend seine Geschichte erzählte. Ihr Gesicht erstarrte zu einer steinernen Maske. »Du alter Narr.« Damit hastete sie an ihm vorbei in Mrs Fingals Zimmer. Graziella erhob sich nervös von dem Stuhl beim Bett, und Mrs Evans starrte wütend auf Mrs Fingal herunter. »Wie lange ist sie schon so?«

»Seit vier Uhr.«

»Aber es geht ihr jetzt schon wieder besser, Maisie. Sie hat wieder mehr Farbe, finden Sie nicht auch, Gracie?«

Mrs Evans schob Mrs Fingal die Hand unters Nachthemd, um den Herzschlag unter der ledrigen Haut zu fühlen. »Wie geht es Ihnen, meine Liebe? Sie erkennen mich doch noch?« Mit einer kleinen Bewegung gab Mrs Fingal ihr zu verstehen, dass sie sie erkannte. »Können Sie sprechen, meine Liebe? Versuchen Sie doch, ein Wort zu sagen, damit wir wissen, ob Sie reden können. Kommen Sie schon, meine Liebe, können Sie nichts sagen?«

Mit schwacher Stimme sagte sie: »Doch.«

»Sie können sprechen? Das ist ja wunderbar.« Sie streckte die Hand aus und packte ihr Gelenk; dann fühlte sie ihren Puls, den Blick auf die Armbanduhr gerichtet.

»Sie ist nur hingefallen, Maisie – es ist nichts Ernsthaftes. Morgen ist sie wieder munter wie ein Fisch im Wasser.«

Sie warf ihm einen eisigen Blick zu und ließ Mrs Fingals Handgelenk los. »Hat sie sich etwas gebrochen? Das weißt du wohl nicht, was?«

»Sie hat sich nicht beklagt …«

»Sie hat also überhaupt nichts gesagt? Sie könnte sich gut und gerne ein Bein gebrochen haben.« Maisie schlug die Bettdecke zurück und untersuchte hastig den schmalen Rumpf darunter. »Sie scheint in Ordnung zu sein. Wir haben Glück gehabt.« Dann zog sie die Bettdecke wieder hoch, und Graziella steckte die Zipfel sanft fest. »Na ja, wir werden sehen. Jemand muss in der Nacht bei ihr bleiben.«

»Morgen ist sie wieder munter wie ein Fisch im Wasser, Maisie. Wenn sie erst mal ordentlich geschlafen hat …«

Irgendwie wirkte Maisie jetzt größer, obgleich sie dastand, ohne sich zu bewegen. »Wir wollen doch nicht, dass sie jetzt schon von uns geht, oder? Schalt mal dein Hirn ein. Einer von uns muss in der Nacht bei ihr bleiben.«

»Das mache ich, Signora.«

»Na schön. Sie und ich, wir teilen uns die Nacht. Am Morgen hole ich dann den Doktor. Jetzt wird er nicht mehr kommen wollen, es ist schon zu spät.«

Graziella ging am nächsten Morgen auf dem Weg zur Arbeit beim Arzt vorbei. Die Nacht war ohne besondere Ereignisse verlaufen. Mrs Fingal hatte ihre Tabletten geschluckt und geschlafen. Heute wirkte ihr Gesicht wieder etwas voller, und sie sprach ein bisschen mit Mrs Evans, wenn auch nicht mit Graziella, die sie immer noch nicht sehen wollte. Sie lag bewegungslos da, nach wie vor sehr schwach.

Daisy's Snack Bar öffnete jeden Morgen um sieben Uhr und versorgte die Fabrikarbeiter mit Tee und Rosinenbrötchen, bevor die Sirene sie um acht zur Arbeit rief. Graziella begann erst um halb neun, nachdem Carraro alle Tische abgeräumt und das Geschirr abgespült hatte. Sobald Graziella da war, zog er sich zu einem Frühstück im Kreis seiner Familie zurück und überließ es Graziella, das zweite Frühstück, das um halb zehn begann, und dann das Mittagessen – so gegen zwölf – vorzubereiten. Krüge und Zuckerdosen mussten aufgefüllt werden, Wände abgewischt, Brötchen auseinandergeschnitten, mit Butter bestrichen und belegt, Kartoffeln in die Schäl- und Schneidemaschine gesteckt und in die Fritteuse gehängt werden. Hin und wieder kamen ein paar Last- und Lieferwagenfahrer auf eine Tasse Tee und eine kleine Unterhaltung vorbei. In der Hauptsache handelte es sich um Stammkunden, die anfangs auf Graziella neugierig waren. Sie erzählte ihnen, sie sei Claras Kusine. Aus dem oberen Stockwerk drang das Poltern und Scheppern der Carraro-Kinder, die kurz vor neun Uhr die Treppe herunter und durch die Seitentür hinaus in die Schule rannten. Ihr Vater kam zwischen halb zehn und zehn Uhr wieder nach unten, um Graziella zu helfen. An jenem Morgen war er verdrießlich gestimmt.

»Diese Clara! Ich glaube nicht, dass das Baby noch einen Monat drinbleibt. Die Letzten hat sie immer zurückgehalten, aber diesmal … Ihre Beine schwellen an, sie hat Sodbrennen, sie kann nicht schlafen, sagt sie, dabei kann *ich* die halbe Nacht nicht schlafen, weil kaum Platz ist im Bett. *Mamma mia*, warum hat man bloß eine Familie!« Er schenkte sich eine Tasse schwarzen Kaffee ein und trank ihn ohne Zucker. »Und Sie! Sie sehen aus wie ein zerquetschter Floh!«

»Ich habe auch nicht viel geschlafen. Die alte Dame war krank.«

»Schlimm?«

»Ich weiß es nicht. Ich bin den größten Teil der Nacht bei ihr gewesen, aber sie wollte einfach nicht sprechen. Heute morgen kommt der Doktor. Ich denke, man hätte ihn schon gestern Abend rufen sollen, aber Mrs Evans war nicht da, und Mr Josh wollte ihn nicht holen, ohne zuerst sie zu fragen.«

»Sie hat also die Hosen an, was?«

»Ja.«

»Tja, zu einem Pantoffelhelden gehört eben immer auch ein verdammt starkes Weib. Entschuldigen Sie mein hartes Urteil, aber daran gibt es nichts zu deuteln.«

»Ich glaube, er ist ein unglücklicher Ehemann.«

»Nein, nein, er ist sicher zufrieden. Solche Männer fühlen sich wohl wie ein Kind in den Armen der Mutter. Sie wollen nicht streiten und kämpfen wie richtige Männer, sie wollen nur wie die Babys sein. Sie sollten die alte Dame ins Krankenhaus stecken.«

»Mrs Evans ist Krankenschwester.«

»Tatsächlich? Warum machen Sie sich dann Sorgen? *Mamma mia*, wenn ich eine Krankenschwester im Haus hätte, würde ich mir nicht die ganze Nacht um die Ohren schlagen. Überlassen Sie ruhig ihr die Sorgen. Da, setzen Sie sich, in Gottes Namen, und trinken Sie einen Kaffee.« Er schob sie vom Herd weg.

»Milch wäre mir lieber.«

»Gut, also dann Milch, Milch!« Sie schenkte sich ein Glas Milch ein und setzte sich auf den Hocker. »Sie können nicht den ganzen Tag arbeiten und dann noch die halbe Nacht aufbleiben, das ist doch unvernünftig. Die alte Dame sollte ins Krankenhaus.«

»Vielleicht wäre das wirklich besser für sie. Ich kann es nicht so richtig erklären, aber irgendwie habe ich ein ungutes Gefühl.«

»Ein ungutes Gefühl? Mein Gott, diese Frauen!« Mit verächtlicher Miene begann er, die Espressomaschine zu putzen.

»Es ist nur so ein Gefühl. Sie kümmern sich um sie, sie hat niemanden sonst, die arme Alte. Aber ich weiß nicht, warum sie es tun. Sie sind nett, und sie kümmern sich um sie – aber sie machen sich nichts aus ihr.«

»Ich sage Ihnen was. Die Engländer sind freundlich, aber sie haben kein Herz. Wir haben Herz. Die Italiener machen schlimme Sachen, aber bei ihnen kommt alles von Herzen, alles ist ohne Scham und Heuchelei. Die Engländer machen keine schlimmen Sachen, aber sie sind kalt. Man lernt sie nie kennen, nach hundert Jahren noch nicht. Aber sie machen nie schlimme Sachen. Dieses Land ist ein Land der Sicherheit – aber manchmal kommt man sich hier auch vor wie ein Toter.«

Sie seufzte, stand auf und ließ in der Spüle Wasser über ihr Glas laufen. Als sie das tat, spürte sie ein schwaches Stoßen im Bauch. Sie stand wie vom Donner gerührt da, das Glas in der Hand. Nach einer Weile spürte sie wieder dieses Stoßen. Keine Blähungen, auch kein Muskelzucken oder eine Bewegung ihres eigenen Körpers, sondern der kleine Stoß eines Wesens, das gerade zum Leben erwacht. Dann wieder Ruhe.

Wie im Traum bediente sie die Kunden, die nun allmählich ins Lokal kamen. Daisy's Snack Bar war voller Menschen, die London Road voller Autos, der Himmel voll von Flugzeugen, das Haus voll mit den Evans' und ihrer Gefangenen – all das verblasste bis zur Unwirklichkeit, als sie sich bewusst wurde, wie voll, wie erfüllt sie selbst war. Bisher hatte sie nur gewusst, dass sie schwanger war, doch jetzt hatte sie es auch gespürt. Hier war eine stärkere Persönlichkeit als ihre eigene am Werk, eine Persönlichkeit, die in ihrem Innern herumstoßen und sich bewegen würde, bis sie dann schließlich herausbrach und zu einem Menschen wurde. Sie war benommen von der Größe dieser Erkenntnis, ermüdet von den Anstrengungen der Nacht und dem, was sich zuvor ereignet hatte; und plötzlich überkam sie eine Sehnsucht nach Mario, die sie fast als körperlichen Schmerz empfand. Sie wusste, dass sie vor der Heirat nicht mit ihm hätte schlafen sollen; als Buße hatte sie versucht, alle Gedanken an ihn zu verdrängen. Doch jetzt sehnte sie sich nach ihm, nach seinen ausgemergelten Wangen und den sonnengebräunten Muskeln seines drahtigen Körpers, eines Körpers, den die Armut ausgehöhlt, aber die Nähe des Meeres und die Sonne gestärkt hatten – dieser Körper erstand vor ihren Augen, erblühte unter ihren Händen, und der Hunger ihrer Jugend ließ sich nicht mehr länger durch Vernunft oder Religion zügeln. Sie wollte Mario, sie brauchte Mario, damit er teilhatte an diesem kleinen Wesen, seinem Wesen, das sich da in ihr zu regen begann.

Den ganzen Morgen machte ihr diese Sehnsucht zu schaffen. Während der Flaute kurz vor der Mittagssirene und kurz, nachdem sie Böden und Tische abgewischt hatten, platzte sie heraus: »Signor Carraro, könnten Sie nicht Mario holen?«

»Mario, Mario? Was für einen Mario?«

»Meinem Mario. Meinen Verlobten.«

Er unterbrach seine Arbeit und starrte sie mit hängenden Schultern an. »Warum sollte ich wohl Ihren Verlobten holen?«

»Weil – ach, Signor Carraro, ich brauche ihn so!« Die Tränen liefen ihr übers Gesicht. Sie ließ sich auf den Hocker sinken und bedeckte ihr Gesicht mit der Schürze. Carraro, der nur einen Augenblick reglos dagestanden hatte, schleuderte den Besen auf den Boden und schüttelte wild die Fäuste über dem Kopf.

»Mutter Gottes, hab Mitleid mit mir! Meine Frau droben

kriegt ein Baby, die dumme Kuh, die mir drunten hilft, hat einen hysterischen Anfall, es ist schon fast zwölf, und was soll ich machen? Ich will doch nur, dass mein Geschäft läuft …« Er kam auf sie zu, die Hände zu Fäusten geballt, wild gestikulierend. »Ich will nur meine Ruhe, und dass mein Geschäft ein bisschen Geld abwirft. Das ist doch wohl nicht zu viel verlangt. Heilige Mutter Gottes, ist denn das zu viel verlangt?«

Völlig aufgelöst und mit feuchter Nase schluchzte sie: »Es tut mir leid, es tut mir leid …«

»Es tut ihr leid! Es tut ihr leid! Was erwarten Sie denn von mir? Soll ich etwa den Pfarrer spielen? Oder bin ich vielleicht der Wohlfahrtsstaat? Warum sollte ich Ihren Verlobten holen? Können Sie mir das mal sagen? Ich habe doch Sie, oder? Ohne Papiere, ohne Arbeitserlaubnis; ich bringe sowieso mein Geschäft in Gefahr, meine Frau und meine Kinder. Wenn die Polizei kommt und zu mir sagt: ›Mr Carraro, die junge Frau, die für Sie arbeitet, wo haben Sie die denn her? Wo ist ihre Arbeitserlaubnis, wo sind ihre Versicherungsbescheinigungen, wie viel bezahlen Sie ihr?‹ Was soll ich dann antworten? Ich sage: ›Wissen Sie, Herr Polizist, das Mädchen ist die Kusine meiner Frau, sie ist zu Besuch da, sie hilft mir nur ein bisschen, während meine große fette Clara ein Baby bekommt …‹« Er hob die Stimme und schlug sich mit der flachen Hand gegen die Stirn. »Und dann sagen sie …« Er wurde wieder leiser, gefährlich leise. »Sie sagen: ›Also gut, Mr Carraro, wovon lebt sie denn, was sind denn das für Ungereimtheiten in Ihren Büchern? Sie zahlen ihr doch Lohn, oder? Was ist mit ihrer Einkommensteuer und ihren Versicherungen?‹ Und das, wo meine Frau ein Baby kriegt und die anderen Kinder nach Brot schreien, da bekomme ich auch noch Scherereien mit dem Gesetz! Und das alles wegen Ihnen. Das reicht doch wohl, oder? Oder nicht?«

Er sank auf einen Stuhl und sah sie mit funkelnden Augen an. Sie holte ein Taschentuch heraus und schnäuzte sich. »Es tut mir, es tut mir leid ...«

»Na, na. Nun seien Sie mal ruhig. Sie wollen doch, dass ich Ihren Verlobten hole, diesen Mario, oder?«

»Sie müssen ihn ja gar nicht bei sich beschäftigen. Wenn Sie ihm nur einen Brief schicken und ihm darin eine Arbeit anbieten, damit er die Erlaubnis bekommt ...«

»Und wer würde Giuseppe Carraro von Daisy's Snack Bar, einem Ehemann und Vater von drei, nein, vier Kindern, Heilige Mutter Gottes, wohl glauben, dass er nicht nur eine Kellnerin, sondern auch noch einen Kellner braucht?«

»Statt mir. Ich könnte aufhören. Und wenn nicht Sie den Brief schreiben, dann vielleicht einer von Ihren Brüdern ... Sie bräuchten ja nur den Brief zu schreiben, es muss ja nicht stimmen. Damit Mario hierher kommen kann und wir heiraten können ...«

»Nein, nein, nein!« Er hob die Stimme, und gleichzeitig begann die Sirene zu heulen. Er sprang auf. »Genug. Hören Sie? Ich habe genug. Wischen Sie sich die Augen ab, und arbeiten Sie weiter. Ich habe keine Zeit für Liebe und gebrochene Herzen, das ist nicht das richtige Leben. Das richtige Leben, das ist Tee und Kaffee und weiße Bohnen und Pommes und Claras Sodbrennen. Verstehen Sie?«

Sie wischte sich das Gesicht ab und nickte. Dann drängten

die ersten Vorboten des mittäglichen Ansturms herein. Carraro redete an jenem Tag kaum noch etwas mit ihr.

Nachdem Graziella an jenem Morgen aus dem Haus war, sah Maisie sich Mrs Fingal ganz genau an. Die alte Dame war schwach und schweigsam, aber bei vollem Bewusstsein. Maisie nahm ihre Temperatur (die fast normal war), gab ihr eine Bettpfanne, wusch sie und puderte sie, kämmte ihr die Haare, schnitt ihr die Zehennägel und rieb ihr die empfindlichsten Stellen ihres Körpers mit Spiritus ein. Als sie damit fertig war, hatte Mrs Fingal ein wenig Temperatur und war erschöpft, aber sie machte ihrer Pflegerin zumindest äußerlich alle Ehre. Maisie gab ihr warme Milch und ihre Tabletten, worauf Mrs Fingal sofort einschlief und Maisie das Zimmer verließ.

Josh saß hemdsärmelig bei seiner zweiten Tasse Tee am Küchentisch. »Wie geht's ihr?«

»Ihr scheint nicht viel zu fehlen. Wir werden ja sehen, was der Arzt sagt.«

»Die arme Alte.«

Maisie setzte sich Josh gegenüber und zündete sich eine Zigarette an. »Was ist passiert?«

»Was passiert ist?«

»Genau das habe ich gefragt.«

»Tja, das haben wir dir doch gesagt. Wir haben einen Knall gehört, sind zu ihr ins Zimmer, und da lag sie auf dem Boden.«

»*Wir* haben einen Knall gehört?«

»Gracie hat den Knall gehört. Sie war in ihrem Zimmer, hat den Knall gehört und ist zu Cynthia. Dann hat sie mich gerufen. Ich habe gerade ein Nickerchen im Wohnzimmer gemacht.«

Sein offener, blauäugiger Blick hielt ihren kalten, grauen Augen nicht stand. Er hüstelte nervös und trank seinen Tee aus.

»Die Erklärung ist vermutlich so gut oder so schlecht wie jede andere auch. Sie hat einen Schock erlitten, soviel ist klar. Wahrscheinlich haben ihre Nerven stärker gelitten als ihre Gesundheit. So ein alter Mensch wie sie könnte es sich doch ganz plötzlich überlegen, einfach das Zeitliche zu segnen. Aber dafür sind wir noch nicht bereit, findest du nicht auch?«

»Wie du meinst, Maisie.«

»Zieh dich an und rasier dich und mach dich ein bisschen frisch. Bald kommt der Arzt. Und wenn er da gewesen ist, möchte ich, dass du sie nach Strich und Faden verwöhnst, ist das klar? Nach einem solchen Schlag müssen wir einfach zusehen, dass wir uns besser organisieren.«

»Ja, Maisie. Ich tue mein Bestes.«

Sie stand auf und stellte das schmutzige Geschirr in die Spüle. »Das solltest du auch lieber, sonst haben wir fast ein ganzes Jahr Arbeit vergeudet.«

Der Arzt kam und konnte nichts Wesentliches finden: eine gewisse Schwäche, unregelmäßige Herztöne, ein wenig überhöhte Temperatur – altersbedingte Beschwerden. Was dies anbelangte, konnte er, das machte er durch das forsche Zusammenpacken seiner Tasche ganz klar, nicht viel unternehmen. Ruhe, viel Ruhe, ein paar stimulierende Tabletten – wenn sich irgendetwas änderte, sollten sie ihn rufen.

Als er weg war, schlich sich Josh auf Zehenspitzen in das Zimmer von Mrs Fingal. »Wie fühlen Sie sich denn, Cynthia?«

Sie drehte das Gesicht weg.

»Bald sind Sie wieder auf den Beinen, ja? Viel fehlt Ihnen nicht, sagt er, Sie haben nur einen kleinen Schock erlitten, ist ja auch kein Wunder nach so einem Sturz. Sie hätten nicht aufstehen sollen, Sie schlimmes Mädchen, Sie.«

Sie gab ihm keine Antwort.

»Sie sind jetzt wahrscheinlich müde. Schlafen Sie erst mal ein bisschen, dann bringe ich Ihnen was Gutes zum Tee. Das wäre Ihnen doch recht, oder, Cynthia? Ein paar schöne Marmeladenbrote – oder vielleicht einen Keks?«

Sie schloss die Augen.

»Genau, schlafen Sie lieber erst mal.« Er tätschelte ihr Knie durch die Decke hindurch und spürte, wie sie zurückzuckte. »Schlafen Sie lieber erst mal«, wiederholte er und ging langsam aus dem Zimmer.

Als sie aufwachte, saß er, eine Zeitschrift lesend, neben ihrem Bett. Er legte das Heft jedoch weg, sobald er merkte, dass sie wach war. Er brachte ihr Tee, rief seine Frau und zog sich taktvoll zurück, während diese sie hochhob, auf den hässlichen kalten Topf setzte und die muffigen Gerüche des Bettes beseitigte, so gut es ging. Dann kam er mit einer frischen Wärmflasche zurück, und obgleich Mrs Fingal nicht mit ihm redete, ihn nicht einmal zu sehen schien, setzte er sich wieder neben sie, plauderte mit ihr, neckte sie, machte kleine Scherze, bis sie schließlich wieder einschlief, beruhigt durch seine Anwesenheit.

Immer schien er jetzt da zu sein, wenn sie aus ihren Träumen aufwachte, wie viele Tage, das konnte sie nicht sagen, aber sie wusste, wann es Nacht war, denn dann war er nicht im

Zimmer, niemand war da in der Nacht, nicht einmal die Fotos von ihrer Mutter und Stanley und der kleinen Alice und ihrer Schwester, und es war dunkel, abgesehen vom grellen Schein der Straßenlaternen, der durch die vorgezogenen Vorhänge drang. Manchmal wurde das dunkle Schweigen durchbrochen von den startenden oder landenden Flugzeugen, und sie erkannte dieses Geräusch, auch wenn sie es bisweilen mit dem Heulen eines angefahrenen Hundes oder der Luftschutzsirenen im Krieg oder dem Pfeifkessel aus der Zeit verwechselte, wo sie noch mit Peggy zusammengelebt hatte in – wo auch immer, irgendwie hatte sie den Namen vergessen. Manchmal, wenn sie in der Dunkelheit aufwachte, konnte sie sich überhaupt nicht mehr erinnern, wo sie war, und ihr Herz begann in panischer Angst zu klopfen, bis es ihr wieder einfiel.

Manchmal wachte sie auch am Abend auf und stellte fest, dass das Mädchen neben ihr saß. Sie sah Graziella nicht an und versuchte auch, ihre Stimme zu ignorieren. Das Mädchen saß ruhig da, das Gesicht fahl und nachdenklich, den Blick auf die im Schoß gefalteten Hände gesenkt. Wenn Graziella merkte, dass Mrs Fingal wach war, lächelte sie und redete mit ihr, beugte sich zu ihr herab, leise weiterredend, und ordnete sanft Kissen und Decken. Doch Mrs Fingal schloss die Augen und weigerte sich zuzuhören. Das Mädchen zog sich dann wieder in seinen Stuhl zurück, anfangs weinend, ganz leise, nur ein Schluchzen hin und wieder, das die alte Dame kaum bemerkte, und ein paar Tränen, die die junge Frau wegwischte, bevor sie über ihr Gesicht rollen konnten.

Aber meist saß Josh bei ihr. Wenn Mrs Fingal zu sich kam,

glaubte sie oft, Stanley wache neben ihr, manchmal vor sich hin dösend, der liebe Kerl, oder die Zeitung lesend; aber tief in ihrem Innersten wusste sie, dass es Josh war, denn so lebhaft ihre Ausflüge in die Vergangenheit auch sein mochten, sie erkannte sie doch als Träume – sie wusste, dass an Stanleys Stelle nur Josh dasaß mit seinen silbrigen Haaren und seinem kräftigen, großen, warmen, starken Körper. Warm und stark – wie stark er doch damals in Mailand gewesen war, als sie das *Letzte Abendmahl* anschauten und der Führer ein Trinkgeld wollte, die ganzen hübschen Lämmer an den Wänden, alle aus kleinen, farbigen Steinchen, und Stanley hatte sich geweigert, den Mann zu bezahlen, der daraufhin ausfallend geworden war, und Josh hatte nur gelächelt und die Postkarten von jenen wunderschönen Mosaiken gekauft …

Anfangs hatte sie sich noch geweigert, ihn anzusehen oder mit ihm zu sprechen, denn wenn sie das täte, würde sie sich an etwas Grässliches erinnern, das sie nicht überleben würde. Und das Überleben war ausgesprochen wichtig. Alt, schwach und einsam sehnte sie das Ende herbei, doch die junge Cynthia klammerte sich an das bisschen Leben. Lass mich aufgeben, aber lass mich nicht loslassen. Sie sah ihn nicht an und hörte ihm nicht zu, aus Angst vor dem Tod. Aber sie hörte seine Stimme trotz ihrer geschlossenen Augenlider, sah sein freundliches, männliches Gesicht, wenn sie lauschte, ließ sich ihre Hände von seinen Händen wärmen, bis sie schließlich den Kopf wandte und ihn wieder so sah, wie er immer gewesen war: freundlich, männlich, ein Beschützer.

Aber das Mädchen ließ sie nicht an sich heran.

Das Wochenende ging vorbei. Der Arzt wollte nur wieder kommen, wenn man ihn riefe. Sobald Graziella in der Arbeit war, holte Maisie Mrs Fingals kleinen Koffer ins Wohnzimmer und begann, seinen Inhalt durchzusehen. Sie kannte ihn natürlich bereits, denn vor Monaten, kurz nach Weihnachten, als sie den Koffer aus Mrs Fingals Zimmer entfernt hatte, hatte sie ihn sich bereits angesehen. Damals hatte sie auch das gute Bettzeug, die Handtücher und etliches mehr von Mrs Fingals großem Koffer in ihren eigenen Wäscheschrank getan, und von da an hatten sie die Dinge selbst benutzt. Anfangs hatte sich Mrs Fingal noch hin und wieder erkundigt, was aus dem Bettzeug geworden war, aber schon bald schwieg sie, denn Maisie erklärte ihr, es sei viel zu gut, um ein Bett damit zu beziehen, wo Dinge heruntertropften, verschüttet wurden oder gar in die Hose gingen. Es war um etliches vernünftiger, alte, geflickte Laken und Kissenbezüge zu verwenden, die schon ganz ausgewaschen und dünn waren. Mittlerweile hatte die alte Dame vergessen, dass sie überhaupt jemals eigenes Bettzeug besessen hatte.

Maisie saß in der Sonne, die angenehm warm durch ihre Strickjacke drang – was für ein Jammer, dass das Wetter an Ostern nicht so schön gewesen war. Sie legte sorgfältig die Fotos, die gebündelten Briefe und die Schachteln zurück, in denen sich einmal Stanleys Krawattennadel, seine Manschettenknöpfe, die Uhr und der Zigarrenanschneider befunden hatten. Wieder einmal überprüfte sie die Zahlen auf dem halben Dutzend Aktien, die ein ordentliches, wenn auch nicht üppiges Einkommen brachten, und legte die Papiere zurück. Das Dokument, das sie suchte, lag gleich daneben; sie nahm es heraus und stellte den Koffer weg. Einen Augenblick saß sie im Sonnenlicht und überflog das Testament; es war vor fast zwanzig Jahren zugunsten von Mrs Fingals Schwester Peggy verfasst worden, die mittlerweile seit über drei Jahren tot war. Dann erhob sie sich mit einem Ächzen, zu dem ihr korpulenter Körper sie inzwischen zwang, und ging in die Küche. Über der Spüle zündete sie das Testament an, hielt es so lange fest, bis sie sich fast die Finger verbrannte, und ließ es dann in die Spüle fallen, wo sie es einfach ausglimmen ließ. Dann spülte sie es den Abfluss hinunter, wischte sich die Hände ab, zündete das Gas an, um das Stew zum Mittagessen zu kochen, und wollte gerade zurück ins Wohnzimmer, als Josh vom Postschalter zurückkehrte.

»Wirklich, es ist ein wunderschöner Morgen heute – man bekommt so eine richtige Vorahnung vom Sommer. Ich hätte gute Lust, später noch im Garten zu arbeiten.«

»Komm doch mal einen Augenblick hier rein, ja?«

Er hängte Mantel und Hut auf und folgte ihr ins Wohnzimmer. »Ich habe das Formular – es hat gar nicht viel gekostet.« Aus seiner Brusttasche holte er einen Testamentsvordruck und legte ihn auf den Tisch. »Und außerdem habe ich die Rente von zwei Wochen – letzten Freitag haben wir verpasst, bei dem ganzen Durcheinander.« Er legte Mrs Fingals Quittungsbuch neben das Testament und holte aus seiner Brieftasche noch einige Banknoten, die er seiner Frau gab. Sie zählte sie und steckte sie in die große Handtasche, die neben ihr auf dem Stuhl stand. Er klimperte mit ein paar Münzen, die er in der Tasche hatte. »Soll ich das Wechselgeld behalten?«

»Ja, mein Junge, du kannst das Wechselgeld behalten.« Sie faltete den Testamentsvordruck auseinander und überflog ihn. »Tja, du machst dich wohl am besten gleich heute Nachmittag an die Arbeit.«

»Kann ich bis zum Tee damit warten? Ich würde gern ein bisschen hinaus in den Garten …«

»Ja, ja, es ist schon in Ordnung, wenn du es nach dem Tee erledigst. Aber ich möchte nicht, dass du immer noch mit ihr darüber redest, wenn Gracie zurückkommt.«

»Nein, nein, natürlich nicht.«

»Ich habe mir den Koffer schon angesehen. Das eine oder andere muss wohl wieder zurück, jedenfalls vorerst.«

»Gut. Gut, ich hole sie.« Fröhlich verließ er das Zimmer und kam schon bald mit einem Paar Haarbürsten mit Elfenbeinrücken und einem Kragenknopfkästchen, beide mit dem Monogramm S. W. E, mit der Krawattennadel, der Uhr und dem Zigarrenanschneider zurück. Maisie nahm ihm die Sachen aus der Hand, holte ein silbriges Haar aus den Borsten, packte alles in den Koffer, legte die kleineren Gegenstände in die jeweiligen Schachteln und schloss den Deckel.

»Den kannst du unauffällig wieder hineinbringen, wenn sie schläft.«

»Gut.«

»Und fang nach dem Tee damit an.«

»Aber sicher, aber sicher!« Er grüßte mit fröhlicher Miene, zwei Finger kokett an seine silberfarbene Braue gelegt.

Sie nahm das Quittungsbuch und den Testamentsvordruck und brachte beides in das eheliche Schlafzimmer, wo sie die

Dokumente in einer Schublade einschloss. Dann ging sie in die Küche und machte Josh zum Mittagessen ein Apfelkompott.

Als Mrs Fingal zur Teezeit aufwachte, saß er wie üblich neben ihrem Bett. Die Tage waren mittlerweile länger, aber in ihr Zimmer schien die Sonne nur kurz, und die Vorboten der Dämmerung verschleierten bereits die Ecken. Sie ergab sich ganz seinen warmen Händen, als er sie in die Kissen hochsetzte.

»Na, das ist doch besser, meinen Sie nicht auch? Haben wir schön geschlafen? Ich bringe Ihnen gleich den Tee. Müssen Sie gehen?«

»Nein, nein …« Oder war sie schon gewesen? Es war ihr egal. Wichtig war ihr nur, ihn bei sich zu haben.

»Sie brauchen doch sicher einen Kamm, oder?« Er kämmte ihr geistesabwesend die Haare. »Das ist schon besser. Schließlich sollen Sie doch hübsch aussehen, nicht wahr? Sie wirken ganz schön frech mit dem blauen Nachthemd.« Es war grau und verblichen, aber trotzdem war sie stolz darauf. »Ich hole Ihnen Ihren Tee. Ich könnte selbst auch eine Tasse vertragen.«

»Aber Sie kommen doch wieder, oder?«

»Natürlich komme ich wieder. Ich lasse mir doch eine Tasse Tee mit meinem Mädchen nicht entgehen, oder?«

Mrs Evans kam mit ihm zurück, blieb aber nicht lange. »Sie sind doch in Ordnung, oder? Sie haben keine Probleme?«

»Nein.«

»Keine Schmerzen in der Brust?« Mrs Fingal schüttelte schwach den Kopf. »Sie haben auch eine gute Farbe. Warten wir mal ab, wie's Ihnen am Abend geht.« Maisie band ihr ein Tuch um den Hals wie ein Lätzchen, strich die Decke glatt und ging aus dem Zimmer.

Mrs Fingal zupfte mit feuchten Augen an dem Tuch. »Ich brauche das Ding nicht.«

»Oh doch. Vielleicht verschütten Sie ja was.«

»Ich verschütte nichts!« Sie zog wieder an dem Tuch, und dabei stieß sie gegen seine Hand mit der Teetasse.

»Da, schauen Sie, jetzt ist der ganze Tee in der Untertasse! Lassen Sie mal lieber, altes Mädchen.«

Ihre Gegenwehr erlahmte. Als ihre knotigen Finger die Tasse aus seiner Hand zu nehmen versuchten, schwappte noch mehr Tee über. Josh rührte für sie um, und sie begann, mit lautem Schlürfen zu trinken, nachdem ihre Versuche, den Tee halbwegs gesittet zu sich zu nehmen, fehlgeschlagen waren. Leise zu trinken war gar nicht so leicht ohne Zähne.

Während sie trank, erzählte er ihr etwas. Sie lauschte nicht auf die Worte, nur auf die Stimme – sie sagte manchmal Dinge, die andere Leute vor langer Zeit einmal gesagt zu haben schienen. Mrs Fingals Zehen waren kalt, aber ihre Füße waren weit, weit weg, und sobald die Dunkelheit hereinbrach, würde sie ihn bitten, sie ihr warm zu reiben mit seinen warmen, männlichen Händen. Mittlerweile wanderte erst einmal der warme Tee ihren Körper hinunter, und sogar ihre Nase erwärmte sich.

»… und wenn Sie Ihren Tee getrunken haben, machen wir das.«

Sie versuchte, sich daran zu erinnern, was er gesagt hatte.

»Ja.«

»Ich hole ihn herunter, ja?«

»Ja.«

Sie sah ihm zu, wie er sich erhob und zum Schrank hinüberging, die Arme ausstreckte und ihren kleinen Koffer herunterholte. Mit offenem Munde beobachtete sie ihn, die Untertasse kippte dabei etwas zur Seite, und der Tee ergoss sich auf ihr Lätzchen. »Er ist nicht da oben.«

»Was ist nicht da oben?«

»Mein Koffer.«

»Was meinen Sie damit: Er ist nicht da oben? Da ist er doch, oder?«

Und er war tatsächlich da. Josh legte ihn aufs Bett, so dass sie ihn ganz deutlich sehen konnte. Zögernd befingerte sie eine Ecke.

»Sie fantasieren, altes Mädchen, genau das tun Sie. Ach, schauen Sie nur, was Sie gemacht haben!« Er nahm ihr Tasse und Untertasse aus der Hand und wischte ihr grob das Kinn mit dem Tuch ab, bevor er es ihr wegnahm. »Das ist doch Ihr Koffer – Ihr Schatzkästchen, was? Na, machen Sie schon, machen Sie ihn auf, und schauen Sie sich die Sachen aus der guten alten Zeit wieder mal richtig an.«

Er zog den Koffer zu ihr und ließ das Schloss aufschnappen. Soweit sie sich erinnerte, war er abgeschlossen gewesen – aber schließlich hatte sie auch gedacht, er sei nicht mehr im Zimmer, also täuschte sie sich offenbar öfter. Ihre Finger krochen langsam über die Oberfläche der Dinge in dem Koffer, und kleine Wellen der Erinnerung überfluteten sie: Glattes Elfenbein, die Ecken von Umschlägen, der Verschluss und die Schweinslederkanten des Etuis mit den Kragenknöpfen, die verstaubte Pappe mit den aufgeklebten Fotos. Sehen und Tastsinn verschmolzen; plötzlich erkannte sie alles wieder, jedes einzelne Stück in dem Koffer, sie erinnerte sich daran, wo und wann es gekauft worden war, und von wem und warum sie es erhalten hatte. Briefe, manche von ihnen mit schwarzem Rand, das gefaltete Stück Papier mit Alices Milchzahn, Fotos, eine Locke von Alices Haar und eine von Stanleys, Mützenabzeichen aus dem Weltkrieg, eine Speisekarte aus seiner Kantine voll mit krakeligen Unterschriften, ein paar künstliche Parmaveilchen, die sie anlässlich von Alices Beerdigung an ihren Mantel gesteckt und seitdem nie wieder getragen hatte, Stanleys Briefe (sie waren so humorvoll, eigentlich hätte sie sie als Buch veröffentlichen sollen), Schulzeugnisse bis zum neunten Lebensjahr, sein Zigarrenanschneider, noch kein bisschen stumpf, Unterlagen über Investitionen.

Ihre Finger glitten über all diese Dinge, verweilten jedoch nicht länger als einen Augenblick auf jedem einzelnen, während sie über ihre Erinnerungen sprach – vielleicht auch nur darüber nachdachte, denn bisweilen schien absolutes Schweigen in dem Raum zu herrschen, abgesehen einmal von Joshs ermunternden Bemerkungen. Allmählich wurde es dunkel, und Josh schaltete die Lampe an. Mrs Fingal verlor sich in ihrer Freude, weil sie die Vergangenheit vor Josh ausbreiten konnte.

»Eines kommt mir schon komisch vor, Cynthia.« Sein ernster Tonfall machte sie stutzig. »Es ist zwar nicht sonderlich schön, so etwas zu sagen, aber es muss einfach gesagt werden … Sie haben kein Testament.« Sie schaute zuerst ihn an und dann den Koffer und dann wieder ihn. »Die ganzen Briefe und Dokumente, die Sie jetzt durchgegangen sind – ein Testament war nicht dabei.«

»Ich habe ein Testament gehabt.«

»Aber jetzt ist offenbar keines mehr da. Schauen wir doch noch mal alles durch.« Sie überließ ihm den Koffer und betrachtete sein ernstes Gesicht, während er mit flinken Fingern ihre Schätze durchsuchte. »Nein, kein Testament. Wann haben Sie es gemacht, Cynthia?«

»Ich weiß es nicht mehr.«

»Es müsste doch irgendwo sein, wenn Sie es gemacht haben. Sind Sie sich sicher, dass Sie eines haben?«

»Ja.« Aber so sicher war sie sich jetzt nicht mehr.

»Sie glauben nicht, dass Sie nur vorgehabt haben, es zu machen? Wissen Sie, viele Leute schieben es immer wieder auf, weil ihnen der Gedanke unangenehm ist.«

»Ich habe Peggy als Erbin eingesetzt.«

»Peggy? Das ist Ihre Schwester, nicht wahr?« Sie nickte. »Tja, das erklärt vieles, finden Sie nicht auch? Ich meine, Ihre Schwester Peggy ist doch gestorben, oder? Deswegen sind Sie zuerst zu Lena und dann zu uns gekommen.«

Ihre Finger verkrampften sich. »Ich lasse es nicht zu, dass Lena meine Sachen bekommt.«

»Das wird aber passieren, wenn Sie nicht ausdrücklich sagen, dass sie nichts bekommen soll. Schließlich ist sie Ihre nächste Verwandte.«

»Sie ist keine Blutsverwandte.« Sie fing an zu zittern. Er legte seine große, warme Hand auf ihre Finger.

»Regen Sie sich nicht auf, Cynthia. Das tut Ihnen nicht gut.«

»Sie soll meine Sachen nicht bekommen.«

»Dann müssen Sie das in Ihrem Testament schreiben. Sie müssen sich deswegen nicht aufregen, das geht doch ganz einfach, Sie albernes Mädchen. Ich hole Ihnen einen Vordruck, wenn ich das nächste Mal einkaufen gehe. Den können Sie dann vor Zeugen ausfüllen, und schon ist die Sache erledigt. Ein Kinderspiel!«

»Sie ist egoistisch. Hart und egoistisch. Sie wird meine Sachen verkaufen.«

»Hören Sie, Cynthia, der Fall wird sowieso nicht eintreten …«

»Sie wird meine Sachen wegwerfen. Sie wird die Nase rümpfen …«

»Cynthia!« Er beugte sich übers Bett und nahm sie fest in den Arm. »Der Fall wird nicht eintreten. Sie müssen wirklich nur ein Testament machen, damit alles seine Richtigkeit hat vor dem Gesetz. Und nun beruhigen Sie sich mal wieder, sonst haben wir Maisie auf dem Hals. Bleiben Sie ganz ruhig liegen, und denken Sie darüber nach, wem Sie Ihre Schätze hinterlassen wollen, dann hole ich Ihnen morgen den Vordruck. Sie müssen sich keine Sorgen mehr machen.«

»Die Sachen gehören mir …«

»Ich weiß, ich weiß. Aber schließlich wollen Sie sie doch jemandem hinterlassen, der sie zu schätzen weiß, genauso wie Sie.« Er drückte kurz ihre Hand und trat einen Schritt zurück, groß und rosafarben und lächelnd unter seinem silbrigen Haar. »Nun legen Sie sich erst mal wieder ganz ruhig hin, und überlassen Sie alles dem alten Josh, ja? Josh wird die Sache schon in die Hand nehmen. Denken Sie einfach darüber nach, wer alles bekommen soll, mehr müssen Sie nicht tun. Wenn Sie sich entschieden haben, sagen Sie es mir, dann erledigen wir alles offiziell.« Sie lag da und schaute zu ihm hoch, zwar ein wenig zitternd, aber doch auch allmählich Vertrauen schöpfend. Er nahm den Koffer in die Hand. »Den stelle ich jetzt am besten wieder weg, oder? Oder würden Sie ihn gern bei sich behalten?«

»Jemand könnte ihn stehlen.«

Er drohte ihr spielerisch mit dem Finger. »Niemand stiehlt meiner Cynthia etwas, solange ich da bin. Ich lege ihn so hin, dass Sie ihn sehen können, ja?« Er beförderte den Koffer mit Schwung wieder oben auf den Schrank hinauf. »Tja, ich denke, ich gehe nur mal eben eine Zeitung kaufen. Es ist ein schöner Abend. Sie wollen doch sicher auch einen Blick in die Zeitung werfen, oder?«

»Sie kommen wieder zu mir zurück?«

»Ich komme bald wieder. Bleiben Sie ganz ruhig liegen, und denken Sie an Ihre Schätze.«

Er nahm seinen Hut vom Garderobenständer draußen im Flur und lugte in die Küche hinein. Maisie kochte gerade.

»Alles in Ordnung, Maisie.«

»Was?« Maisie hörte auf, den Teig zu schlagen, und hob den Kopf.

»Ich habe gesagt, es ist alles in Ordnung. Morgen oder übermorgen, würde ich sagen.«

Sie lächelte und nickte. »Guter Junge.«

»Ich will kurz weggehen und eine Zeitung holen.«

»Gut, gut.«

Er machte die Tür zu, hinter der seine Frau den Teig schlug, und schlenderte leise pfeifend durch die Dämmerung des Aprilabends. Mit ein bisschen Glück würde er auf dem Nachhauseweg Gracie treffen. Seit dem Sturz der alten Dame hatte er Gracie kaum mehr zu Gesicht bekommen.

Er traf Graziella nicht, die einen anderen Weg ging, um ihm nicht zu begegnen. Seit jenem grässlichen Nachmittag, an dem sie sich so gründlich getäuscht hatte, was die Absichten von Signor Josh ihr gegenüber anbelangte, und als die arme alte Signora schließlich die Leidtragende gewesen war, hatte sie die wenige Freizeit, die ihr zur Verfügung stand, in ihrem Zimmer verbracht. Anfangs hatte sie immer noch neben Mrs Fingals Bett Wache gehalten, aber jetzt war Signor Josh oft bei ihr, und außerdem wollte die alte Dame ohnehin nicht mit ihr reden, sie nicht einmal ansehen. Deshalb zog sie sich, sobald sie alles für Signora Evans erledigt hatte, zurück in ihr Zimmer, um Briefe an ihre Mutter und an Mario zu schreiben (obwohl auch das mittlerweile schwierig geworden war, denn sie wollte nicht riskieren, dass sie zornig oder traurig wurden, wenn sie ihnen vom Sturz der alten Dame erzählte). Manchmal las sie auch ein bisschen, bald schon zog sie sich jedoch aus und ging ins Bett, denn ihr Elend und die harte Arbeit in Daisy's Snack Bar erschöpften sie. Bereits einige Male hatte sie die Bewegungen des kleinen Wesens in ihrem Bauch gespürt, und sie freute sich sehr darauf; es leistete ihr Gesellschaft in der Einsamkeit ihrer Ängste. Nichts stimmte mehr, sie betete viel. Es war eine Situation, in die sie sich selbst gebracht hatte, und sie musste sie offenbar nach

Gottes Willen auch selbst wieder bereinigen. Das war nur recht und billig. Er würde ihr am Ende schon helfen, aber erst einmal musste sie selbst etwas leisten.

An ihrem halben freien Tag, der diesmal auf einen Freitag fiel, ging sie nicht zum Haus zurück, sondern ins Kino, und sah sich den Hauptfilm zweimal an, damit sie nicht vor der üblichen Zeit wieder nach Hause musste. Sie kehrte zurück, um den Tisch zu decken, nahm ihre Mahlzeit mit gesenktem Blick ein, während Josh sie neckte und Signora Evans sie kühl musterte – zumindest hatte sie diesen Eindruck. Dann spülte sie das Geschirr und räumte die Küche auf. Während sie all das tat, kehrte die Signora mit Mrs Fingals leerer Ovomaltine-Tasse zurück.

»Kommen Sie bitte einen Augenblick in das Zimmer der alten Dame, wenn Sie fertig sind, Gracie.«

Gracie tat, was man ihr sagte. Die alte Signora saß, ein paar Kissen im Rücken, die Brille auf der Nase, im Bett. Ihre Augen leuchteten, ihre Wangen waren rosig, und ihr Kopf wippte ein wenig hin und her. Neben dem Bett stand Josh mit bescheidenem Lächeln und einem Bogen Papier. Signora Evans trat einen Schritt vor und nahm einen Kugelschreiber vom Beistelltisch. »Wir möchten, dass Sie hier etwas bezeugen. Sie brauchen nur nach Cynthia zu unterschreiben.«

»Da, Cynthia. Nur eine kleine Unterschrift …« Er nahm den Koffer, der, was Graziella wusste, in der Abstellkammer aufbewahrt wurde, legte ihn Mrs Fingal auf den Schoß und den Vordruck darauf. »Sehen Sie, ist alles ganz stabil. Schreiben Sie Ihren Namen klar und deutlich, altes Mädchen, da, an der markierten Stelle.«

Er deutete auf die Stelle. Mrs Fingal nahm den Stift in die Hand, die nur ein klein wenig zitterte, und warf zuerst einen Blick auf das Dokument und dann auf Josh. »Da?«

»Genau. Klar und deutlich.«

Mrs Evans stand auf der anderen Seite des Bettes, die Hände gefaltet. »Sie wissen doch, was dasteht, meine Liebe, oder? Sie wissen genau, was Sie tun?«

»Natürlich, natürlich.« Mrs Fingal beugte sich nach vorn und setzte bedächtig, klar und leserlich ihren vollständigen Namen aufs Papier.

»Gutes Mädchen!« Josh legte den Arm um sie und drückte sie gegen seinen Bauch, dann kniff er sie in die geröteten Wangen. Sie lehnte sich verzückt zurück. Mrs Evans nahm das Dokument und den Stift an sich und überprüfte die Unterschrift.

»Scheint alles in Ordnung zu sein. Also, Gracie …« Maisie ging vom Bett weg und zur Frisierkommode hinüber, legte das Dokument darauf und hielt Graziella den Stift hin.

»Was soll ich tun?«

»Unterschreiben Sie einfach hier.«

»Aber warum? Was ist das für ein Papier?«

»Sie sollen es nur bezeugen. Das Dokument muss in Gegenwart zweier Zeugen unterzeichnet werden.«

»Und warum können nicht Sie und Signor Josh …«

»Cynthia ist ein liebes, großzügiges Mädchen gewesen, nicht wahr?« Josh, der noch immer neben dem Bett von Mrs Fingal saß, tätschelte dieser die Hand.

Mrs Evans warf ihm einen strengen Blick zu, um ihn zum Schweigen zu bringen. »Sie und ich müssen das machen, meine

Liebe – jemand, der in dem Dokument nicht erwähnt wird, wissen Sie. Nun kommen Sie schon, unterzeichnen Sie einfach hier. Das Ganze ist eine reine Formsache.« Sie deutete mit dem Zeigefinger auf die entsprechende Stelle. Graziella unterschrieb, überflog das Papier, um zu sehen, worum es sich handelte, konnte jedoch nur einige wenige Worte entziffern, bevor Signora Evans ihr das Blatt wegzog. »Danke, meine Liebe, so ist's gut. Jetzt können Sie ins Bett gehen.«

Einen Augenblick blieb Graziella stehen, starrte zuerst Signora Evans an, die das Dokument ordentlich zusammenfaltete, und dann das Bett, wo Josh und die alte Signora einander umarmten. Sie rang nach Luft; dann verließ sie eilig das Zimmer und schloss sich mit einem Gefühl der Unsicherheit ein, das allmählich zu Angst wurde – denn eines der Worte, das sie hatte entziffern können, lautete »Testament«.

Sie wusste nicht, was sie tun sollte. Wem sollte sie von dem Frösteln erzählen, das sie erfasst hatte, als sie auf der Bettkante saß, die Arme über dem Bauch verschränkt? Dem Priester? Sie kannte ihn kaum; er war eine fast anonyme Person, der die Messe hielt, ein Mensch mit einer unpersönlichen Stimme, kein Italiener, nur eine Stimme, die sie bei der Beichte hörte. Dem Arzt? Den kannte sie überhaupt nicht. Und was sollte sie auch sagen? Eine alte Dame ohne Familie, um die sich ein älteres Ehepaar kümmert, macht ihr Testament. Was wäre wohl natürlicher? Vielleicht hinterlässt sie etwas (sie hat doch sicher nicht viel, sonst würde sie ja anders leben?) – dem Mann von dem Ehepaar, das sich um sie kümmert; was wäre wohl natürlicher? Frauen brauchen Männer, denen sie etwas geben können, und schließlich war Josh auch nett gewesen zu der alten Dame …

Ein Gefühl des Ekels trieb sie wieder hoch, und sie lief hin und her in dem engen Gang zwischen Bett, Tisch und übereinandergestapelten Gepäckstücken. Das Gepäck. Mrs Fingals kleiner Koffer war nun wieder in ihrem Zimmer. Warum? In der Abstellkammer befand sich noch immer ihr großer Koffer, in dem, das hatte Graziella schon vor Wochen festgestellt, nur Schuhe und ein paar Baumwollkleider waren. Darunter stand ein Schrankkoffer mit anderen Initialen. Wem gehörte er? Einer anderen alten Dame? Signora Fingals Vorgängerin vielleicht, die gestorben war? Gestorben. Hier, in der Obhut der Evans'.

Was wäre natürlicher gewesen? Alle Menschen starben irgendwann einmal, besonders die älteren. Nonna würde sterben – im Kreise ihrer Lieben, so Gott wollte – und auch Mamma würde irgendwann einmal sterben. Auch sie selbst; und das Kind, das jetzt noch sicher in ihrem zitternden Körper lebte, würde dann um sie weinen. Es war nur natürlich, so war das Leben eben, der Wille Gottes, war es nicht besser, in der Obhut von Menschen zu sterben, die sich um einen kümmerten, auch wenn sie nur Fremde waren, als einsam in einem beliebigen Heim?

Ihre Sehnsucht nach Mario wurde so stark, dass sie fast körperlichen Schmerz empfand. Sie wagte nicht, ihm zu schreiben, denn wenn sie das täte, würde sie nur ihre Ängste verraten, und dann würde er auch leiden müssen. Sie kniete vor dem Bett nieder und ließ den Kopf auf ihre Hände sinken.

An jenem Wochenende wirkten die Evans' fast fröhlich.

Josh ging hinaus in den Garten, mähte den Rasen, setzte die schnellwachsenden Pflanzen, jätete Unkraut – auch wenn er davon Rückenschmerzen bekam. Mrs Evans begann mit einer Auftragsarbeit: sechs bestickte Teewärmer, alle in Herbsttönen. Mrs Fingal lag im Bett wie eine Muschel, die das Meer angespült hatte. Manchmal blätterte sie die alten Zeitschriften durch, die auf dem Nachtkästchen lagen, doch die meiste Zeit lag sie nur einfach da und wartete auf Joshs Besuch; aber er kam nicht.

Stattdessen kam Graziella. An einem Sonntagnachmittag, als alle anderen ein Nickerchen hielten. Mrs Fingal tauchte aus ihren Träumen auf, als sie spürte, wie zwei Hände sie berührten. Lächelnd öffnete sie die Augen, doch es war nicht Josh, sondern das Mädchen, das da auf der Bettkante saß. Sie versuchte, die Hand wegzuziehen.

»Signora, hören Sie bitte zu …«

Mrs Fingal wandte den Blick ab und gab sich die größte Mühe, Graziella nicht zu beachten. Ihre Hand konnte sie nicht wegziehen, denn Graziella hielt sie fest und spürte, wie sie zitterte vor Anstrengung loszukommen.

»Signora, ich bin auf Ihrer Seite. Ich möchte nur das Beste für Sie. Sie müssen mir glauben.«

Sie bekam keine Antwort, nur wieder ein Zucken der alten, trockenen Knochen.

»Signora, ich mag Sie sehr gerne. Ich denke auch sehr viel an Sie, Sie sind fast so wie meine eigene Großmutter. Ich mache mir Sorgen, weil Sie niemanden haben, der sich um Sie kümmert, und ich denke die ganze Zeit: ›Wie kann ich der alten Signora helfen?‹« Keine Antwort, nur dieser Blick, der im Raum herumwanderte. »Signora, es ist nicht richtig, dass niemand weiß, wie es Ihnen geht. Sie haben nie Besuch und bekommen nie Briefe. Aber als Sie noch mit mir sprechen, erzählen Sie mir, dass Sie Verwandte haben, oder? Sie leben bei ihr, stimmt's? Sie muss doch wissen, wie es Ihnen geht. Lassen Sie mich schreiben an sie, Signora.«

»Gehen Sie weg.«

»Signora, ich bitte Sie.« Sie beugte sich vor mit zutiefst besorgtem Gesicht. »Ich bin auf Ihrer Seite. Ich möchte Ihnen nur helfen. Wir sind doch Freunde, oder? Wir sprechen miteinander, gehen miteinander spazieren. Ich möchte nichts von Ihnen, nur helfen.«

»Sie sind nicht auf meiner Seite.« Mrs Fingal sah sie jetzt an, mit entrüstetem Blick.

»Ich bin auf Ihrer Seite, Signora. Ich. möchte nichts von Ihnen, nur jemanden finden für Sie draußen. Es ist nicht gut, wenn Sie so ganz allein hier eingesperrt sind.«

»Sie sind nicht auf meiner Seite.« Es gelang ihr, die Hand wegzuziehen und unter der Bettdecke zu verstecken.

»Ich bin nicht immer da. Ich habe – ich werde irgendwann nach Italien zurückfahren, und Sie sind ganz allein. Es ist nicht gut, wenn niemand Bescheid weiß über Sie, wenn Sie krank sind oder traurig. Ihre Verwandte sollte wissen, Sie manchmal besuchen. Lassen Sie mich schreiben an sie.«

»Mr Evans ist mein Freund. Mr Evans ist ein sehr netter Mann.«

»Aber es sollte auch Verwandte geben …«

»Sie ist keine Blutsverwandte. Sie hat nichts zu tun mit mir.«

»Aber Sie haben gelebt bei ihr.«

»Sie ist hart. Denkt nur an sich. Sie nutzt mich nicht mehr aus.«

»Wie heißt sie, Signora? Lassen Sie mich schreiben an sie.«

Doch Mrs Fingal hatte sich wieder zurückgezogen. Ihre Lippen und Augen bewegten sich, jedoch nicht mehr für Graziella. Graziella faltete die Hände und neigte sich der alten Dame mit einer flehenden Geste zu. »Signora, hören Sie mir zu. Sie sind eine alte Dame, ganz allein. Wie ich Sie kennen lerne in Salvione im Urlaub, sind Sie glücklich und gesund, oder? Mit Ihrer Verwandten. Jetzt ist erst ein Jahr später, hier. Sie gehen nicht mehr, liegen nur noch im Bett. Wie ich komme, gehen Sie. Jetzt nicht. Ich weiß nicht, was für ein Papier das ist, das ich auch unterschreibe. Ich weiß nicht, wie Sie zahlen, für Essen und Bett, vielleicht macht die Bank das. Ich weiß nicht, ob Sie Geld haben. Aber ich glaube, Signora Evans weiß, und ich glaube, ist nicht gut, wenn sie die einzigen Menschen sind, die sich um Sie kümmern.«

Mrs Fingal sah Graziella nun wieder an, wenn auch mit entsetztem Blick. Sie hatte sich so sehr in die Bettdecke verkrochen, dass nur noch Kopf und Schultern herausschauten. Sie zitterte. »Sie sind ein schlimmes Mädchen!«

»Nein, Signora, nein!«

»Sie sind ein schlimmes Mädchen! Sie glauben, Sie können ihm den Kopf verdrehen. Manche Männer sind so, aber Stanley war nie so. Er hatte viel zu viel Achtung. Sie sind eifersüchtig. Sie spielen mit seiner Schwäche. Wann sind Sie hierher gekommen? Er will nichts von Ihnen.«

»Bitte, Signora, das ist nicht wahr …«

»Sie spielen mit seiner Schwäche. Sie glauben, Sie können ihn um den kleinen Finger wickeln …«

»Signora, ich flehe Sie an, glauben Sie mir. Ich habe kein Interesse an Signor Josh, wirklich nicht! Er ist nett, aber für mich ist er wie ein Großvater. Ich komme hierher, weil er in Salvione immer sagt, ich soll kommen. Er sagt das immer, und ich glaube ihm und komme. Vielleicht ist es schlecht, dass ich komme, vielleicht ist es besser für mich, wenn ich in Italien bleibe, wo mein Herz ist.«

»Sie sind hinter ihm her.«

»Signora Fingal, ich schwöre – schauen Sie.« Sie zog das Goldkreuzchen heraus, das an einem Kettchen von ihrem Hals hing, und streckte es ihr, flach und warm, auf der offenen Handfläche entgegen. Daneben war noch ein Medaillon. »Für mich ist Signor Josh alt. Er braucht eine Tochter, nicht eine Geliebte. Manchmal ist er albern, aber da kann ich nichts dafür. Ich brauche Signor Josh nicht.« Die alte Dame warf einen Blick auf die beiden Schmuckstücke in Graziellas Handfläche. »Sie glauben mir. Ich weiß das. Liebe Signora, ich bin zwanzig Jahre alt. Ich habe einen Verlobten in Rimini, bald heiraten wir. Er heißt Mario, da ist sein Bild.« Sie machte das Medaillon auf und hielt es Mrs Fingal hin. »Ich bin dann Signora Mario Antonelli, und wir haben ein Kind.«

»Ein Kind?«

»*Sì*. Ein Sohn. Zuerst immer ein Sohn.«

»Wo?«

»Hier.« Sie ließ das Kreuz und das Medaillon wieder unter

ihre Bluse gleiten. »Bald. Mario kommt, er arbeitet. Und später gehen wir zurück nach Rimini und machen ein Souvenirgeschäft auf, und wir schicken Ihnen Geschenke und *fotografias* von unseren Kindern. Wir haben vier, aber nicht so schnell, weil zuerst müssen wir Geschäft aufbauen, oder? Zuerst Sohn und dann Tochter. Und ich nenne sie Alice.«

»Sie sind verheiratet?«

Die Freude darüber, dass sie endlich über die Liebe sprechen konnte, ließ sie den eigentlichen Zweck dieses Gespräches vergessen. Sie redete über Mario, beschrieb ihn, erzählte Mrs Fingal, wie sie einander kennengelernt hatten, und riss die alte Dame mit ihrer lebhaften Schilderung mit, die diese gleichzeitig verwirrte und entspannte. Sie verstand kaum die Hälfte von dem, was das Mädchen erzählte, aber Graziellas Freude gefiel ihr und regte sie an; sie ließ sie vergessen, was sich vor einiger Zeit abgespielt hatte. Die alte Dame lauschte mit offenem Mund, der Glanz in den Augen des Mädchens spiegelte sich in ihrem eigenen, etwas verständnislosen Blick wider, das Lächeln des Mädchens bewegte auch ihren eigenen eingefallenen Mund, und ihr eigenes Herz und ihr verwirrter Geist reagierten mit einer merkwürdigen Woge der Erregung auf die lebendige Hoffnung von Graziella.

»*Ecco*, jetzt Sie wissen alles.« Aber natürlich nicht wirklich alles. »Niemand sonst habe ich gesagt, nur Ihnen, weil ich glaube, ich bin jetzt Ihre Freundin, ja? Glauben Sie mir?« Sie legte der alten Dame die Hand auf die Schulter, und Mrs Fingal nickte. Sie rappelte sich ein wenig auf, beugte sich zu Graziella vor und flüsterte: »Sie dürfen *ihr* das nicht erzählen.«

»Sie haben recht.«

»Das würde ihr nicht gefallen.« Sie lehnte sich wieder in die Kissen zurück und sah sich mit unsicherem Blick um. »Das würde ihr überhaupt nicht gefallen. Wissen Sie, sie hat keine Kinder. Das macht schon einen Unterschied. Sie ist nicht großzügig. Und er leidet darunter. Was für ein sanfter, männlicher Mann, da muss man schon Zugeständnisse machen. Wissen Sie, sie würde sehr ärgerlich werden.«

»Wir sagen nichts. Das ist unser Geheimnis. Und Sie sagen mir Namen und Adresse von Ihrer Verwandten, und ich schreibe, ja?«

Sie begann mit dem Bettzeug herumzuspielen und versuchte, Graziellas Bitte auszuweichen. »Alice.«

»Alice ist Name von Ihrer Verwandten?«

»Alice war mein kleines Mädchen. Das habe ich Ihnen doch schon gesagt.«

»Ich werde auch kleine Alice haben, zur Erinnerung an Sie. Ist der andere Name, den Sie mir sagen müssen.«

»Alice Cynthia Doreen – nach Stanleys Schwester. Viel hübschere Namen als Lena.«

»Lena? Lena Fingal?«

»Nein, nein, nein! Sie ist keine Blutsverwandte. Kemp heißt sie.«

»Ich dachte, ich habe Ihnen gesagt, Sie sollen sie nicht aufregen, Gracie?« Mrs Evans' Stimme war schneidend wie Stahl. Sie stand an der Tür, trug ihre malvenfarbene Sonntagsstrickweste und ihren gesprenkelten Rock, die grauen Haare ordentlich gewellt, die grauen Augen ausdruckslos hinter der Brille.

Graziella sprang auf und drehte sich zu ihr um. Mrs Fingal fing zu zittern an.

»Sie ist nicht aufgeregt.«

»Wie würden Sie das dann nennen?«, fragte sie, mit dem Kopf auf Mrs Fingal deutend. Das Gesicht der alten Dame war aschfahl, und sie hatte die Hände vor die Brust gepresst, um das Hämmern ein wenig zu dämpfen, das ihr den Atem nahm.

»Ihre Pillen?«

»Sie braucht keine Pillen. Sie braucht ihre Ruhe.« Mrs Evans trat forschen Schrittes an das Bett heran und fühlte ebenso forsch Mrs Fingals Puls. Dabei starrte sie Graziella unverwandt an. »Wissen Sie, Sie hätten Sie umbringen können. Ich habe Sie gewarnt.«

»Sie war nicht aufgeregt. Wir reden …«

»Das habe ich gehört.« Sie legte Mrs Fingals Arm auf die Bettdecke zurück und zupfte das Bettzeug zurecht. »Bleiben Sie ganz ruhig liegen, bis Josh Ihnen Ihren Tee bringt. Sie wollen doch nicht wieder so einen Anfall erleben, oder?«

»Ihre Pillen …«

»Die nützen hier nichts. Bleiben Sie ganz ruhig liegen.« Sie ging zur Tür. »Sie und ich – wir müssen uns unterhalten, Gracie.«

Sie wartete, bis das Mädchen an ihr vorbei durch die Tür gegangen war, und folgte ihr dann ins Wohnzimmer. »Da hinein.«

Schweigend gehorchte Graziella. Josh stand am Fenster und schaute hinaus. Dabei pfiff er leise vor sich hin und klimperte mit den Münzen in seinen Taschen. Er wandte sich um, als sie eintraten, und lächelte die beiden unsicher an. Mrs Evans setzte sich und musterte Graziella einen Augenblick, ohne etwas zu sagen. Das Mädchen stand einfach nur da, das Gesicht blass, aber ruhig.

»Tja, Gracie, ich glaube, jetzt ist der Zeitpunkt gekommen, wo sich unsere Wege trennen.« Stille, abgesehen von dem Klimpern in Joshs Taschen. »Wir haben Sie bei uns aufgenommen, als Sie bei uns aufgetaucht sind, und obgleich ich nicht sagen möchte, dass Sie uns nicht geholfen haben, könnte ich auch nicht behaupten, dass Sie sich so erkenntlich gezeigt haben, wie das eigentlich zu erwarten gewesen wäre. Ich weiß nicht, warum Sie überhaupt zu uns gekommen sind – ich bin mir ziemlich sicher, dass das, was Sie mir hierzu erzählt haben, nicht so ganz stimmt, aber ich habe Sie nie gedrängt, mir alles zu sagen. Ich habe lediglich von Ihnen verlangt, dass Sie hinsichtlich der alten Dame das tun, was ich Ihnen sage. Ich habe Ihnen das nicht nur einmal, sondern immer wieder begreiflich zu machen versucht, aber Sie haben meine Bitten einfach ignoriert. Tja, es geht einfach nicht, dass Sie mir nicht gehorchen. Jedenfalls in meinem Haus. Also ist es wohl am besten, wenn Sie gehen.«

»Ach, nun komm schon, Maisie, Gracie hat sicher nichts Böses im Sinn gehabt …«

»Vielleicht nicht, aber jetzt ist es eben passiert. Ich schätze es nicht, wenn Leute in meinem eigenen Haus hinter meinem Rücken herumschleichen und mich austricksen. Was haben Sie eigentlich vorgehabt?«

Graziella hob den Blick. »Die alte Signora ist allein.«

»Die alte Signora ist sehr gebrechlich und nicht mehr so ganz richtig im Kopf.«

»Das glaube ich nicht.«

»Natürlich hat sie ihre wachen Momente. Das ist meistens so bei alten Leuten. Sie weiß manchmal ganz genau, was sie tut, aber in der Hauptsache lebt sie in der Vergangenheit. Ihr ist mehr geholfen, wenn man sie in Ruhe lässt.«

»Ich glaube nicht, dass ihr das hilft.«

»Tja, da werden wir uns wohl nicht einigen können, was? Ich habe mich mein ganzes Leben lang um alte Leute gekümmert, und Sie müssen mir das einfach glauben. Sie haben ihr keine Ruhe gelassen, ihr Fragen gestellt. Warum?« Schweigen. Sie wurde etwas lauter. »Ich habe gefragt: ›warum‹?«

»Ach Maisie …«

Maisie wandte sich ihm zu. »Sie hat nach Lena gefragt.«

Er stieß einen leisen Pfiff aus. »Lena, so, so.«

Sie wandte sich wieder Graziella zu. »Ich habe alle Fragen, die Sie gestellt haben, ganz genau gehört. Sie haben ihr einfach keine Ruhe gelassen. Um Ihre Neugierde zu befriedigen: Lena ist die Nichte der alten Dame, und die beiden können sich nicht ausstehen. Sie hat sie hinausgeworfen. Wenn wir nicht gewesen wären, wäre die alte Dame jetzt in einem Heim. Sie will nichts mehr mit Lena zu tun haben, und wir auch nicht. Ist das klar?«

»*Sì*, das ist klar.«

»Tja, dann.«

»Aber ist nicht richtig.«

»Nicht richtig? Was meinen Sie damit: ›nicht richtig‹?«

Sie ballte die Hände zu Fäusten und hob den Kopf. »Ist nicht richtig, dass nur Sie Signora Fingal kennen. Sie ist alt und schwach, *sì*. Aber sie ist so, weil Sie sie so machen. Sie behandeln sie, wie schon tot. Sie muss immer im Bett liegen, Sie gehen nicht mit ihr spazieren. Sie helfen ihr nicht. Ist nicht richtig, dass nur Sie Macht haben mit ihr. Das sollte Lena wissen, schließlich gehört sie zur Familie …«

»Nur wir! Und was ist mit dem Arzt?«

»Er sieht nur, was Sie ihm zeigen. Er weiß nicht, wie es dazu kommt. Er weiß nicht, dass Sie sie dazu bringen, Papier zu unterschreiben.«

Mrs Evans schwieg und musterte Graziella mit starrem, kaltem Blick. Dann sagte sie: »Am besten verschwinden Sie noch vor dem Abendessen von hier.«

»Ach, Maisie – wo soll sie um diese Zeit hin …?«

»Das ist mir egal. Sie kann ja zu ihren italienischen Freunden, schließlich stecken diese Ausländer doch sowieso immer zusammen. Das geht uns nichts an.«

Josh machte den Mund auf und schloss ihn dann wieder. Erneut klimperte er mit den Münzen in seiner Hosentasche herum und sah mit unsicherem Blick von der einen Frau zur anderen.

»Ja, ich gehe. Und ich frage Sie, wo Lena wohnt, damit ich ihr schicken kann Nachricht von ihrer Tante.«

Wut schien Mrs Evans' Gesicht anschwellen zu lassen. »Verschwinden Sie aus diesem Haus!«

»Wenn Sie sich nicht schämen, dann geben Sie mir die Adresse.«

»Gracie, das ist aber nicht nett …«

Sie wandte sich ihm zu. »Signor Josh, ich bitte Sie. Sie sind ein guter Mensch, das weiß ich. Und Sie wissen, dass das, was ich sage, stimmt. Hier ist nicht alles in Ordnung. Die alte Signora ist hilflos. Sie hat nur Sie. Sie liebt Sie, sie vertraut Ihnen. Ich bitte Sie, dass Sie ihr helfen, nett zu ihr sind, sie lieben. Nicht so lieben, wie Sie denken, sondern mit großem Herzen, eine Seele für die andere. Ich weiß, dass Sie das noch können, Signor Josh. Helfen Sie dieser armen alten Frau, ihr Herz ist offen für Sie. Wenn Sie sie sterben lassen wie ein verängstigtes Tier, sind Sie verdammt in alle Ewigkeit.«

»Gehen Sie weg, gehen Sie weg.« Er zuckte vor ihr zurück, das Gesicht teigig, den Blick auf seine Frau geheftet.

»Ist wahr. Das wissen Sie. Das ist die letzte Chance für Sie.«

»Jetzt ist es aber genug«, kreischte Mrs Evans. »Ich habe genug von diesem italienischen Schmierentheater. Ich möchte, dass Sie innerhalb einer Stunde Ihre Sachen packen und aus unserem Haus verschwinden.«

»Signor Josh ...« Aber er sah sie nicht an, sondern drückte sich in den schützenden Schatten seiner Frau. Graziella hob hilflos die Hände. »*Ecco*. Ich gehe. Aber ich lasse die alte Signora nicht allein.« Sie wandte sich ab.

»Einen Augenblick.« Mrs Evans' Stimme klang wieder beherrscht. »Wenn Sie etwa vorhaben sollten, uns Ärger zu machen, nachdem Sie hier weg sind, würde ich Ihnen raten, sich das gründlich zu überlegen. So ein Unschuldslämmchen sind Sie ja wohl auch wieder nicht, oder?« Das Mädchen schwieg. »Sie haben doch keine Arbeitserlaubnis, oder? Das habe ich schon bald gemerkt. Wo sind Ihre Versicherungsunterlagen und die anderen Dokumente? Wissen Sie, Sie könnten deshalb ernsthafte Scherereien bekommen, und die Leute, für die Sie arbeiten, auch. Mir können Sie da nichts vormachen. Und außerdem haben Sie auch keine Stelle gehabt, bevor Sie zu uns gekommen sind, oder? Das waren doch alles nur Lügen, nicht wahr, damit Sie sich hier in unser Land schleichen und irgendwie zu einer Arbeit kommen können, illegal. Die Polizei würde sich sicher dafür interessieren, das kann ich Ihnen versichern. Sie könnten im Gefängnis landen, und die Leute, für die Sie arbeiten, mit Ihnen. Und das ist noch nicht alles. Sie wollen doch sicher auch nicht so viel Aufmerksamkeit erregen, weil Sie in anderen Umständen sind, oder?« Graziella verschränkte schützend die Arme vor dem Bauch. Josh schnappte nach Luft. »Ich bin doch nicht von gestern, meine Liebe, auch wenn Sie das vielleicht denken. Ich habe sehr schnell gemerkt, was los ist, das kann ich Ihnen sagen. Natürlich wissen wir nicht, wer der Vater ist, oder?« Ihr Blick ruhte einen Augenblick spöttisch auf ihrem Mann. »Wahrscheinlich so ein italienischer Romeo, der Sie hierhergeschickt hat, um Sie und das Balg loszuwerden.« Sie erhob sich langsam. »Tja, wenn Sie das Kind abtreiben lassen wollen, mein Mädchen, dann sind Sie am falschen Ort. Wir wollen solche Sachen hier nicht, das ist gegen das Gesetz. Sie müssen eben so gut damit zurechtkommen, wie es geht – und die Einwanderungsbehörde sollte das lieber auch nicht erfahren, sonst bekommen Sie noch mehr Probleme als mit der Polizei. Die Beamten sehen es gar nicht gern, wenn ausländische Mädchen in unser Land kommen und auf unsere Kosten ihre Bälger kriegen.«

Sie trat einen Schritt auf Graziella zu, die zur Tür zurückwich. Mrs Evans sprach jetzt wieder mit freundlicherer Stimme. »Wenn Sie sich also gedacht haben, Sie könnten uns Ärger machen und hässliche Geschichten über mich und Mr Evans und die arme alte Seele nebenan verbreiten, dann sollten Sie sich das lieber noch einmal überlegen, meinen Sie nicht auch? Denn wenn ich von irgend jemandem höre, dass Sie Lügen über uns in die Welt setzen, gehe ich sofort zur Polizei, haben Sie verstanden? Ich zögere keine Sekunde. Sie und dieser Cafébesitzer und seine Frau, Sie bekommen alle ganz schönen Ärger. Und Sie wollen doch nicht, dass das Baby im Gefängnis zur Welt kommt, oder?«

Die beiden Frauen starrten einander an, die Ältere ein Lächeln auf den Lippen. Graziella hielt den Atem an, wandte sich um und verließ hastig das Zimmer, um ihre Sachen zu packen.

Juli
EWANMIE,
Greenlea Avenue,
Ellbrook, M'sex.

*Liebe Lena,*

*tja, meine Liebe, ich fürchte, ich habe traurige Nachrichten für Sie. Ihre liebe alte Tante ist heute Nacht friedlich von uns gegangen. Sie ist schon seit einiger Zeit ziemlich hinfällig gewesen; der Arzt hatte uns bereits gesagt, dass sie jederzeit das Zeitliche segnen könne. Es war das Herz – einfach zu schwach, um noch weiterzuschlagen, und außerdem ist sie im Mai gestürzt, und das hat sie, so sagt der Arzt, ziemlich mitgenommen. Doch sie hätte genausogut auch noch etliche Jahre weiterleben können. Nun, meine Liebe. Gott hat das offenbar nicht gewollt. Ich wünschte, ich hätte Zeit gehabt, Ihnen schon früher eine kurze Nachricht zu schicken, damit Sie Ihre Tante besuchen und ein paar Dinge hätten klären können. Es ist schon traurig, wenn ein Mensch von uns geht, ohne alles regeln zu können, schließlich ist der Tod etwas Endgültiges. Aber Sie haben sich nichts vorzuwerfen. Sie war immer recht eigensinnig, ein richtiges Unikum, und seit Weihnachten hat sie sich so ein paar Dinge über Sie zusammengesponnen. Seit der Zeit hat sie kein gutes Wort mehr über Sie verloren. Das ist schon traurig, wo Sie doch Ihre einzige Verwandte sind, aber alte Leute sind manchmal komisch.*

*Die Beisetzung findet am Donnerstag um 10 Uhr 15 morgens im Garden of Rest statt. Nach ihrem eigenen Willen wird sie verbrannt. Die Todesursache wird in der Sterbeurkunde mit Herzversagen angegeben.*

*Mr Evans und ich würden uns freuen, wenn Sie kommen und uns nach der Feier noch auf eine kleine Erfrischung nach Hause begleiten könnten. Die arme alte Seele hatte, wie Sie wissen, nicht sonderlich viel, aber ihre ganze Habe ist in ihren Koffern, so, wie sie selbst alles eingepackt hat. Außerdem hat sie ein paar Dokumente hinterlassen, aber natürlich weiß ich nichts Genaueres darüber – Sie werden sie selbst durchsehen müssen.*

*Nun, meine Liebe, ich wünschte, ich hätte angenehmere Nachrichten für Sie, aber offenbar soll es eben nicht sein. Wenigstens können Sie sich sagen, dass sie nicht gelitten hat. Sie muss ganz friedlich eingeschlafen sein. Ohne sie wird es ziemlich einsam sein bei uns zu Hause. Ich hoffe, bei Ihnen ist alles in Ordnung, besonders im Büro! Die besten Grüße, auch von Mr Evans, und unser herzliches Beileid. Wir hoffen, Sie am Donnerstag zu sehen.*

*Ihre*
*Maisie Evans*

## 7

Die Hand auf dem Tor, blieb sie stehen.

»Ich sage dir, wir müssen das nicht tun«, sagte er.

»Doch.«

Er zuckte mit den Achseln und begleitete sie den Pfad hinauf. »Du bist verrückt. Ich habe eine Verrückte geheiratet.«

Sie drückte die Klingel, und dann warteten sie, die Kindertrage zwischen ihnen. Ganz in der Nähe zwitscherte eine Amsel und störte die sonntägliche Stille. Vom Flughafen erhob sich lärmend ein Jet in die Lüfte.

Sie hörten Schritte, und die Haustür ging auf. Es war Josh. Einen Augenblick sagte niemand etwas. Dann: »Das ist doch nicht zu glauben! Gracie! Gracie, nach all den Monaten.«

»Signor Josh.«

Er trat einen Schritt zurück. »Kommen Sie herein, kommen Sie herein! Und das ist sicher – meine Güte!«

»Mein Mann, Mario Antonelli. Und mein Sohn Aldo.«

»Was Sie nicht sagen!« Er lugte in die Kindertrage und winkte sie noch einmal herein. »Kommen Sie herein, kommen Sie herein. Meine Güte, was für eine Überraschung!« Sie bugsierten die Trage durch die Haustür und gingen ins Wohnzimmer, wo Josh aufgeregt um sie herumlief. Sie nahmen Platz, die Antonellis nebeneinander, die Trage zu ihren Füßen, Josh ihnen gegenüber, die Hände reibend, mit einem Lächeln auf den Lippen.

»Meine Güte! Was gibt es Neues? Wie geht es Ihnen? Wie alt ist denn der kleine Kerl?«

»Sechs Monate und zwei Wochen. Er ist geboren am elften September.«

»Was Sie nicht sagen! Dann sind Sie ja jetzt sozusagen schon ein altes Ehepaar, was?«

»Ja, seit Juli sind wir verheiratet.«

»Seit Juli, so? Und Sie arbeiten hier – äh, Mario, stimmt's?«

»*Sì, Mario.*«

Sie schenkte ihm ein strahlendes Lächeln. »Er spricht nicht so gut Englisch. Ich spreche für uns beide.«

»Ah – äh – *non parlo Inglese, eh? Molto* – äh – *difficult?*«

»*Sì, sì, molto difficile.*« Ein Lächeln huschte über sein wachsames Gesicht wie ein Lichtstrahl.

»Er arbeitet in der Snack Bar.«

»Was, dort, wo Sie auch waren?«

»*Sì, sì*, bei Carraro. Er kommt, ich gehe, er übernimmt meinen Platz. Carraro arrangiert alles, Arbeitserlaubnis, alles. Ist alles sehr gut.«

»Wunderbar, wunderbar! Da sind Sie also auf die Füße gefallen, wie man so schön sagt, was? Das freut mich aber.«

»Wenn ich hier gehe, gehe ich zu Carraro. Er macht viel Lärm, aber er ist ein guter Mensch.«

Josh wurde ein wenig nervös und fingerte an den Knöpfen seiner Strickjacke herum. »Ich war ziemlich durcheinander wegen der Sache, Gracie. Ich habe ein schlechtes Gewissen gehabt.«

»Ich auch.«

»Tja, nun … Ich habe mir Sorgen gemacht wegen Ihnen. Sie hätten sich melden sollen.«

»Ich wollte eigentlich nie wieder hierher kommen.« Ihre Stimme und ihre Augen waren ganz ruhig, als sie ihn ansah – Josh, der inzwischen ein bisschen gebeugter, ein bisschen fülliger und noch ein bisschen rosiger als sonst war. »Ich bin nur gekommen wegen der alten Signora, um ihr meinen Mann und mein Kind zu zeigen. Sie ist hier?«

»Was, die alte Cynthia? Nein, nein – das heißt, na ja – sie ist von uns gegangen, die arme Alte.«

»So. Dann ist sie also tot?«

»Ja. Ah – ja.«

»Wie lange?«

»Seit – lassen Sie mich mal überlegen – Juli, glaube ich. Stimmt, im Juli ist sie gestorben. Fast schon neun Monate ist das jetzt her.«

Graziella sprach Italienisch mit ihrem Mann, und er antwortete ihr. Seine wunderschönen Augen, die tief in den Höhlen lagen, hatten ein Feuer, das Josh Unbehagen bereitete. »Woran ist sie gestorben?«

»Nun ja – es war ihr Herz. Sie ist ganz friedlich eingeschlafen. Das hat uns auch nicht überrascht, wissen Sie. Wir hatten das schon erwartet.«

»Ich auch.«

»Ja – nun ja …« Er wurde plötzlich lebhaft. »Wie wär's mit einer Tasse Tee? Sie trinken doch eine Tasse, oder – *un tassa di tea*, was? Oder Kaffee? Das dauert nur eine Minute.«

»Danke, nein.«

»Das macht mir wirklich keine Mühe. Wir trinken sowieso normalerweise um diese Zeit ein Tässchen …«

»Und Signora Evans?«

»Ihr geht es gut, wirklich. Sie ist gerade unterwegs, um einen Brief aufzugeben. Das heißt …«

Graziella erhob sich zusammen mit Mario. »Ist am besten, wenn wir jetzt gehen.«

»Ach, Gracie, Sie sind doch gerade erst gekommen. Ich habe noch nicht einmal Gelegenheit gehabt, Ihren Sohn und Erben zu bewundern!«

»Er schläft.«

»Ein strammer kleiner Kerl – wie alt ist er, haben Sie gesagt, neun Monate?«

»Sechs.«

»Sechs – man stelle sich das mal vor! Er ist seinem Vater wie aus dem Gesicht geschnitten.« Damit warf er einen Blick auf die Trage, in der das Baby wie ein Pfirsich in Seidenpapier, tief im Schlaf versunken, lag. »Ein strammer kleiner Kerl. Ich würde ihn gern mal wach erleben.«

»Er ist für die alte Signora.«

»Ach so. Tja …«

Draußen war das Schlagen einer Autotür zu hören, dann das Gartentor und hastige Schritte den Weg herauf; danach der Schlüssel und die Haustür. Josh stand auf, Unbehagen spiegelte sich auf seinem Gesicht wider. Lena trat ins Zimmer.

Beim Anblick der kleinen Gruppe blieb sie stehen. »Was, zum Teufel …?«

Josh trat einen Schritt auf sie zu. »Das ist Gracie, meine

Liebe. Du erinnerst dich doch noch – ich habe dir schon von Gracie erzählt, oder? Und von ihrem Mann Mario. Sie wollten uns besuchen.«

»Das sehe ich selber.« Sie musterte Graziella, sah sich Mario ein bisschen genauer an und warf einen ungläubigen Blick auf die Kindertrage. »Was ist denn das, ein Baby? Sie haben ja wirklich keine Zeit verloren, was?« Lena warf ihre Handschuhe auf den Tisch und knöpfte ihre Englischlederjacke auf. »Was bringt Sie denn zu uns?«

»Sie sind gekommen, um Cynthia zu besuchen.«

»Da sind sie aber ein bisschen spät dran, findest du nicht auch? Die Tante ist letztes Jahr gestorben.«

»Sie sind eine Verwandte von der alten Signora?«

»Genau. Ich bin ihre Nichte. Aber nur eine angeheiratete Nichte.«

»Ich habe noch keine Zeit gehabt, ihnen alles zu erzählen, Pussy.«

»Das ist doch wieder typisch Mann, vergeudet Zeit mit sinnlosem Geschwätz und erwartet, dass alle sofort wissen, wovon er redet. Dann erzähl mal weiter, sonst verstehen die beiden ja überhaupt nichts.«

Er legte Lena vorsichtig den Arm um die Schultern und schenkte den Antonellis ein gewinnendes Lächeln. »Lena und ich sind verheiratet. Ja, wir sind Mann und Frau. Fast ist sie noch eine junge Braut, nicht, meine Pussy – im Januar haben wir geheiratet, erst vor drei Monaten. Mir kommt es vor wie gestern.«

Sie sträubte sich ein wenig und warf ihm einen scharfen Blick zu.

»Aber – Signora Evans?«

»Tja …« Er wurde rot, zwinkerte ein wenig, sah Lena an, die den Kopf zurückwarf. »Das ist jetzt schon alles so lange her, dass wir Ihnen das ruhig erzählen können. Maisie und ich sind nie richtig Mann und Frau gewesen. Sie hatte noch einen Ehemann, wissen Sie. Er wollte sich nicht scheiden lassen, gehörte einer von diesen verrückten Sekten an. Es ist schon erstaunlich, was manche Leute sich so zusammenspinnen. Sie haben vor dem Krieg geheiratet, er war Pfleger, ein ziemlich komischer Kauz. Als sie sich nicht mehr allein helfen konnte, ist Lena hier eingezogen und – nun ja, ich habe sie dazu überredet.«

Lena schüttelte seinen Arm ab und schob ihn weg. »Und da habe ich mir ganz schön was eingehandelt, das kann ich Ihnen sagen. Wenn ich nicht von Reading genug gehabt hätte, hätte er mich nie rumgekriegt.«

»Signora Evans kann sich nicht mehr selbst helfen?«

»Ehrlich, Piggy, du vermasselst doch wirklich alles. Ja, sie hat einen Schlaganfall gehabt. Und jetzt bin ich Signora Evans, damit Sie es nur wissen.«

»Einen Schlaganfall?«

»Tja, sie ist gelähmt. Wir haben uns gestritten wegen dem Testament der Tante, und da hat sie den ersten Schlaganfall gehabt.«

»Aber so schlecht ist es ihr damals nicht gegangen, sie hat immer noch selbst gehen können.«

»Der zweite Schlaganfall hat ihr den Rest gegeben. Wenn Sie mich fragen: Ich wundere mich sowieso, dass sie nicht früher einen gehabt hat bei dem ganzen Gewicht, das sie immer mit sich herumgeschleppt hat. Das war doch vorherzusehen.«

»Aber sie hat nicht aufgegeben.«

»Tja, jetzt muss sie sich wohl in ihr Schicksal fügen.«

»Komm, Mario.« Zitternd bückte sich Graziella, um die Trage aufzuheben. Mario fragte sie etwas, und als er ihre Antwort hörte, wirkte sein Gesicht noch ausgemergelter, und seine Augen bekamen einen noch feurigeren Glanz. Er nahm den zweiten Henkel der Trage. Josh streckte die Hand aus.

»Ach Gracie, gehen Sie doch noch nicht! Bleiben Sie doch noch auf eine Tasse Tee.«

»Das können wir nicht.«

»Wir haben ja noch gar nicht gehört, wie es Ihnen geht, wo Sie wohnen und so.«

»Dräng sie nicht, Piggy, wenn sie nicht wollen. Schließlich haben wir alle unser eigenes Leben.«

»Ich habe doch den kleinen Kerl noch gar nicht wach erlebt.« Er trat einen Schritt auf die Trage zu, doch Mario stellte sich ihm in den Weg. »Sie müssen wieder kommen, Gracie – Sie müssen wieder kommen, wenn er laufen kann, dann kann er im Garten herumrennen, ja? Es wäre doch netter, wenn hier im Garten ein Kind spielt, oder?«

»Wenn wir dann noch hier sind.« Lena trat einen Schritt beiseite, um die beiden zur Tür zu lassen, und nahm die Handschuhe von dem Tisch, auf dem nun kein bestickter Läufer mehr lag, genauso wenig, wie sich auf den Sesseln bestickte Schoner und Kissen befanden. Stattdessen zierten nun kleine, viereckige Kissen in bunten, modernen Farben die Möbel. Die Vorhänge waren auch anders, und der Zierrat war verschwunden, wie auch Mrs Fingals Schaukelstuhl. »Ich habe gar nicht vor, noch sehr viel länger hier zu bleiben. Ich würde gern an einen Ort, wo mehr Leben ist, solange ich noch jung genug bin, um es zu genießen, nach Brighton vielleicht oder nach Clacton. Wenn ich mit dem Wagen unterwegs bin, halte ich die Augen offen. Sobald ich etwas sehe, was mir gefällt, packen wir hier unsere Siebensachen zusammen, das sage ich euch. Diesen Klotz am Bein behalte ich nicht länger, nein danke. Wir würden einen ordentlichen Batzen Geld bekommen für das Haus hier, und zusammen mit dem, was die Tante Josh hinterlassen hat … Ich habe wirklich nicht vor, noch länger hier zu bleiben, das kann ich euch sagen.«

Sie standen draußen im Flur, und Josh rieb sich nervös die Hände. »Würden Sie gerne noch guten Tag zu Maisie sagen? Sie ist jetzt in Cynthias altem Zimmer.«

»Nein, nein!«

»Nun – na ja, vielleicht ist es auch besser so. Wissen Sie, sie kann nicht mehr reden, auch wenn ich glaube, dass sie alles mitbekommt, was vor sich geht, das arme alte Mädchen.«

»*Andiamo, Graziella*«, sagte Mario in entschlossenem Tonfall, während er die Tür aufhielt. Lena wartete an der Tür zum Wohnzimmer, die Arme vor der Brust verschränkt. Josh brachte sie hinaus, wagte es dabei, Graziella leicht an der Schulter zu berühren, und streckte Mario die Hand hin, die dieser nicht beachtete.

»Wiedersehen, Wiedersehen – kommen Sie doch, und besuchen Sie uns wieder. *Ciao*, so heißt das doch – *ciao*, Gracie – *arrivederci*, oder? Alles Gute, alles Gute …«

Seine Stimme wurde vom Wind weggetragen, als sie durch das Tor und den Weg hinunterhasteten. Bald schon würde die Dämmerung hereinbrechen, und vor ihnen, auf der London Road, wurden eben die Straßenlaternen eingeschaltet, orangefarbene Streifen, die grünliche Schatten um ihre Augen warfen und die Tränen an Graziellas Wangen glitzern ließen. Mario blieb stehen, und mit seinem freien Arm zog er sie zu sich heran, drückte sie an sich, so dass ihre beiden Körper eine Einheit bildeten, durch die Trage verbunden, in der sich das Kind, aufgeweckt durch die kühle Luft, allmählich zu regen begann.

Er gab ihr einen Kuss. »Komm jetzt, es ist genug. Es ist genug, Graziella.« Er holte ihr Taschentuch aus der Tasche und wischte ihr die Augen ab. Dann gingen sie weiter, auf die Lichter zu.

# Celia Dale

Celia Dale, geboren 1912, stammt aus einer Schauspielerfamilie. Sie hat unter anderem als Verlagsberaterin und Rezensentin gearbeitet und war eine Zeitlang Sekretärin der Schriftstellerin Rumer Godden. Ihr erster Roman, *The Least of These*, erschien 1943, danach veröffentlichte sie noch zwölf weitere Romane sowie einen Band Kurzgeschichten. Für eine der Erzählungen darin wurde sie 1986 von der Crime Writer's Association für die beste Short Story des Jahres ausgezeichnet. Sie starb im Jahr 2011.

DÖRLEMANN VERLAG

Penelope Mortimer
*Lieben und lügen*

Roman

Aus dem Englischen von F.G.U. Glass
Mit einem Nachwort von Manuela Reichart

Mrs. Armitage will mehr. Sie ist mit Anfang Dreißig in den besten Jahren, hat eine beträchtliche Anzahl von Kindern, ihr vierter Mann ist erfolgreicher Drehbuchautor, und doch fehlt etwas. Vielleicht noch ein Kind? Ihr Mann ist strikt dagegen und schickt sie zum Psychiater, um ihr diesen Wunsch ausreden zu lassen. Nach und nach entfaltet sich dort die Geschichte einer Frau, die sich als Mutter, Partnerin und Hausfrau an den großen und kleinen Zumutungen des Alltags abarbeitet, bis ihr schließlich nach einem Zusammenbruch bei Harrod's die Erkenntnis dämmert, dass Ehe und Familie nicht die Antwort auf alle Fragen des Lebens sind.

»Ein raffiniertes, faszinierendes, genaues Buch… durchdrungen von menschlicher Realität und Zerbrechlichkeit, unsentimental und amüsiert… So berührend, so lustig, so verzweifelt, so lebendig… Ein tolles Buch, ein wahres Lesevergnügen.«
*The New York Times*